VIDAS NEGRAS, VIDAS LITERÁRIAS

VAGNER AMARO

VIDAS NEGRAS, VIDAS LITERÁRIAS (1978-2020)

Escritoras negras e escritores negros na literatura brasileira contemporânea

Todos os direitos desta edição reservados à Malê Editora e Produtora Cultural Ltda.
Direção: Francisco Jorge & Vagner Amaro

Vidas negras, vidas literárias (1978-2020) escritoras negras e escritores negros na literatura brasileira contemporânea
ISBN: 978-65-85893-01-5
Edição: Francisco Jorge
Capa: Dandarra Santana
Diagramação: Maristela Meneghetti
Revisão: Luiz Henrique Oliveira

Texto revisado segundo o novo Acordo Ortográfico da Língua Portuguesa. Proibida a reprodução, no todo, ou em parte, através de quaisquer meios.

Dados internacionais de catalogação na publicação (CIP)
Vagner Amaro – Bibliotecário - CRB-7/5224

A485v	Amaro, Vagner
	Vidas negras, vidas literárias (1978-2020): escritoras negras e escritores negros na literatura brasileira contemporânea / Vagner Amaro. — Rio de Janeiro: Malê, 2024.
	276 p. : il., color; 21 cm.
	Inclui bibliografia
	ISBN: 978-65-85893-01-5
	1. Vida literária. 2. Literatura negra brasileira. 3. Escritores negros. 4. Literatura brasileira — História e crítica. I. Título.
	CDD: B869.9

Índices para catálogo sistemático: 1. Literatura brasileira: História e crítica B869.9

Editora Malê
Rua Acre, 83, sala 202, Centro. Rio de Janeiro (RJ)
www.editoramale.com.br
contato@editoramale.com.br

Reconhecimento facial

A vigilância
permanece
a postos
sobre os corpos
negros.

O velório
sem flores,
o caixão.

As câmeras,
robôs
escaneiam
nossas faces.

Estranhos frutos
Estragos fartos
Sem paz, sem ar.

AMARO, Vagner. *Os dias em que não te vi*.
Rio de Janeiro: Malê, 2021. p. 11.

Às escritoras negras brasileiras.
Aos escritores negros brasileiros.
Em especial, à escritora Conceição Evaristo e ao escritor Cuti.
À minha mãe, Neiva Ramos da Rosa.

"O biopoder aciona o dispositivo de racialidade para determinar quem deve morrer e quem deve viver"
Sueli Carneiro

"Venho insistindo também em misturar literatura e vida."
Conceição Evaristo

"Os brancos dormem muito, mas só conseguem sonhar com eles mesmos."
Davi Kopenawa Yanomami.

"A nossa escrevivência não pode ser lida como história de ninar os da casa-grande, e sim para incomodá-los em seus sonos injustos."
Conceição Evaristo

SUMÁRIO

11 PRÓLOGO: VIDA LITERÁRIA NO BRASIL — 1900 (BRITO BROCA)

17 APRESENTAÇÃO

51 VIDAS NEGRAS IMPORTAM

121 LITERATURA NEGRA BRASILEIRA

189 VIDA LITERÁRIA

227 A MARCA DO EDITOR: LITERATURA NEGRA BRASILEIRA, VIDA E VIDA LITERÁRIA

251 REFERÊNCIAS BIBLIOGRÁFICAS

263 CENAS DA VIDA LITERÁRIA

PRÓLOGO: VIDA LITERÁRIA NO BRASIL — 1900
(BRITO BROCA)

Por volta de 1900, as principais figuras da chamada geração boêmia de 1889 já se haviam aburguesado. Aluísio Azevedo, desde 1896, conseguira entrar para a carreira consular abandonando praticamente a literatura; Coelho Neto, casado, com filhos, entregue a uma produção metódica e regular, tornara-se o antípoda do boêmio. E é de Olavo Bilac, num "Curso de poesia", em 1904 (ver a revista *Kosmos*), o eloquente protesto contra o costume de considerar-se o poeta um ser estranho na criação, um homem à parte na sociedade. Ia longe a época - dizia ele, em que o poeta se julgava na obrigação de trazer melenas; agora não passava de um homem como os outros, seguindo os trâmites normais da existência. A geração nova de então surgia nesse clima diferente, em que já não se compreendia a atitude do artista morrendo de fome, do escritor sacrificando tudo pelo ideal literário e fazendo uma própria vitória do seu desajustamento no ambiente social. Mesmo os simbolistas, com todo o desapego ao utilitarismo, com um ódio inalienável à burguesia, já haviam dado provas de que não se pode ignorar as contingências da vida material. Era a época em que Coelho Neto declarava a João do Rio, no

Momento Literário: "Ah! meu amigo, o artista não é o zoilo das confeitarias à cata de jantar".

Dois fatores, porém, concorreram sensivelmente para a decadência da boêmia: o desenvolvimento e a remodelação da cidade e a fundação da Academia Brasileira de Letras em 1896. O Rio começou a perder o caráter semiprovinciano de velha urbe, com a vida centralizada numa pequena área, onde todos se encontravam e todos se conheciam. A abertura da avenida Central veio deslocar, em parte, os pequenos grupos que se formavam, à tarde, em diferentes pontos da rua do Ouvidor e o sistema de expedientes em que repousa a subsistência dos chamados boêmios sofria com isso um grande golpe. Era a dispersão dificultando as "facadas", o jantar "filado" e outras tantas estratégias cotidianas de que viviam os Rocha Alazão e os Raul Braga. Mas também a popularidade deles se desgastava com o crescimento da cidade. A cotação de um tipo popular é tanto maior quanto menor o meio em que ele vive. Nas amplas perspectivas da avenida Central os boêmios inveterados já não desfrutavam o prestígio que os cercava nos estreitos limites da rua do Ouvidor.

Por outro lado, é impossível negar certa influência entre nós da Academia Brasileira de Letras no crescente aburguesamento do escritor na primeira década do século XX. Sob o signo de Machado de Assis, a prova de compostura se tornara imprescindível para a admissão no novo grêmio, que desde o início se revestira de uma dignidade oficial incompatível com os desmandos da boêmia. De onde a reação de um dos boêmios mais típicos: Paula Nei. Vendo-se excluído do número dos quarenta imortais fundadores da Academia, lançou as bases de uma Academia Livre de

Letras, em que colocou alguns boêmios, como B. Lopes, Emílio de Meneses, Dermeval da Fonseca, mas também alguns homens sérios, como Érico Coelho, que protestou logo, dizendo não fazer parte da referida sociedade. O propósito de Paula Nei era hostilizar o grupo de Machado de Assis, tanto assim que publicara uma notícia dizendo não terem sido aceitos na novel Academia, por não haverem reunido o número de sufrágios suficientes, os srs. Lúcio de Mendonça, Oliveira Lima, Rodrigo Otávio e Graça Aranha. No entanto, desdenhando e ridicularizando a casa de Machado de Assis, muitos boêmios não tiveram a superioridade precisa para voltar as costas e ignorá-la: foi o que aconteceu com B. Lopes, Lima Barreto e Emílio de Meneses, que acabaram indo bater-lhe às portas. Os dois primeiros, vendo a inutilidade da tentativa e sentindo, principalmente, a impossibilidade de abdicar das condições de vida que os incompatibilizavam com a Academia, bem depressa desistiram. Em carta a Monteiro Lobato, Lima Barreto explicava o insucesso: "Sei bem que não dou para a Academia e a reputação de minha vida urbana não se coaduna com a sua respeitabilidade. De modo próprio, até deixei de frequentar casas de mais ou menos cerimônia — Como é que podia pretender a Academia? Decerto não..." — Emílio de Meneses, porém, não desistiu e, depois de vários fracassos, conseguiu ser eleito para a vaga de Salvador de Mendonça, a 15 de agosto de 1914. Já então havia falecido Machado de Assis, que sempre se opusera às pretensões "acadêmicas" do popularíssimo boêmio. Não será demais lembrar, a propósito, o episódio já muito citado e que encontramos em *Minhas memórias dos outros*, de Rodrigo Otávio: "Machado entendia, e não cessava de o dizer, que a Academia devia ser, também, uma casa de boa companhia; e o critério das boas maneiras, da absoluta respeitabilidade pessoal, não podia, para ele, ser abstraído dos requisitos essenciais para que ali se pudesse entrar. Por esse tempo, alguns de nossos colegas andavam procurando criar no ânimo de Machado uma ambiência favorável à aceitação da candidatura de certo poeta, de notório talento, mas de temperamento desabusado e assinalado sucesso em rodas de boêmios... Nesse dia, o nome do poeta veio à tona; a controvérsia fora acalorada. Machado não interveio nela; conservou-se calado; mas, quando o levávamos para o bonde, na avenida, ao chegar ao canto da rua da Assembleia, ele nos convidou a que seguíssemos por essa rua, e, a dois passos, nos fez entrar em uma cervejaria, quase deserta nesse momento. Não sabendo de todo o que aquilo significava, nós o acompanhamos sem dizer palavra, e vimo-lo deter-se no meio da sala, entre mesinhas e cadeiras de ferro, e, também sem dizer palavra, estender o braço, mostrando ao alto de uma parede um quadro, a cores vivas, em que, meio retrato, meio caricatura, era representado em busto, quase do tamanho natural, grandes bigodes retorcidos, cabelo revolto na testa, carão vermelho e bochechudo, o poeta, cuja entrada no seio da imortalidade se pleiteava, sugestivamente empunhando, qual novo Gambrinus, um formidável vaso de cerveja ... A cena causou em todos profunda impressão e, tal era o respeito havido por Machado que, em vida dele, não se falou mais na candidatura de Ernílio de Meneses ...[1]

---

1 BROCA, Brito. A decadência da boêmia. In: *A vida literária no Brasil — 1900*. 1. ed. Campinas: Sétimo selo, 2023, p. 29-31

APRESENTAÇÃO

Ao longo dos anos 1980, ocorreu progressivo esvaziamento dos espaços de socialização dos escritores, com dispersão individualista de todos na disputa de um lugar ao sol da profissionalização"[2]
— Ítalo Moriconi

*A terra está coberta de valas
e a qualquer descuido da vida
a morte é certa.
A bala não era o alvo, no escuro
um corpo negro bambeia e dança.
A certidão de óbito, os antigos sabem,
veio lavrada desde os negreiros*[3]
— Conceição Evaristo

O livro que apresento para vocês é fruto da tese Vidas negras, vidas literárias (1978-2020), orientada por Fred Coelho e defendida em 2023 no Programa de Pós-Graduação em Literatura, Cultura e

---

2   MORICONI, Ítalo. *Literatura, meu fetiche.* Recife: Cepe Editora, 2021. p.40.
3   EVARISTO, Conceição. Certidão de óbito. In *Poemas da recordação e outros movimentos.* Rio de Janeiro: Malê, 2018. p. 17.

Contemporaneidades, da PUC-Rio. A tese foi vencedora do Prêmio Capes de Teses 2024, na área de avaliação Linguística e Literatura. O livro aborda aspectos da vida literária de escritore(a)s negro(a)s brasileiro(a)s no período de 1978 a 2020. Investigo se esta vida literária, articulada por estratégias de produção, divulgação e circulação de obras realizadas neste período, que, embora em sua maioria, esteve distante dos espaços de legitimação da literatura, integra o mosaico da vida literária brasileira e reivindica aos pesquisadores a experimentação de um modelo flexível e inclusivo para a sua descrição, inscrição, mapeamento e abordagem, como, por exemplo, o realizado por Broca (2005) em *A vida literária no Brasil – 1900*. Os objetivos específicos são: fazer uso das teorias de literatura negra e da "escrevivência"[4] para analisar o discurso literário da autoria negra que denuncia as vulnerabilidades da população negra brasileira à morte. Relacionar os relatos de escritore(a)s negro(a)s coletados em publicações, com suas as histórias de vida e de acesso a publicações com suas participações na vida literária brasileira. Definir um conceito de vida literária como um método de investigação sobre as redes de sociabilidades na literatura.

Na introdução de *A vida literária no Brasil –1900*, que foi lançado em 1956, Brito Broca estabeleceu uma distinção entre vida literária e literatura. Para Broca (2005, p.33), "embora ambas se toquem e se confundam, por vezes, há entre elas a diferença que vai da literatura estudada em termos de vida social para a literatura em termos de estilística".

No prefácio da edição de 1967 de *A vida literária no Brasil*

---

4   Conceito elaborado pela escritora Conceição Evaristo.

– *1900*[5], Francisco de Assis Barbosa informa que a literatura estudada em termos de vida social interessava a Broca por ele entender como um absurdo separar vida e literatura, como se fossem coisas antagônicas. Segundo Barbosa (2005, p. 16), Broca questionava: "Escritores também não são homens, não participam da vida, não informam as flutuações em que vivem ou viveram?", e argumentava: "Não é o caráter literário de um tema que o particulariza, restringindo-lhe o alcance; é a maneira estreita, artificiosa e convencional de tratá-lo. Não é a literatura – por onde a vida e a humanidade se exprimem –, é a literatice[6]".

Como já afirmado, o livro *A vida literária no Brasil* – 1900 foi lançado em 1956. Quase uma década depois, Antonio Cândido lançava *Literatura e sociedade*, em 1965, onde refletia sobre o estudo da relação entre a obra e o seu condicionamento social. O teórico estudou duas vertentes de análise de obras literárias: primeiro, uma em que "o valor e o significado de uma obra dependiam de ela exprimir ou não certo aspecto da realidade, e que este aspecto constituía o que ela tinha de essencial," em seguida, outra, contrária a essa primeira, em que "a matéria de uma obra é secundária, e que a sua importância deriva das operações formais postas em jogo, conferindo-lhe uma peculiaridade que a torna de fato independente de quaisquer condicionamentos, sobretudo social."[7]

Em *Literatura e Sociedade* (1965), Cândido afirma que essas duas linhas de pensamento eram insatisfatórias e indica a necessida-

---

5 BROCA, Brito. A decadência da boêmia. In: A vida literária no Brasil — 1900. 5. ed. Rio de Janeiro: José Olympio: Academia Brasileira de Letras, 2005, p. 16.
6 "Literatice: Literatura ruim, pretensiosa ou ridícula." Fonte: @ulete digital. Disponível em: Dicionário Online - Dicionário Caldas Aulete - Significado de literatice
7 CANDIDO, Antonio. *Literatura e sociedade*. Rio de Janeiro: Ouro sobre azul, 2006. p.8

de de "fundir texto e contexto em uma interpretação dialeticamente íntegra"⁸. Para Cândido o externo (no caso, o social) importa, não como causa, nem como significado, mas como elemento que desempenha um certo papel na constituição da estrutura. Segundo o teórico (1965, p.8), a legitimidade do estudo dos fatores externos localizava-se na sociologia da literatura, que não propõe a questão do valor da obra, e pode interessar-se, justamente, por tudo que é condicionamento. Cabe-lhe, por exemplo, "pesquisar a voga de um livro, a preferência estatística por um gênero, o gosto das classes, a origem social dos autores, a relação entre as obras e as ideias, a influência da organização social, econômica e política etc. Sendo uma disciplina de cunho científico, sem a orientação estética necessariamente assumida pela crítica". (p.9)

No mesmo ensaio, Cândido afirma que "a literatura, como fenômeno de civilização, depende, para se constituir e caracterizar, do entrelaçamento de vários fatores sociais. Mas, daí a determinar se eles interferem diretamente nas características essenciais de determinada obra, vai um abismo, nem sempre transposto com felicidade. (CANDIDO, 1965, p. 21)

O que Candido defende em *Crítica e sociologia: tentativa de esclarecimento*, prefácio do livro *Literatura e sociedade*, é o fim da dicotomia entre o foco nos fatores externos ou internos para a crítica de uma obra, apontando as falhas nas linhas de atuação crítica quando apenas se considera um fator, seja em um estruturalismo radical, ou em uma consideração dos fatores sociais como um simples aferimento de obra e realidade exterior. Para o teórico, "o

---

8 _____. Literatura e sociedade. Rio de Janeiro: Ouro sobre azul, 2006. p.8

fator social é invocado para explicar a estrutura da obra e o seu teor de ideias, fornecendo elementos para determinar a sua validade e o seu efeito sobre nós" (p. 24), considerando a organicidade da obra, pois essa concepção da obra permite, no seu estudo, levar em conta e variar o jogo dos fatores (externo e interno) que a condicionam e a motivam (p. 25).

Uma nota importante é que o texto de Candido é o desenvolvimento de uma conferência proferida em 1961 e que os autores citados, em sua maioria, são seus contemporâneos. Vale ressaltar também o debate sobre o formalismo e a estrutura interna dos textos que ocorria neste período, para compreender o quanto as reflexões de Candido dialogavam com os debates teóricos do seu tempo.

A vida literária no Brasil — 1900 passa longe de ser um livro de crítica ou teoria literária, mas é seguro dizer que o livro de Brito Broca serve para análises do que Candido, como citado acima, chama de "fator social" de uma obra. Jornalista, Broca atuou como cronista literário entre 1935, quando foi admitido na *Gazeta de São Paulo*, e 1961, ano em que o cronista falece. Para Antônio Carlos Secchin (2005), nada escapava à veia investigativa de Brito Broca:

> As reformas urbanísticas da então capital federal, o poder da imprensa nos mecanismos de legitimação literária, a formação de grêmios e associações culturais e artísticas, a expansão do mercado editorial, as interseções entre política e literatura, as idiossincrasias dos escritores. Neste particular, o da recuperação da pequena história, feita de afetos e desafetos, no cotidiano das relações interpessoais – Brito Broca revela-se admirável cronista, enlaçando um

rigoroso registro factual a fins percepções da alma humana (SECCHIN, 2005, p. 3).

O livro *A vida literária no Brasil – 1900* foi inspirado na série *Histoire de la Vie Littéraire*, de André Billy. Segundo Bittencourt (2017, p. 71) a perspectiva histórica desenvolvida no projeto *A Vida Literária no Brasil* é devedora dos conceitos aplicados por André Billy na referida série, pois em um labirinto de ideias, é possível vislumbrar uma metodologia de trabalho eficiente da qual fez uso Billy – sobretudo, nas obras escritas por ele mesmo: *Histoire de la Vie Littéraire – L'Époque 1900 (1885 – 1905)* e *Histoire de la Vie Littéraire Contemporaine (1905 – 1930)*. São nelas que estão o fundamento conceitual do panorama de *A Vida Literária no Brasil*. O cotejamento do 1900, de Broca, com *L'Époque 1900*, de Billy, mostrou-se frutífero à medida que clareou o movimento intertextual do qual ele fez uso para estruturar seu trabalho. O mesmo ocorre com o cotejamento entre L'Époque Contemporaine e os manuscritos da Época Modernista.

André Billy foi o coordenador dessa coleção de oito volumes sobre a vida literária, sendo eles: *La vie littéraire en France au Moyen-âge*, de Gustave Cohen; *La vie littéraire sous la Renaissance*, de Auguste Bailly; *La vie littéraire au XVII e siècle*, de Georges Mongrédien; *La vie littéraire en France au XVIIIe siècle* e *L'époque romantique*, de Jules Bertaut; *L'époque réaliste et naturaliste*, de René Dumesnil) e dois em que também foi o autor: *L'époque 1900 (1885-1905)* e *L'époque contemporaine (1905-1930)*.

Bittencourt (2017, p. 71) informa que "lendo a coleção, apreende-se o método ali expresso de maneira um pouco intuitiva, pois as obras não se propõem a teorizar sobre a vida literária, mas aplicar os métodos aos processos de construção de uma história da vida literária de cada período." O pesquisador afirma que André Billy, em uma tentativa de teorização, informa na obra que os livros da coleção eram:

> Um complexo amalgama de ideias, obras, vida social e memórias individuais que se passaram na história francesa entre os anos de 1905 e 1930, período atravessado pelos mais ricos, dramáticos e contrastantes acontecimentos da história recente. Os quais, em certa medida, fazem com que a literatura francesa aparente uma vasta aventura ou um grande romance no qual as principais personagens são os escritores e o meio por onde transitam (BITTENCOURT, 2017, p. 71).

Em *A vida literária no Brasil — 1900*, algumas características de Broca como cronista literário destacaram-se, a exemplo do caráter investigativo, democrático e inclusivo do seu interesse na paisagem da vida literária que, "sem fazer concessões, tratava os jovens com simpatia, sobretudo os da província, com menos oportunidade e até sem nenhuma oportunidade de aparecer, como os das capitais" (BARBOSA, In BROCA, 2005, p. 16)[9]. Já Candido (1981), no prefácio do livro *Ensaios da Mão Canhestra,* afirma que na obra de Broca:

> A interpretação adere de modo indiscernível à descrição: quando está descrevendo, enumerando, detalhando, o

---

9 BARBOSA, Francisco Assis. Um Dom Quixote das letras. In: BROCA, Brito. *A vida literária no Brasil – 1900.* Rio de Janeiro: ABL, 2005. p. 16.

cronista está ao mesmo tempo sugerindo, desvendando e analisando", e ainda, "enquanto descreve, enumera e detalha, o cronista, ao mesmo tempo, sugere, desvenda e analisa[10].

Broca descreveu em *A vida literária no Brasil – 1900*, por exemplo, o preconceito que os escritores que viviam no Rio de Janeiro tinham em relação aos escritores das outras regiões do Brasil, assim como não se eximiu de apresentar como eram reduzidas as oportunidades para as mulheres fazerem parte dos meios de circulação literária: "quando Júlia Lopes de Almeida entrou a escrever nos jornais, por volta de 1885, encontrou ainda forte barreira de preconceitos contra as mulheres escritoras" (BROCA, 2005, p. 329)[11]. O autor também abordou o racismo de Monteiro Lobato e de outros escritores:

> o preconceito da inferioridade étnica que levava os outros escritores a se refugiarem na Grécia, como um sistema de defesa, atuaria no espírito de Lobato, de maneira diversa, contribuindo para que ele passasse a ver, mesmo sob um aspecto pessimista, a nossa realidade (BROCA, 2005, p. 329).

Ainda sobre vida literária como método, Flora Sussekind, ao revisar a edição de *Literatura e vida literária*, de sua autoria, lançado em 1985, nomeia no prefácio da nova edição o livro como um *panorama* e informa que ele se constitui de omissões (propositadas ou

---

10 Trecho citado por: WALDMAN, Berta. Brito Broca e Alexandre Eulálio: dois viajantes. *Remate de Males*, Campinas. v. 11, p. 21-25, 1991.
11 BROCA, Brito. *A vida literária no Brasil – 1900*. Rio de Janeiro: ABL, 2005. p. 329.

não) e de saltos ligados a perspectiva de observação, que talvez sejam obrigatórios nesse tipo de intervenção. Sussekind define o tipo de texto que aborda a vida literária como uma espécie peculiar de texto crítico, que se caracteriza pelo diálogo com os contemporâneos e dimensionamento crítico do próprio presente. A pesquisadora informa também que a ampliação de abrangência característica do panorama pode implicar uma redução inevitável de densidade analítica. Para a autora o livro foi um esforço de "pensar a produção literária na sua relação com a vida cultural de um modo geral" (SUSSEKIND, 2004, p. 10).

Acredito que ao apresentar o livro, Sussekind oferece características importantes para se definir um estudo de vida literária. Para a autora, *Literatura e vida literária: polêmicas, diários e retratos* não foi apenas um esforço de pensar a produção literária na sua relação com a vida cultural e com o tempo em que se manifesta, ou de avaliar aspectos fundamentais da formação da autora e dos anos de autoritarismo. Para Sussekind, *Literatura e vida literária* define uma espécie de margem, que não é estritamente acadêmica, estritamente jornalística, aderente a produção contemporânea ou resguardada dela, para o exercício crítico. (SUSSEKIND, 2004, p. 11).[12]

Embora tenha sido publicado em 1956, *A vida literária no Brasil – 1900* deixa nítido que a paisagem[13] retratada por Brito Broca não se distancia, em alguns aspectos, do que foi a literatura brasileira na segunda metade do século XX e primeiras duas décadas do XXI:

---

12 SUSSEKIND, Flora. *Literatura e vida literária*. Belo Horizonte: UFMG, 2004.
13 Termo utilizado por Brito Broca em *A Vida literária no Brasil – 1900*: "O certo é que de 1915 em diante começariam a manifestar-se sinais acentuados de transformação na paisagem da nossa vida literária" (BROCA, 2005, p. 352).

um território de disputas, com a prevalência de um determinado grupo. Para a pesquisadora Regina Dalcastagnè:

> Desde os tempos em que era entendida como instrumento de afirmação da identidade nacional até agora, quando diferentes grupos sociais procuram se apropriar de seus recursos, a literatura brasileira é um território contestado. Muito além de estilos ou escolhas repertoriais, o que está em jogo é a possibilidade de dizer sobre si e sobre o mundo, de se fazer visível dentro dele (DALCSTAGNÈ, 2012, p. 5).

Regina Dalcastagnè coordena uma pesquisa na Universidade de Brasília (UNB) que investiga quantitativamente as publicações de romances de grandes editoras brasileiras nos períodos que vão de 1965 a 1979 e 1990 a 2004. Com isso, identificou que quem mais publicou romances nesses recortes pertence a um grupo muito específico da população: "homens brancos, que vivem no Rio de Janeiro ou São Paulo, quase todos estão em profissões que abarcam espaços já privilegiados de produção de discurso: os meios jornalísticos e acadêmicos"[14].

Aliam-se à construção desta reflexão duas outras pesquisas *Panorama editorial da literatura afro-brasileira através dos gêneros romance e conto*, de Luiz Henrique Oliveira e Fabiane Cristine Rodrigues[15], estudo dedicado às dinâmicas que caracterizaram o surgimento de livros individuais de contos e romances afro-brasileiros. "Estas fontes

---

14 DALCASTAGNÈ, Regina. *Literatura brasileira contemporânea*: um território contestado. Rio de Janeiro: Horizonte, 2021. p. 6
15 OLIVEIRA, Luiz Henrique; RODRIGUES, Fabiane Cristine. Panorama editorial da literatura afro-brasileira através dos gêneros romance e conto. Belo Horizonte: Em Tese, 2016.

compuseram uma espécie de 'inventário' da produção literária de autores negros brasileiros em diversos gêneros" (OLIVEIRA; RODRIGUES, 2016, p. 91)[16] e *A literatura afro-brasileira nos acervos das bibliotecas públicas*, de Gustavo Tanus e Gabrielle Francinne Tanus[17]. Se a pesquisa da UNB mapeia a literatura brasileira a partir da publicação de romances das maiores editoras brasileiras entre 1965 e 1979 e entre 1990 e 2004, o estudo sobre a história editorial da literatura negra brasileira vai quantificar as publicações de escritores e escritoras negros no Brasil no período de 1839 a 2020, identificando que, entre 1859 e 2020, apenas 79 romances de escritores e escritoras negros foram publicados. A pesquisa originou o livro *Trajetórias editoriais da literatura de autoria negra: poesia, conto, romance e não ficção*, publicado pela editora Malê em 2022, onde, segundo Oliveira e Rodrigues:

> É possível, simultaneamente, englobar a pluralidade da qual se constituem as produções literárias de autoria negra ou afro-brasileiras e diferenciá-las daquelas que constituem o cânone literário brasileiro, definido, em grande medida, por um padrão etnocêntrico. Ou seja, trata-se de uma literatura que, embora não abandone seus critérios estéticos, assume um explícito posicionamento social, dedicado a dar voz a uma comunidade muitas vezes marginalizada na sociedade brasileira (OLIVEIRA; RODRIGUES, 2022, p. 31).

A afirmação de Oliveira e Rodrigues alia-se aos investimentos reflexivos deste livro por informar que a produção a qual revolvi

---

16 Ibidem.
17 TANUS, Gustavo; TANUS, Gabrielle Francinne de Souza Carvalho. Onde estão os autores e autoras negras? A literatura afro-brasileira nos acervos das bibliotecas públicas brasileiras. *Diacrítica*. v. 34, n. 2, 2020, p. 249–263. Disponível em: <http://eprints.rclis.org/40314/>.

observar diferencia-se do cânone literário, mas também, que seu posicionamento social, neste trabalho, mais especificamente sobre a vulnerabilidade à morte, não exclui os critérios estéticos de sua produção.

Já a pesquisa nos acervos das bibliotecas traz dados importantes para refletir sobre a circulação de obras e os pesquisadores concluem que:

> As bibliotecas acabam por espelhar e reproduzir o silenciamento, o preconceito, o racismo fortemente arraigado e alimentado pela ideologia da branquitude. A ausência de obras de literatura de autores e autoras negras compromete a representatividade nos acervos, bem como a mediação literária e a formação de leitores, que não se veem representados nos acervos das bibliotecas públicas (TANUS; TANUS, 2020, p. 4).

A pesquisa de Gustavo e Gabriele Francine relaciona-se diretamente com a minha história de vida, uma vez que minha primeira formação é como bibliotecário e fazer um estudo do acervo da biblioteca em que trabalhava auxiliou-me nas pesquisas sobre a desigualdade no mercado editorial brasileiro.

As pesquisas citadas sinalizam essa desigualdade entre as publicações de escritore(a)s negro(a)s e de escritore(a)s branco(a)s, mas não apenas. Elas também indicam que, excetuando-se alguns escritore(a)s negro(a)s oitocentistas – e quanto a isso, destaca-se a obra *Escritos de liberdade*[18], de Ana Flávia Magalhães Pinto – mesmo

---

18 Pinto (2018, p. 25) identifica uma rede de sociabilidade estabelecida por um conjunto de pensadores negros e literatos negros que refletiram sobre os projetos e atuaram nos processos de formação/reformulação nacional brasileira nas cidades de São Paulo e Rio de Janeiro da segunda metade do século XIX.

quando publicados com recursos próprios e de pequenas editoras (quilombos editoriais) — o que já evidencia condições diferentes de acesso à produção editorial —, os livros desses escritore(a)s negro(a)s foram ignorados, em grande medida, pelo mercado, pela "história e historiografia"[19] da literatura brasileira e pelas outras instâncias de legitimação da literatura.[20]

Importante também destacar, para que essa reflexão não pareça anacrônica ao citar os escritores negros oitocentistas, que a noção de mercado editorial como o entendemos hoje se difere profundamente de como se pensava produção, divulgação e comercialização de livros na segunda metade do século XIX, ou até mesmo, das duas primeiras décadas do XX. No final do século XIX, apenas 18% da população brasileira era alfabetizada e, desse percentual, era bastante reduzido o número dos que liam livros. Guimarães informa sobre as pequenas tiragens da época ao afirmar que "os livros saíam em edições de mil exemplares, e apenas títulos muito bem-sucedidos chegavam em sua segunda edição, que poderia demorar dez, vinte, trinta anos" (GUIMARÃES, 2002, p 38). O autor observa que não era a quantidade de exemplares da tiragem que marcava o pequeno número de leitores, mas sim o tempo em que uma tiragem de mil exemplares levava para ser consumida.

---

[19] Souza (2007, p. 10) distingue a noção de História da Literatura, "o fenômeno constituído pelos desdobramentos e transformações no tempo de uma entidade chamada Literatura Brasileira", de Historiografia da Literatura, "o corpo de obras consagradas ao estudo desse fenômeno".

[20] Segundo Abreu (2005, p. 40), para que uma obra seja considerada *Grande Literatura* ela precisa ser declarada *literária* pelas chamadas "instâncias de legitimação". Essas instâncias são várias: a universidade, os suplementos culturais dos grandes jornais, as revistas especializadas, os livros didáticos, as histórias literárias, etc. Uma obra fará parte do seleto grupo da *Literatura* quando for declarada literária por uma (ou, de preferência, várias) dessas instâncias de legitimação. Assim, o que torna um texto *literário* não são suas características internas, e sim o espaço que lhe é destinado pela crítica e, sobretudo, pela escola no conjunto dos bens simbólicos.

Ou seja, mesmo que, na atualidade, sejam comuns edições com tiragens pequenas, de 200, 300 exemplares, a quantidade de títulos nacionais e estrangeiros lançados no mercado editorial brasileiro é imensa. Segundo a pesquisa *Painel do Varejo de Livros no Brasil*[21], em 2021 foram registrados novos 47.869 títulos de livros.

Diante das pesquisas que apontam para a pequena participação de escritores negros no mercado editorial brasileiro, como pensar a sua inserção nas estruturas de criação, produção, circulação e recepção de suas obras?

Para Moriconi (2021, p. 32), "enquanto fenômeno histórico, a literatura define-se nuclearmente como arte verbal escrita, da narrativa ficcional ou da lírica posta a circular no mercado na forma-suporte livro". Esta circulação se dá em instâncias que o autor nomeia como circuitos literários. Moriconi estrutura o literário em quatro circuitos: mercado, acadêmico, vida literária e alternativo. "O circuito é a estrutura de circulação de textos" Moriconi (2021, p. 37). Como já afirmado, Broca (2005, p. 33) distingue vida literária (vida social) e literatura (estilística); já Moriconi estabelece distinções mais complexas:

> Adaptando e traindo brutalmente um vocabulário habermasiano: existe a literatura enquanto parte da cultura cotidiana, que se estrutura como mercado (o "mundo da vida", regido pelas relações de troca), e existe a literatura enquanto parte da cultura "especializada", formada pelo conjunto dinâmico das instituições pedagógicas. A separação prática e conceitual aprofundou-se à medida que no

---

[21] *Produção e venda do setor editorial brasileiro.* Disponível em: https://snel.org.br/wp/wp-content/uploads/2022/05/apresentacao_imprensa_Final.pdf.

âmbito da universidade a teoria da literatura afirmou-se como disciplina em conexão com o campo das novas ciências humanas e sociais, descolando-se da ideia de belas-letras, da historiografia de tipo oitocentista e dos próprios projetos nacional-estatais (MORICONI, 2021, p. 34).

Segundo Moriconi, "a noção de circuito assimila perspectivas da estética da recepção, da sociologia da literatura e da vida literária". Seria, portanto, "uma atividade de teorização do literário integrada ao trabalho de teorização da cultura, da comunicação, dos discursos e suas redes", "uma teoria não dogmática, democrática, inclusiva no nível do próprio conceito", "um ajuste de vocabulário" (MORICONI, 2021, p. 36-37).

As realidades que estimulam Moriconi a desenhar uma estrutura para o literário foram as mudanças ocorridas na literatura, principalmente, no início deste século, em que, segundo o pesquisador, "a realidade mesma da produção literária está a exigir uma revisão radical de alguns de seus até hoje mais sólidos pilares conceituais", pois "se configura necessário construir categorias positivas num contexto intelectual marcado pela complexidade" (MORICONI, 2021, p. 32).

Moriconi informa ainda sobre a existência de um *gap* entre o circuito do mercado e o circuito acadêmico, mas os aproxima ao afirmar que "ambos isolam a situação comunicacional literária da vida vivida", e, citando Roland Barthes, aponta um terceiro circuito, definindo-o como praticamente extinto, o boêmio vanguardista, que ele categoriza como vida literária (MORICONI, 2021, p. 35).

Neste ponto, realiza-se uma aproximação maior da teoria de Moriconi com o objeto desta pesquisa. Para Moriconi, no circuito da vida literária, o mero leitor ou consumidor tem algo de artista também, pois incorpora o estético como vivência. O circuito da vida literária contrapõe-se à literatura na esfera do entretenimento, de uma literatura apaziguadora; "no circuito da vanguarda arte e literatura são questões de vida ou morte" (MORICONI, 2021, p. 35).

Semog (2015), um dos autores da geração *Cadernos Negros*[22], informa sobre o entendimento da sua geração a respeito do fato de fazerem uma literatura indissociável do combate ao racismo, uma ação entendida como uma frente do Movimento Negro Unificado — que lutava, antes de tudo, pela preservação da vida da população negra. Neste sentido, a partir de aproximações, pode-se inferir que a literatura da geração *Cadernos Negros* se enquadraria no circuito da vida literária proposto por Moriconi. Logo, o que justificaria o conjunto da produção textual e a vida literária deste grupo ter sido registrado e analisado por tão poucos estudos e registros da literatura brasileira?

Para além do caráter de ser uma questão de vida ou morte, acredita-se que, mesmo não tendo sido apreendida em sua especificidade pela lente de Moriconi, a literatura de escritores e escritoras negros contemporâneos pode ser entendida como parte do circuito da vida literária categorizado pelo pesquisador, também considerando o caráter de coletividade com que produziam a sua literatura, os grupos para trocas literárias e o engajamento na formação dos seus leitores. Os livros sobre a vida literária brasileira, portanto, não alcançaram amplamente o que ocorria em diversas regiões ou com

---

22 Jovens escritores negros que começam a publicar na segunda metade da década de 1970 e que criam uma frente no Movimento Negro Unificado voltada para a literatura. Organizam-se em grupos, estabelecem princípios para as literaturas que estão produzindo. Criam a publicação periódica e coletiva *Cadernos Negros*, que serve de núcleo, em torno do qual os grupos literários orbitam.

outros grupos não-negros, isto é, aqueles que foram tradicionalmente legitimados como fazedores da literatura brasileira. Como exemplo para esta afirmação, vale citarmos o que Moriconi informa como um esvaziamento da vida literária a partir da década de 1980:

> Ao longo dos anos 80, ocorreu um progressivo esvaziamento dos espaços de socialização dos escritores, com dispersão individualista de todos na disputa de um lugar ao sol da profissionalização. Flora Süssekind, Heloísa Buarque de Hollanda e Carlos Alberto Messeder Pereira são os cronistas insuperáveis dessa transição (MORICONI, 2021, p. 40).

Período em que estes pesquisadores citam um esvaziamento dos espaços de sociabilidade em torno da literatura, a década de 1980 é quando escritoras e escritores negros reúnem-se em grupos em algumas regiões do Brasil, dinamizando uma intensa vida literária. Como atesta Semog em entrevista para Uzêda (2015, p. 13),

> a literatura afro-brasileira fez-se presente por meio de recitais em escolas, favelas, universidades, presídios, praças e alhures. O importante era estabelecer a existência de uma literatura nominada afro-brasileira. Isto foi feito com a participação em seminários e encontros literários, realização de oficinas em escolas e muitos encontros literários com outros segmentos do movimento negro, como os promovidos pelo Grupo Palmares, no Rio Grande do Sul, Grupo Quilombhoje Literatura, em São Paulo, Grupo Negrícia, Poesia e Arte de Crioulo, no Rio de Janeiro, e GENS, Grupo de Escritores Negros de Salvador, na Bahia.

Cuti informa que, no final da década de 1970 e nos primeiros anos da de 1980, além dos encontros nos bares de São Paulo, o(a)s escritore(a)s negro(a)s passaram a realizar as rodas de poemas,

> uma maneira própria de se dizer poesia, semelhante à roda de samba, que incluía instrumentos de percussão (em geral atabaques e chocalhos) e pequenos pontos musicais para serem cantados pelos participantes entre uma e outra declamação ou leitura em voz alta no centro da roda (CUTI, 2010, p. 125).

As rodas de poemas traziam algo inovador para se pensar criação, circulação, mediação e vida literária. Uma dinâmica com marcadores de ancestralidade africana, democrática e não hierarquizada de contato com a literatura. Ressaltando que, assim como os poetas da geração mimeógrafo, o(a)s escritore(a)s negro(a)s também faziam uso desse recurso (mimeografar e distribuir) para divulgar os seus poemas.

Sobre a geração mimeógrafo, convém trazer para esta reflexão a publicação da antologia *26 poetas hoje*, organizada por Heloísa Buarque de Hollanda e publicada em 1975, ou seja, três anos antes das publicações de *Cadernos Negros*, em São Paulo, e *Ebulição da escrivatura: treze poetas impossíveis*[23], no Rio de Janeiro. Em resenha para o jornal *O Globo*, publicada em 27 de agosto de 1978, Sérvulo Siqueira informa que como toda coletânea, *Ebulição da escrivatura: treze poetas impossíveis* padece dos problemas de sua heterogeneidade, fruto de uma organização aleatória e que reflete as mais diversificadas visões de seus participantes. Circunstância que

---

23 Antologia idealizada e organizada por Salgado Maranhão, que, embora não tenha um recorte racial, foi a estreia do Salgado e do poeta Éle Semog.

parece ser compreendida pelos autores, pois Salgado Maranhão – um dos 13 – explica na introdução da obra que seus integrantes,

> não podendo reunir-se em grupos para criar movimentos de grande repercussão, tiveram que produzir sozinhos seu trabalho. [...] Vista como um todo, a construção estilística dos integrantes da coletânea exibe a absorção das estruturas verbais veiculadas pela música popular e os coloquialismos, já detectados por estudiosos, como uma das características marcantes da chamada "poesia de mimeógrafo" (MARANHÃO, 1978, p. 10).

Voltando ao *26 poetas hoje,* Hollanda esclarece que não partiu dela a opção de chamar aquele repertório de poesia marginal, embora a organizadora tenha ficado conhecida como a criadora do termo para designá-lo. A ideia de marginalidade a que foi atribuída a poesia produzida naquele período estava associada a uma independência sobre os meios de produção das editoras. Hollanda explica que

> frente ao bloqueio sistemático das editoras, um circuito paralelo de produção e distribuição independente vai se formando e conquistando um público jovem que não se confunde com o antigo leitor de poesia. Planejadas ou realizadas em colaboração direta com o autor, as edições apresentam uma face charmosa, afetiva e, portanto, particularmente funcional. Por outro lado, a participação do autor nas diversas etapas da produção e distribuição do livro determina, sem dúvida, um produto gráfico integrado, de imagem pessoalizada, o que sugere e ativa uma situação mais próxima do diálogo do que a oferecida comumente na relação de compra e venda, tal como se realiza no âmbito editorial (HOLLANDA, 1975, p. 10).

Essa aproximação, que realizo aqui, da poesia marginal e da geração mimeógrafo com a literatura de autoria negra que vinha também sendo produzida na mesma época me é bastante cara para o meu esforço teórico, uma vez que o *26 poetas hoje*, com o tempo, adentrou o cânone, sendo estudado em universidades, referenciado e gerando fortuna crítica. O que explicaria então a invisibilização (mesmo que parcial) pelos meios culturais e intelectuais das iniciativas literárias dos escritores negros realizadas no mesmo período? O *26 poetas hoje* foi questionado, criticado, elogiado, confrontado, entrou na dinâmica dialética de recepção de uma obra. Neste sentido, não se trata de, em 2023, questionar a seleção dos 26 poetas, algo explicado pela organizadora, mas de se questionar como a produção literária de autoria negra não se inseriu nos fluxos de recepção de uma obra:

> Esta mostra de poemas não foi feita sem arbitrariedade. Como a circulação da maior parte das edições é geograficamente limitada e se confina às suas áreas de produção, não escolhi senão entre os trabalhos que estavam ao alcance de meu conhecimento. Assim, a grande maioria dos poetas apresentados são residentes ou publicados no Rio de Janeiro. Além dos limites naturais e geográficos, outras restrições foram feitas. Como princípio, não quis que esta antologia fosse o panorama da produção poética atual, mas a reunião de alguns dos resultados reais significativos de uma poesia que se anuncia já com grande força e que, assim registrada, melhor se oferece a uma reflexão crítica. Portanto, as correntes experimentais, as tendências formalistas e as obras já reconhecidas não encontrariam aqui seu lugar (HOLLANDA, 1975, p. 10).

Outro fator relevante a se destacar em *26 poetas hoje* é a relação que a organizadora faz entre literatura e vida, tema deste livro. Destaco três trechos. Segundo Hollanda:

> Há uma poesia que desce agora da torre do prestígio literário e aparece com uma atuação que, restabelecendo o elo entre poesia e vida, restabelece o nexo entre poesia e público. Dentro da precariedade de seu alcance, esta poesia chega na rua, opondo-se à política cultural que sempre dificultou o acesso do público ao livro de literatura e ao sistema editorial que barra a veiculação de manifestações não legitimadas pela crítica oficial.
>
> (...)
>
> Se agora a poesia se confunde com a vida, as possibilidades de sua linguagem naturalmente se desdobram e se diversificam na psicografia do absurdo cotidiano, na fragmentação de instantes aparentemente banais, passando pela anotação do momento político.
>
> (...)
>
> A aproximação entre poesia e vida já observada no modo de produção das edições é, pois, tematizada liricamente. O lucro decorrente se representa pelo seu desdobramento em dividendos como a volta da alegria, da força crítica do humor, da informalidade. Ao assumir, mesmo, um teor altamente afetivo, esta poesia se coloca em competição com o que permaneceu aprisionada pela linguagem rígida da tradição clássica (HOLLANDA, 1975, p. 11-12).

Não me parece forçoso inferir que o(a)s jovens escritore(a)

s negro(a)s que encontraram meios de furar o bloqueio do sistema editorial tenham comungado do mesmo espírito do movimento da poesia marginal, ao realizar estratégias de divulgação e mediação dos seus textos. Entendo que, por mais abrangente e fluído que seja o processo de descrição da vida literária de uma determinada região, sempre há o estabelecimento de um foco para se fazer do mapeamento um método, o que leva, inevitavelmente, a algum tipo de exclusão. No entanto, pode-se pensar em vidas literárias, segmentos, a partir de focos regionais, ou étnicos, ou de gênero... Ou seja, podem-se investir esforços para a descrição da vida literária de uma determinada cidade, de um grupo, ou de um país. O que se questiona em relação ao que já foi descrito como vida literária brasileira no período de análise deste livro, a partir de 1978, é que ao descreverem a vida literária brasileira em uma determinada época, alguns pesquisadores permaneceram olhando apenas para o Rio de Janeiro e para um determinado grupo de escritores. Como se a vida cultural da literatura no país estivesse restrita a algumas cidades do sudeste e a um grupo de escritores majoritariamente brancos, ricos ou da classe média.

    Neste livro, elaboro a vida literária brasileira como uma rede de sociabilidades, composta de diversas outras redes/de outros segmentos que de alguma maneira se inter-relacionam, podendo ser pelo uso da mesma língua, cultura ou por fazerem parte de um mesmo território. O conjunto destes segmentos da vida literária compõe a vida literária brasileira, uma paisagem impossível de ser completada, visto que as sociabilidades e a produção literária estão sempre em movimento, transformando-se.

    O método empregado por Brito Broca na sua descrição da

paisagem literária brasileira é possivelmente inaplicável em sua totalidade. Bittencourt (2017) explica que se pode vislumbrar o autor tal como um diagramador e um copidesque de si mesmo, batalhando na modelagem física das páginas do seu texto, num intrincado quebra-cabeça de autógrafos, recortes de artigos e folhas coladas umas às outras para ampliar o espaço da escrita. Essa técnica de "recorta e cola" tinha a função exclusiva de organizar as ideias e, talvez, diminuir o trabalho de reescrita, como por exemplo, dos artigos reaproveitados.

Segundo Bittencourt (2017), no processo criativo do panorama da literatura proposto por Broca, o que parecia uma atividade aleatória, não merecedora do rótulo de "técnica", era o seu *modus operandi* para resolver as limitações materiais diante dos seus processos de escrita, um método completamente aliado ao seu modo de composição e pesquisa. Uma ampla investigação pelas páginas dos periódicos *A Manhã, A Gazeta e o Jornal de Letras*, flagra, entre 1952 e 1956, Broca publicando crônicas literárias que, posteriormente, seriam incorporadas ao 1900. É em meio a essas crônicas que encontramos as reportagens "Cinquenta anos de Vida Literária no Brasil", publicada no *Jornal de Letras*, em 1952, a qual se configura como a gêneses do 1900 e do Época Modernista.

Bittencourt (2017, p. 62) afirma que o procedimento de escrita e aperfeiçoamento dos textos dos quais Brito Broca se utilizava explica-se por dois fatores: primeiro, o financeiro — pois vivia de escrever para o jornal e, por isso, ia pesquisando, escrevendo e publicando nas páginas dos periódicos; segundo, o de testar suas teses — a publicação de um texto suscitava o interesse de outro intelectual, que ia até ele com novas informações sobre o tema, com novas fontes ou refutando as suas ideias.

Este entendimento não reduz o interesse na investida em aprofundar a reflexão sobre as possibilidades que uma descrição das redes de sociabilidades, das estratégias alternativas de produção, mediação e circulação literária e nas histórias de vidas trazem para se descrever o que ocorreu na vida literária de escritoras e escritores negros no período entre 1978 e 2020. Neste sentido, olhar para vida literária como um método confirma-se como uma possibilidade instigante de descrição. Ou seja, pensar as dinâmicas coletivas estabelecidas por escritoras e escritores negros no fazer literário, como, citando Moriconi (2020, p. 44), grupos de *contemporâneos irmanados por sua contemporaneidade*[24]. Para o autor,

> no circuito de vida literária, o valor de referência é o diálogo entre os pares, a leitura mútua entre contemporâneos. Essa leitura mútua tem por referência remota os grandes clássicos, mas o diálogo com estes não é feito solitariamente pelo escritor na companhia exclusiva de seus próprios fantasmas e ambições. Existe uma referência do grupo que opera a mediação da referência canônica. Essa autorreferência do grupo de contemporâneos irmanados por sua contemporaneidade talvez deva ser considerada um elemento principal na definição de um conceito de geração literária (MORICONI, 2021, p. 44).

Na sua teoria dos circuitos literários, Moriconi (2021, p. 44) informa que "é preciso ser inclusivo" e estabelece um quarto circuito, o circuito alternativo:

---

24 MORICONI, Ítalo. *Literatura, meu fetiche*. Recife: Cepe, 2020. p. 44.

formado pelo movimento da escrita e da publicação extra-mercado, ligado a ONGs e a iniciativas culturais e políticas na sociedade, como o campo dos relatos prisionais, dos relatos brutos da periferia urbana brasileira (o novo sertão) e demais escritas e assinaturas de não profissionais (MORICONI, 2021, p. 44).

Para Moriconi (2021), o que se produz neste circuito já não seria literatura, se considerarmos o conceito de que "literatura implica a circulação num mercado de livro e a condição profissional de produção deste livro, do lado do autor ou autora, atores principais do sistema" (MORICONI, 2021, p. 44).

Publicado orginalmente em 2006, o artigo de Moriconi para se pensar a vida literária no Brasil nas duas últimas décadas do século XX e início do XXI traz uma contribuição inestimável. No entanto, para se analisar a relação entre a autoria negra e a vida literária neste mesmo período, algo ainda escapa. É preciso ampliar o foco.

Pela categorização proposta pelo pesquisador, embora ele desconsidere as dinâmicas da literatura afro-brasileira[25] na década de 1980, esta literatura se aproximaria mais das "iniciativas culturais e políticas na sociedade", ou seja, do circuito alternativo, marcando presença na universidade como objeto preferencial de abordagem pelos estudos culturais que "dissolvem o objeto da literatura em função de outro objeto que tem a ver com o exercício social da escrita".

Mesmo fazendo aproximações, a geração *Caderno Negros* não se enquadra em nenhum dos circuitos de Moriconi. Possivelmente, por não ter sido utilizada como elemento de observação para o

---

25 Pelos documentos que se teve acesso, o termo afro-brasileira era consensual entre os escritores negros neste período.

mapeamento proposto pelo autor — o que, acredito, seria outro, se a considerasse.

A paisagem atual da literatura brasileira é marcada pelo deslocamento do circuito identificado por Moriconi, em 2006, como um circuito alternativo – e que atualmente, em alguns debates, recebe a categorização de "identitário/periférico"[26] – para uma centralidade que alcança reconhecimento nas instâncias legitimadoras da literatura (academia, prêmios, mercado). Este repertório, até então entendido por Moriconi como fruto de um exercício social da escrita e da vida social, vem recebendo maior interesse dos estudos literários. Esse deslocamento de objetos nesta paisagem requer uma cartografia/estrutura de mapeamento que comtemple na vida literária, o quanto possível, a diversidade dos fazeres em literatura, os sujeitos e suas sociabilidades e as dinâmicas de poder em um país complexo como o Brasil.

O deslocamento evidencia que a vida social influencia o que será incorporado pelas instâncias de legitimação do literário, ou seja, o processo de invisibilização pelo qual passou a geração de escritores dos *Cadernos Negros* esteve mais associado às características da vida social, como o racismo estrutural – cada vez mais colocado em questão por movimentos antirracistas –, do que à literatura que eles produziam. Duarte (2005) afirma que, ao percorrer os caminhos de nossa historiografia literária, há a existência de vazios e omissões que apontam para a recusa de muitas vozes, hoje esquecidas e desqualificadas, quase todas oriundas das margens do tecido social.

---

26 Faço um uso crítico dessas expressões. Creio que um debate mais aprofundado sobre periférico e identitário atribuído ao literário não cabe no escopo deste livro. Talvez em um artigo sobre categorizações e ajustes de nomenclaturas na literatura brasileira contemporânea. Aqui tratarei apenas da categorização literatura negra brasileira.

No que diz respeito à vulnerabilidade à morte, muitos escritores e escritoras negros, no período de 1978 a 2020, tematizaram sobre essa condição da população negra. Entendo essa recorrência como um repertório importante a ser analisado, não apenas em um jogo de identificação entre realidade e representação, mas como salienta Cândido (1965) na possibilidade de "invocar o fator social para explicar a estrutura da obra e o seu teor de ideias, fornecendo elementos para determinar a sua validade e o seu efeito sobre nós" (CANDIDO, 1965, p. 19).

Neste sentido, cabe apontar como o trecho do poema Certidão de óbito, citado na epígrafe deste capítulo, serve-me para essa asserção. O poema traz um endereçamento bem definido à população negra.

Os versos de Certidão de óbito expressam a condição de vulnerabilidade à morte da população negra: "a qualquer descuido da vida, a morte certa". Ao afirmar que "a certidão de óbito veio lavrada desde os negreiros", a escritora Conceição Evaristo informa que os horrores da escravidão (o sequestro dos povos africanos, o tráfico transatlântico, as torturas que os levavam à morte e a desumanização dos indivíduos escravizados e seus descendentes) atualizam-se na contemporaneidade – "a bala não erra o alvo" – e indicam uma marca de ancestralidade – "os antigos sabem" – muito presente na literatura negra brasileira[27].

Moriconi (2021, p. 47) aponta o declínio da figura forte do narrador como categoria intratextual ontologicamente apartada do autor empírico, "coloca-se a necessidade de repensar a função do

---

[27] Neste livro, usaremos o conceito de literatura negra brasileira, abarcando proposições conceituais para as nomenclaturas (literatura afro-brasileira e literatura negro-brasileira).

autor em relação à função do narrador", e "a estrutura fundamental do foco em primeira pessoa deixa de ser o narrador e passa a ser uma figura dúplice, autor/narrador". Para o pesquisador, "textos de depoimentos de artistas e de entrevistas sobre suas trajetórias biomateriais constituem um corpus que faz parte do conceito de literário atualmente" (MORICONI, 2021, p. 49). A vida do autor passa a interessar, os leitores leem os livros, mas também a vida dos autores (os seus posicionamentos políticos e estéticos). O autor dentro da vida, e não mais como uma figura distante, inacessível e sem forma, é um indício de fortalecimento da vida literária.

Neste sentido, infere-se que o poema "Certidão de óbito" pode ser lido a partir da perspectiva de ter sido escrito por uma mulher negra, afrodescendente, oriunda das camadas populares. Evaristo (2017) elucida:

> Tudo que eu escrevo, romances, poemas, contos e ensaios, é profundamente marcado pela condição de mulher negra. Não há como me desvencilhar disso, mesmo quando invento uma história. Dizem que o que marca a autoria negra é o ponto de vista do texto. No entanto, o ponto de vista não é matéria espontânea. Há um sujeito autoral responsável por esse ponto de vista. O sujeito que vive em uma sociedade racista, classista e machista. E essa herança histórica sempre está presente na minha escrita. Antes, até sem querer. Mas, de alguns anos para cá, de forma proposital, consequência de um projeto literário.[28]

---

[28] EVARISTO, Conceição. *Tudo o que eu escrevo é profundamente marcado pela condição de mulher negra*. São Paulo: Fórum. Disponível em:https://revistaforum.com.br/cultura/2017/9/30/conceio-evaristo-tudo-que-eu-escrevo-profundamente-marcado-pela-condio-de-mulher-negra-23311.html.

Essa relação entre literatura, vidas negras e racismo guiou a escolha por utilizar o método de mapeamento das relações sociais e estéticas nas trajetórias de escritores e escritoras (vida literária), visando captar os funcionamentos destas redes de sociabilidades em um determinado período histórico como um modelo de análise.

O recorte temporal desta pesquisa se deu pela importância da geração *Cadernos Negros* (1978) como renovadora da literatura negra brasileira e como proponente de reflexões críticas acerca da literatura que tais autores estavam produzindo e da história da literatura feita no país. Esta pesquisa fez surgir o interesse na identificação de elos, mesmo que implícitos, entre escritores negros brasileiros dos séculos XIX, XX, XXI, uma conexão ancestral, que se põe no lugar de uma ideia de tradição fraturada. Em *Literatura negro-brasileira*, Cuti (2010, p. 20) afirma: "os escritores negro-brasileiros fazem literatura escrita. A sua tradição, desde Luiz Gama, é escrita". Bosi, no ensaio "Figuras do eu nas *Recordações de Isaías Caminha*", vai afirmar sobre Lima Barreto e Cruz e Sousa:

> Há um fio existencial que os une e lhes dá um parentesco bem próximo. Em ambos se ouve o protesto do negro e do mulato batendo na mesma tecla: as expectativas despertadas na adolescência pelo talento precoce de ambos foram desmentidas duramente no ingresso da juventude por força do preconceito de cor (BOSI, 2002, p. 186).

É deste fio existencial que tratamos ao reunir condições de vida sob o sistema racista, alguns textos e trajetórias editoriais de escritoras e escritores negros, delineando o fio existencial na composição de vida e obra. Uma vida em estado permanente de vulnerabilidade, em razão do racismo. Exemplos são diversos e diários. Destaco aqui quando, em 2019, militares do Exército, durante a intervenção militar no Rio de Janeiro, dispararam 80 tiros[29] em uma família que estava indo a um evento o que, em uma análise mais direta, significa a força do Estado decidindo que eles deveriam morrer[30].

Ainda sobre o recorte temporal, 1978-2020, na esfera da reflexão sobre vida, condições de vida e vida literária, é importante destacar que a série *Cadernos Negros* inicia-se no mesmo período em que se criava o Movimento Negro Unificado e foi motivada por dois atos de agentes do Estado durante a ditadura civil-militar: a tortura, seguida de assassinato, do feirante Robson Silveira da Luz; e o assassinato, pela polícia militar de São Paulo, do operário Nilton Lourenço, em 1978.

Da mesma forma, o aumento a partir de 2020 de publicações de autoria negra por editoras brasileiras ocorre no mesmo período em que houve uma intensificação do movimento de origem norte-americana *Black Lives Matter* (Vidas negras importam), motivado pelo assassinato do segurança desempregado George Floyd, pela polícia civil de Minneapolis, no ano de 2020.

Na intensificação dos movimentos antirracistas nos Estados Unidos, escritores negros lançaram o manifesto "Racial Equity in Literary Representantion", endereçado a livrarias e editoras – entre

---

29 O fuzilamento da família que ia a um chá de bebê ocorreu em 7 abril de 2019. Disponível em: https://g1.globo.com/rj/rio-de-janeiro/noticia/2019/04/08/dez-militares-sao-presos-apos-acao-do-exercito-que-fuzilou-carro-de-familia-no-rio-com-80-tiros.ghtml.

30 No dia 13/10/2021, ocorreu o julgamento que condenou 12 militares envolvidos no homicídio citado no texto. Fonte: https://catracalivre.com.br/cidadania/80-tiros-justica-condena-militares-morte-musico-catador/.

elas, a Penguin Random House. Uma petição na plataforma change.org, redigida pelo escritor Ezekiel J. Walker, ilustra a situação:

> Por décadas, em muitas grandes cadeias de livrarias, como a Barnes and Noble, toda a existência negra foi confinada a uma ou duas estantes de livros, exibindo autores negros confiáveis, mas cuidadosamente selecionados. Enquanto isso, o resto do estabelecimento transborda com vários gêneros de livros que atendem ao público branco e são em grande parte escritos por autores brancos. São esses autores que se tornam best-sellers, especialistas aclamados e têm plataformas para falar com seriedade e autoridade. Enquanto isso, muitos autores negros de boa reputação, bem pesquisados e credenciados foram relegados ao status de "autopublicados", o que nos permite publicar nossos trabalhos, mas sem esforços de marketing, elogios avançados, tours de livros, circuitos de palestras, entrevistas da indústria, painéis de discussão etc., resultando na maioria dos americanos nunca lendo nossas obras ou mesmo sabendo que elas existem.[31] (2020, tradução livre)[32]

A petição informa que o assassinato de George Floyd motivou brancos aliados a atuarem pelo fim do racismo, o que gerou ações em diversas áreas. No Brasil, em 2020, a editora Companhia

---

31 WALKER, Ezequiel. *Black authors matter*. Disponível em: Abaixo-assinado · Racial Equity In Literary Representation. · Change.org
32 Texto original: For decades in many large bookstore chains, such as Barnes and Noble, the entirety of black existence has been confined to a single book shelf or two, displaying credible but carefully selected black authors. Meanwhile the rest of the establishment overflows with various book genres which cater to white audiences and are largely written by white authors.
It is those authors who become bestsellers, acclaimed experts, and are provided platforms to speak with gravitas and authority. Meanwhile many reputable, well-researched, and credentialed black authors have been relegated to the status of "self published" which allows us to publish our works but without marketing efforts, advanced praise, book tours, lecture circuits, industry interviews, panel discussions, etc., resulting in most Americans never end up reading our works or even knowing they exist.

das Letras assumiu, pela primeira vez, compromissos com a causa antirracista no país. Tal comprometimento foi divulgado por uma nota pública com um planejamento de ações para o desenvolvimento da diversidade na empresa e no seu catálogo. No *podcast* do Publishnews[33] (mídia especializada no mercado editorial), em agosto de 2020, Luiz Schwarcz, fundador e CEO da Companhia das Letras, afirmou que houve uma contribuição da Penguin Random House, acionista majoritária da Companhia das Letras, mas que esse era um processo natural da editora, que "muito modestamente já tinha essa preocupação na sua linha editorial", desde as décadas de 1980-1990. Ele reconhece, no entanto, que na área editorial foi pouco e que na área da força de trabalho "é muito pouco". Além da Companhia das Letras, várias outras editoras passaram a publicar livros de temática antirracista.

Seja em 1978 ou em 2020, as condições de vida da população negra em razão do racismo geraram movimentações na vida literária. Nos dois momentos a literatura que emerge é uma literatura antirracista, uma "literatura de combate", como afirma o escritor Éle Semog. No entanto, quando apropriada pelo *mainstream* editorial, uma questão se coloca: qual é a potência combativa desses textos, quando publicados por empresas que se estruturam e contribuem para as estruturas do racismo? Cabe discutir mercado editorial capitalismo, sociedade de consumo e antirracismo?

Nesta associação entre a vida de escritores e escritoras negros e a literatura (cena literária, vida literária, instâncias legitimadoras da

---

[33] Penguin Random House assume majoritariamente as ações do Grupo Companhia das Letras. Disponível: https://www.blogdacompanhia.com.br/conteudos/visualizar/Penguin-Random-House-assume-majoritariamente-as-acoes-do-Grupo-Companhia-das-Letras

literatura e discurso literário), é importante que este pesquisador se revele, para narrar, em primeira pessoa, brevemente, a sua própria vida literária, que se relaciona com a trajetória de pesquisador-narrador. É deste lugar social que, simultaneamente, observo e narro a minha pesquisa, deste ponto que emerge o meu lugar de fala.

No próximo capítulo, *Vidas negras importam*, tratarei de como, em 2013, uma mobilização de escritore(a)s negro(a)s me sensibilizou e mobilizou, em seguida, estabeleço a relação entre a reivindicação pela vida literária com as reivindicações pelas vidas negras.

VIDAS NEGRAS IMPORTAM

O simples fato de ser negro pode transformar uma pessoa em suspeita — ou levá-la à morte. E, principalmente, se a polícia estiver envolvida, é muito mais provável que você seja morto por ter a pele negra do que qualquer outro fator.
— Keeanga-Yamahtta Taylor

"Mesmo que voltem as costas/ às minhas palavras de fogo/ não pararei de gritar."[34] Seleciono esses versos do poeta paulista Carlos de Assumpção para, com eles, iniciar este ensaio sobre como me encontrei com o tema deste livro e em como este tema se relaciona com os movimentos de defesa das vidas negras, seja no campo físico ou simbólico. Foram quatro anos de pesquisa, se considero o tempo em que cursei o doutorado na PUC-Rio, e dez anos, se considero o que minha memória registra como o primeiro *insight* sobre a desigualdade racial no mercado editorial brasileiro.

Em outubro de 2013, o Coletivo Literário Ogum's Toques Negros e um grupo formado por escritore(a)s negro(a)s lançou um

---

[34] ASSUMPÇÃO, Carlos de. Protesto. In: *Não pararei de gritar*: poemas reunidos. São Paulo: Companhia das Letras, 2020.

manifesto[35] em repúdio a ausência quase absoluta de "autorxs negrxs entre xs selecionadxs"[36] para representarem a literatura brasileira na edição de 2013 da Feira do livro de Frankfurt, considerada pelo setor como o seu maior encontro editorial mundial. Neste período, eu trabalhava como bibliotecário e me recordo de acompanhar pelos jornais a repercussão desse manifesto.

A lista de escritores selecionados para participarem da delegação brasileira em Frankfurt, organizada pelo crítico literário Manuel da Costa Pinto, pela professora de literatura Maria Antonieta Cunha e pelo jornalista e poeta Antonio Martinelli, segundo o manifesto, apenas incluiu um escritor negro entre os selecionados: o autor do romance *Cidade de Deus*, Paulo Lins. Faço a ressalva sobre a quantidade, pois, entre os 70 selecionados, também estava o escritor paulista Ferréz.

Na época, ao ser entrevistado, Ferréz afirmou: "sou mais negro que ele [Paulo Lins], falo mais do negro que ele. Ser negro não é só raça ou melanina, é atitude política perante o mundo"[37]. Não cabe aqui estabelecer um critério de heteroidentificação para os autores convidados, ou iniciar um debate (mesmo que relevante) sobre autoidentificação racial ou sobre mestiçagem entre escritores da literatura brasileira. O fato é que a proporção era desigual e a representatividade negra era quase nula. Segue a lista dos convocados: Adélia Prado, Adriana Lisboa, Affonso Romano de Sant'Anna,

---

35 Coletivo de escritores negros lança carta de repúdio contra Feira de Frankfurt. *Correio Nagô*. Disponível em: https://correionago.com.br/coletivo-de-escritores-negros-lanca-carta-de-repudio-contra/

36 Aqui utilizo a grafia do manifesto.

37 "Negro não é só melanina, é atitude política", diz Ferréz em Frankfurt". *Geledés*. Disponível em: https://www.geledes.org.br/negro-nao-e-melanina-e-atitude-politica-diz-ferrez-em-frankfurt/. Acesso em: 12 out. 2013.

Age de Carvalho, Alice Ruiz, Ana Maria Machado, Ana Miranda, André Sant'Anna, Andrea del Fuego, Angela Lago, Antonio Carlos Viana, Beatriz Bracher, Bernardo Ajzenberg, Bernardo Carvalho, Carlos Heitor Cony, Carola Saavedra, Chacal, Cíntia Moscovich, Cristovão Tezza, Daniel Galera, Daniel Munduruku, Eva Furnari, Fábio Moon e Gabriel Bá, Fernando Gonsales, Fernando Morais, Fernando Vilela, Ferréz, Flora Süssekind, Heitor Ferraz, Ignácio de Loyola Brandão, João Almino, João Gilberto Noll, João Ubaldo Ribeiro, Joca Reiners Terron, José Miguel Wisnik, José Murilo de Carvalho, Lelis, Lilia Moritz Schwarcz, Lourenço Mutarelli, Luiz Costa Lima, Luiz Ruffato, Manuela Carneiro da Cunha, Marçal Aquino, Marcelino Freire, Maria Esther Maciel, Maria Rita Kehl, Marina Colasanti, Mary Del Priori, Mauricio de Sousa, Michel Laub, Miguel Nicolelis, Nélida Piñón, Nicolas Behr, Nuno Ramos, Patricia Melo, Paulo Coelho, Paulo Henriques Britto, Paulo Lins, Pedro Bandeira, Roger Mello, Ronaldo Correia de Brito, Ruth Rocha, Ruy Castro, Sérgio Sant'Anna, Silviano Santiago, Teixeira Coelho, Veronica Stigger, Walnice Nogueira Galvão e Ziraldo[38].

 Ferréz é pseudônimo de Reginaldo Ferreira da Silva, um híbrido de Virgulino Ferreira (Ferre) e Zumbi dos Palmares (Z). Começou a escrever literatura aos sete anos de idade e, antes de se dedicar exclusivamente à escrita, trabalhou como balconista, vendedor de vassouras, auxiliar-geral e arquivista. *Fortaleza da desilusão*, seu primeiro livro, é de poesia e foi lançado em 1997 com apoio da empresa onde ele trabalhava. *Capão Pecado*, romance lançado em 2000 pela Editora Labortexto, alcançou projeção e reconhecimento.

---

[38] Anunciado os 70 autores que irão a Feira de Frankfurt representando o Brasil. SNEL. https://snel.org.br/anunciado-os-70-autores-que-irao-a-feira-de-frankfurt-representando-o-brasil/

O livro retrata o cotidiano violento do bairro do Capão Redondo, na periferia de São Paulo, onde vive o escritor. O livro vendeu mais de 100 mil exemplares, um número expressivo para o mercado editorial brasileiro. Atualmente, o autor é publicado pela Editora Companhia das Letras.

Entre 2001 e 2004, Ferréz organizou edições especiais da revista *Caros amigos* em parceria com a Editora Casa Amarela. Compostas por poemas, contos, crônicas, letras de *rap* e ilustrações, a seleção reuniu 48 escritores residentes nas periferias dos grandes centros urbanos do país, principalmente da capital São Paulo. "A temática geral desses textos heterogêneos trazia à tona a realidade da periferia"[39]. Segundo Beatriz Rezende,

> Ferréz, ao organizar em 2001 o primeiro número da série de três números da revista *Caros Amigos* dedicados à cultura da periferia, introduziu a edição com o "Manifesto e abertura: literatura marginal". Os textos do volume chamado Ato I, de Paulo Lins, Sérgio Vaz e outros, são apresentados como "faces da caneta que se manifesta na favela". Os três números foram reunidos posteriormente no volume *Literatura marginal, talentos da escrita periférica* e antecedidos pelo prefácio, assinado por Ferréz, "Terrorismo literário". O texto procura definir o sentido que o grupo de autores da periferia de São Paulo, especialmente da comunidade do Capão Redondo, entende por cultura e literatura periférica, afirmando a intenção dos autores de falar por suas próprias vozes (REZENDE, 2014, p. 6).

Sobre racialidade, a pesquisadora Érica Peçanha, entrevistou

---

[39] BRANDILEONE, Ana Paula Franco Nóbile. A recepção crítica das edições da Caros Amigos "Literatura marginal - A cultura da periferia". *Revista Crioula* n. 21 - 1º semestre/2018.

doze autores para a tese *"Literatura marginal": os escritores da periferia entram em cena*. Entre os dados coletados, identificou que "em termos de cor raça, 8 entrevistados se declararam negro(a)s ou preto(a)s, 3 se identificam como branco(a)s e um como pardo. Sobre seus pais, 4 consideram seus pais e mães negros ou pretos, 7 declaram ter apenas pai ou mãe negro ou preto e apenas um identifica seus pais como brancos" (PEÇANHA, 2006, p. 47).

Destaco dois trechos do "Manifesto e abertura: literatura marginal", de Ferréz (2001):

> Não somos movimento, não somos os novos, não somos nada, nem pobres, porque pobre segundo os poetas da rua, é quem não tem as coisas. Cala a boca, negro e pobre aqui não tem vez! Cala a boca! Cala a boca uma porra, agora a gente fala, agora a gente canta, e na moral agora a gente escreve. Quem inventou o barato não separou entre literatura boa/feita com caneta de ouro e literatura ruim/escrita com carvão, a regra é só uma, mostrar as caras. Não somos o retrato, pelo contrário, mudamos o foco e tiramos nós mesmos a nossa foto. A própria linguagem margeando e não os da margem, marginalizando e não uns marginalizados, rocha na areia do capitalismo.
>
> Jogando contra a massificação que domina e aliena cada vez mais os assim chamados por eles de "excluídos sociais" e para nos certificar que o povo da periferia/favela/gueto tenha sua colocação na história, e que não fique mais 500 anos jogado no limbo cultural de um país que tem nojo de sua própria cultura, a literatura marginal se faz presente para representar a cultura de um povo, composto de minorias, mas em seu todo uma maioria. E temos muito a proteger e a mostrar, temos nosso próprio vocabulário que é muito

precioso, principalmente num país colonizado até os dias de hoje, onde a maioria não tem representatividade cultural e social, na real nego o povo num tem nem o básico pra comer, e mesmo assim meu tio, a gente faz por onde ter uns baratos para aguentar mais um dia. Mas estamos na área, e já somos vários, estamos lutando pelo espaço para que no futuro, os autores do gueto sejam também lembrados e eternizados, mostramos as várias faces da caneta que se faz presente na favela, e pra representar o grito do verdadeiro povo brasileiro, nada mais que os autênticos."[40]

As associações entre a literatura negra e a literatura periférica foram abordadas pelo escritor e pesquisador Mário Medeiros:

> A tensão constitutiva entre as relações estabelecidas com as esferas do mercado de bens culturais, o interesse maior por uma confecção estética em detrimento da outra levam a fricções na possibilidade de aliança de um projeto comum, literário e político-social. Embora exista uma troca mútua de referências, participações em eventos (saraus e debates), citação de escritores e ativistas do passado na forja de um cânone comum (tanto para negros como para periféricos), edição comum de textos nas publicações de ambos os grupos (periféricos publicam nos *Cadernos Negros* tanto quanto esses escritores lançam seus textos em espaços periféricos) etc., ainda existe um descompasso e desencontro entre as proposições. Aparentados pelas relações histórico-sociais de seus grupos; enunciadores de éticas e protocolos criativos muito parecidos; preocupados seriamente com as possibilidades de um futuro, tanto para suas confecções estéticas quanto para os dilemas sociais

---

[40] Revista Caros Amigos/Literatura marginal. Ato I. São Paulo, agosto de 2001.

de seus grupos, o trânsito das ideias entre ambos ainda não encontra um perfeito acoplamento. (MEDEIROS, 2011, p. 433).

Ressalto que partindo de projetos políticos e estéticos distintos, os vasos comunicantes entre a literatura negra brasileira e a literatura periférica foram e são muitos. Há muito das práticas de mediação e circulação da literatura negra, que foram inauguradas no final dos 1970 e início dos 1980, principalmente em São Paulo, no pujante movimento da literatura periférica também de São Paulo, um rastro de tradição que merece ser estudado. Os mesmos vasos comunicantes podem ser percebidos entre a poesia marginal e a literatura negra brasileira, "movimentos" que foram contemporâneos na década 1975-1985 (não com exatidão), mas que enquanto um não queria fazer parte, mesmo estando dentro, inventando uma margem, o outro, estando forçadamente fora, apartado na margem, reivindicava sua inserção e fazia uso de métodos alternativos (em muitos casos, os mesmos da poesia marginal) para afirmação da sua existência, afirmação de força vital.

As "palavras de fogo", as quais Assumpção (2020) menciona em seu poema "Protesto", são a própria poesia que ele escreve, uma poesia que é um dos referenciais mais importantes da literatura negra brasileira. Ao afirmar que não parará de gritar, Assumpção remete seu texto a uma coletividade de escritore(a)s negro(a)s que, de modo insurgente, mantiveram estratégias para a publicações da literatura que produziam. Esta atitude afirmada no poema pode facilmente ser relacionada ao trecho de *O cemitério dos vivos*, de Lima

Barreto: "Ah! Ou a literatura me mata ou me dá o que peço dela"[41]. É possível também trazer para esse diálogo, versos de Carolina Maria de Jesus: "Digam ao povo brasileiro que meu sonho era ser escritora/ mas eu não tinha dinheiro para pagar uma editora". Tanto em Assumpção quanto em Carolina e Barreto, a literatura está em um local de interdição, mas dela, ele(a)s, escritore(a)s, não pretendem, e talvez nem consigam, abrir mão. "Escrevo porque não dá para não escrever, é algo que está em mim"[42], afirma a escritora Miriam Alves, o que também é explicitado na afirmação do escritor Allan da Rosa:

> Escreve-se porque não se precisa apenas do básico para viver. Entre os mínimos vitais e o ramerrão de uma vida quotidianamente mediocrizada existe um espaço para a afirmação do humano, importante e imponderável. A Literatura, a Arte, no geral, proporcionam isso, ao afirmar a potência do indivíduo que quer dizer algo sobre o seu entorno, algo que suplante o horizonte vivido e imposto, que transmita uma mensagem para os que lhe são semelhantes ou o fazem diferente. Uma criação artística circunscrita contextualmente, com intenções, problemas, questões particulares; mas que, ao mesmo tempo, se torna atemporal e universal, pois se trata de uma confecção estética.[43]

É possível fazer com que um(a) escritor(a) não escreva? A história da literatura é repleta de exemplos de escritore(a)s que, em

---

41 BARRETO, Lima. *O cemitério dos vivos*. Rio de Janeiro: Planeta, 2004.
42 ALVES, Miriam. Escrevo porque não dá para não escrever": entrevista com Miriam Alves. *Revista Estudos de Literatura Brasileira Contemporânea*. n. 51, ago, 2017.
43 SILVA, Mario Augusto Medeiros da. *A descoberta do insólito*: literatura negra e literatura periférica no Brasil (1960-2000). Orientadora: Elide Rugai Bastos. 2011. 448 f. Tese (doutorado em Sociologia) - Universidade Estadual de Campinas, Instituto de Filosofia e Ciências Humanas, Campinas, 2011.p. 432.

condições adversas, encontraram meios de escrever: prisioneiros, vítimas da guerra, escravizados, adoecidos, pessoas diante da fome escreveram com uma força criativa e de expressão que me parece tão essencial quanto a própria vida. Se, para esses escritores, fazer literatura é viver, e posso compreender fazer literatura como "escrever e ser lido", interditá-lo(a)s da sua(s) necessidade(s) essencial(is) de expressão, também é negá-lo(a)s uma dimensão da vida, a interdição de uma intelectualidade que pode ser lida como um tipo de epistemicídio, um deixar de viver a a dimensão escritora que ele(a)s carregam.

Carolina Maria de Jesus escrevia enquanto passava fome: "Quando eu não tinha nada o que comer, em vez de xingar eu escrevia. Tem pessoas que, quando estão nervosas, xingam ou pensam na morte como solução. Eu escrevia o meu diário" (JESUS, 2021, p. 170)[44]. Lima Barreto escreveu *O Cemitério dos vivos* enquanto estava em um hospício:

> Ao pegar agora no lápis para explicar bem estas notas que vou escrevendo no hospício, cercado de delirantes cujos delírios mal compreendo, nessa incoerência verbal de manicômio, em que um diz isto, outro diz aquilo, e que, parecendo conversarem, as ideias e o sentido das frases de cada um dos interlocutores vão cada qual para o seu lado.[45]

Lima nasceu em 13 de maio de 1881, no Rio de Janeiro, sete anos antes da Abolição da escravatura; Carolina, em 1914, em Minas Gerais, numa família que vivia em uma situação muito próxima do

---

44 JESUS, Carolina Maria de. *Quarto de despejo*. Rio de Janeiro: Ática, 2021.
45 BARRETO, Lima. *Cemitério dos vivos*. Rio de Janeiro: Biblioteca Nacional.

que foi escravidão – um período em que o pensamento social brasileiro estava altamente marcado pelo racismo científico. *Cemitério dos vivos* é escrito em 1920, dois anos antes da Semana de 22 e sua nova proposta estética para a literatura brasileira. Já Carlos de Assumpção nasceu em 1927, em São Paulo. Na juventude, participou de um dos núcleos da Frente Negra Brasileira, uma organização do movimento negro extinta em 1937 pelo Estado Novo: "A Frente Negra era muito bem-organizada, tinha núcleos no Brasil inteiro, inclusive em Tietê. Depois do Getúlio, com o negócio do Estado Novo, que pôs fim em muitos partidos e agremiações, os formatos desses núcleos de resistência foram mudando. Isso atrapalhou muito a vida dos negros no país."[46]

Às vésperas da Revolução de Trinta, surgia a Frente Negra Brasileira e, na mesma década, elabora-se a ideologia da democracia racial que, para Santos,

> é um conjunto peculiar de percepções das relações raciais e sua evoluçao até hoje bastante consensual e eficaz. A ideologia da democracia racial não fora necessária antes, pois até então, no pós-abolição, os negros não disputavam lugares, não protestavam como negros, não haviam conseguido um nível de organização para se proteger, mas o triunfo do capitalismo, da burguesia e da cidade exigia-a naquele período (SANTOS, 2015, p. 17).

As três primeiras décadas do século XX são essenciais para se pensar a formação cultural brasileira e a ideia de nação que estava em questão pelo pensamento social da época. Era o momento de

---

[46] ASSUMPÇÃO, Carlos. Um grito de esperança: entrevista. *Candido*, Paraná. 2021.

projetar o que seria desse país republicano, sem escravidão e com um contingente populacional negro tão significante. Enegreceríamos por completo? A miscigenação seria uma solução para o fim, a longo prazo, da herança racial africana? Ideias de degeneração, negação, europeização fervilhavam no debate público.

Em *O saber do negro*, livro publicado pela Editora Pallas, com o apoio do edital de coedição de autores negros, Santos informa que, "com o fim da ditadura do Estado Novo, surgiram e despareceram dezenas de instituições negras" (SANTOS, 2015, p. 19). Além da Frente Negra Brasileira, Carlos de Assumpção que participou de uma das mais longevas destas instituições, a Associação Cultural do Negro — ACN. Oliveira (2021, p. 61-63) informa que a ACN foi fundada em 1954, tendo como fato disparador as comemorações dos 400 anos da cidade de São Paulo e a exclusão da contribuição da população negra na formação da cidade, em detrimento da menção aos colonizadores e imigrantes europeus. As atividades da ACN iniciaram-se em 1956. Convém destacar que a associação realizou algumas publicações, como por exemplo, o livro (custeado pelo autor) *15 poemas negros*, de Oswaldo de Camargo.

Embora tenha participado da Associação Cultural do Negro, apenas aos 55 anos Carlos de Assumpção publicou o primeiro livro individual, *Protesto: poemas*, em 1982, uma edição custeada pelo autor. Vale destacar que, desde os 14 anos, Assumpção já escrevia poemas. As reedições de *Protesto: poemas* dão-se ou por universidades ou associações. Apenas em 2020, já aos 92 anos, Assumpção lança o livro *Não pararei de gritar: poemas reunidos*, por uma grande editora, a Companhia das Letras. A edição faz parte de um novo direcionamento da editora, tomado a partir de 2020, citado na Apresentação.

Em 2013, quando ocorre o manifesto em relação à pequena participação de escritores negros e ausência total de escritoras negras na Feira de Frankfurt, o Brasil vivia o primeiro mandato da presidenta Dilma Roussef, que dava continuidade às políticas implementadas em dez anos[47] de governos do Partido dos Trabalhadores (PT), um partido fundado em 1980, em um momento histórico de intensificação dos movimentos negros, lgbts, das mulheres, operários, sindicais e das lutas pela redemocratização do país. Localizado politicamente de centro-esquerda à esquerda, o Partido dos Trabalhadores, desde sua entrada no governo, em 2003, desenvolvia ações voltadas para a promoção da igualdade racial no país, como a criação da SEPPIR (Secretaria de Políticas de Promoção da Igualdade Racial) — fundada em 2003 e extinta em 2015 – e a implementação da lei 10.639[48].

Em 2013, a ministra da cultura era a ex-prefeita de São Paulo, Marta Suplicy, que havia sido empossada em setembro do ano anterior. À frente do Ministério da Cultura, Marta havia lançado, em 20 de novembro de 2012 (Dia Nacional da Consciência Negra)[49], editais para criadores e produtores negros, em que alocava cerca de 9 milhões com os objetivos de "formar novos escritores, elevar o número de

---

47 Luís Inácio Lula de Silva (2003-2006 e 2007-2010) e Dilma Roussef (2011-2014 e 2015-2016)
48 BRASIL. Lei 10.369, de 20 de dezembro de 1996, que estabelece as diretrizes e bases da educação nacional, para incluir no currículo oficial da Rede de Ensino a obrigatoriedade da temática "História e Cultura Afro-Brasileira", e dá outras providências. Disponível em: https://www.planalto.gov.br/ccivil_03/leis/2003/l10.639.htm
49 O Dia Nacional da Consciência Negra foi idealizado pelo escritor Oliveira Silveira. Oliveira foi um dos idealizadores do coletivo literário Palmares, em Porto Alegre.

pesquisadores negros e de publicações de autores negros, incentivar pontos de leitura de cultura negra em todo o país; premiar curtas dirigidos ou produzidos por jovens negros, na faixa de 18 a 29 anos; investir em criação, produção e fazer com que artistas e produtores negros ocupem palcos, teatros, ruas, escolas e galerias de arte."[50]

Dentre esses editais, para a reflexão que aqui desenvolvo, seleciono o edital de Apoio à Coedição de Livros de Autores Negros, coordenado pela SEPPIR e pela Biblioteca Nacional.

O presidente da Biblioteca Nacional em 2012, Galeno Amorim, assumiu a função de presidente do comitê organizador da participação do Brasil na Feira do livro de Frankfurt, onde o Brasil foi o convidado de honra. Ao anunciar o programa do Brasil para feira, Galeno destacou a diversidade cultural e a criatividade do país, "um país cheio de vozes e de permanente recriação cultural".[51]

Ora, se comparadas as falas do presidente do comitê organizador com a lista de 70 escritore(a)s convidado(a)s, não é de se estranhar que a diversidade propagandeada não se tratava da diversidade racial. Da mesma forma, é possível perceber, neste caso, uma "miopia racial" no discurso oficial sobre presença de autores negros na cena literária. Trato como "miopia racial" a incapacidade de certos segmentos da população de observarem com foco realidades das populações negras. Esta miopia racial foi confirmada na entrevista da ministra, quando questionada sobre a seleção de autores que participariam do evento. Segundo Suplicy (2013) o critério de seleção não foi étnico, e sim literário.

---

50 https://culturaemercado.com.br/ministerio-da-cultura-lanca-editais-para-criadores-e-produtores-negros/amp/
51 Brasil levará sua diversidade cultural à Feira do Livro de Frankfurt 2013. São Paulo, G1, 2012. Disponível em: G1 - Brasil levará sua diversidade cultural à Feira do Livro de Frankfurt 2013 - notícias em Pop & Arte

O critério não foi étnico, o critério foi outro e eu achei correto. O primeiro era a qualidade estética, depois autores que tivessem livros traduzidos para o alemão e língua estrangeira. A Feira de Frankfurt é uma feira comercial e nós temos que dar prioridade a quem já está lá e vai poder se colocar também pela diversidade. O país vive um momento de transformação, o que vai permitir que, nas próximas gerações, haja um número maior de negros em eventos como esses. Hoje infelizmente não temos.[52]

Quando a ministra informa que, nas próximas gerações, haverá um maior número de negros em eventos como a Feira de Frankfurt e que "infelizmente hoje não temos", o que ela também afirma, de forma implícita, é o seu entendimento de que, em 2013, o país não tinha escritore(a)s negro(a)s em condições de participar daquele evento, o que sugere que, para a ministra, escritore(a)s como Salgado Maranhão, Elisa Lucinda, Nei Lopes, Ana Maria Gonçalves, Conceição Evaristo, Joel Rufino dos Santos, entre tantos outros, muitos com livros traduzidos, não existiam.

Considerando que o bem-intencionado Edital de Coedição de Autores Negros, lançado um ano antes, partia de um princípio da "necessidade de formação de escritore(a)s negro(a)s", hoje é possível refletir que essa formação era importante não para uma ampliação das vozes literárias negras, e sim, por ser considerado pelo ministério (de acordo com a fala da ministra) que estes(as) não existiam.

---

52 BRITO, Diana. Marta diz que critério para levar autor nacional a Frankfurt foi literária, não étnico. *Folha de São Paulo*, São Paulo. 2013. Disponível em: https://www1.folha.uol.com.br/ilustrada/2013/10/1350634-marta-diz-que-criterio-para-levar-autor-brasileiro-a-frankfurt-nao-foi-etnico-mas-literario.shtml

Embora seja apenas um evento, o convite oficial de escritore(a)s para participação traz elementos importantes para uma análise de como o racismo opera na sua distribuição de oportunidades, assim como oferece possibilidades de reflexão que tiram o caráter (afetivo) das reivindicações do(a)s escritore(a)s negro(a)s, "não fui convidado", para um caráter mais social "existem mecanismos e entendimentos consequentes do racismo que fizeram com que você não fosse convidado". Nesta situação observam-se o Estado (representado pelo Ministério da Cultura), a Academia (representada por críticos literários e professores), uma instituição tradicional do Estado (a Biblioteca Nacional) e escritore(a)s majoritariamente branco(a)s. É possível identificar que um pacto não verbalizado operou no sentido de trazer normalidade para uma situação anormal. "Os escritores negros que não foram convidados, não foram ou por não terem qualidade, ou por terem livros publicados no exterior". As vozes dissonantes do pacto foram justamente as de dois escritores negros: Paulo Lins e Ferréz.

Para a pesquisadora Cida Bento,

> é evidente que os brancos não promovem reuniões secretas às cinco da manhã para definir como vão manter seus privilégios e excluir os negros, no entanto é como se assim fosse, pois, as formas de exclusão e de manutenção dos privilégios nos mais diferentes tipos de instituições são similares e sistematicamente negadas ou silenciadas. Esse pacto da branquitude tem um componente narcísico de autopreservação, como se o diferente ameaçasse o normal, o universal. Esse sentimento de ameaça e medo está na essência do preconceito, da representação que é feita do outro e da forma como reagimos a ele (BENTO, 2022, p. 18)

No caso que analiso aqui, a ministra, o presidente da Biblioteca Nacional, os curadores e os escritores selecionados — com duas exceções — são brancos. Bento (2002) afirma que o branco não é apenas favorecido nessa estrutura racializada, mas é também produtor ativo dessa estrutura, por meio de mecanismos mais diretos de discriminação e da produção de um discurso que propaga a democracia racial e o branqueamento. *O país vive um momento de transformação, o que vai permitir que, nas próximas gerações...* (Marta Suplicy). Para Bento (2002), esses mecanismos de produção de desigualdades raciais foram construídos de tal forma que asseguram aos brancos a ocupação de posições mais altas na herança social, sem que isso fosse encarado como privilégio de raça. Isso porque a crença na democracia racial isenta a sociedade brasileira do preconceito e permite que o ideal liberal de igualdade de oportunidades seja apregoado como realidade. Assim, a ideologia racial oficial produz um senso de alívio entre os brancos, que podem se isentar de qualquer responsabilidade pelos problemas sociais dos negros, mestiços e indígenas.

Sobre este edital lançado em 2012, cabe também refletir que ele foi embargado[53] pela justiça, em 2013, sendo acusado de racista. Alguns títulos foram publicados, entre eles o livro de contos *Olhos d'água*, de Conceição Evaristo, pela editora Pallas, e vencedor do Prêmio Jabuti daquele ano.

Na sua segunda edição, o edital não previu mais o apoio financeiro do Ministério da Cultura para a realização das publicações. No artigo "Políticas culturais para a promoção da igualdade racial:

---

53 Editais do MinC para cultura negra são suspensos. Disponível em: https://oglobo.globo.com/cultura/editais-do-minc-para-cultura-negra-sao-suspensos-8454747.

o edital de apoio à coedição de livros de autores negros", publicado em 2015, nos Anais do Seminário de Políticas Culturais da Casa de Rui Barbosa[54], informo que o Edital de Apoio à Coedição de Livros de Autores Negros teve como objeto a formação de parcerias para o desenvolvimento de projetos editoriais sob a forma de coedição, a fim de produzir publicações de autores brasileiros negros, na forma de livros, em meio impresso e/ou digital, com o propósito de divulgar, valorizar, apoiar e ampliar a cultura brasileira dos afrodescendentes, em geral, e dar maior acessibilidade à sua produção cultural, artística, literária e científica, atendendo ao que estabelece a Lei nº 10.753/2003, que criou o Programa Nacional do Livro, e ao Decreto nº 7.559/2011, que dispõe sobre o Plano Nacional do Livro e Leitura (PNLL).

Uma lei e um decreto deram aporte legal para sua realização. Já para a classificação dos candidatos como negros, e utilizou-se o critério do IBGE de autodeclaração. Ou seja, como já afirmado, a política de promoção da igualdade racial explicitada neste edital veio em decorrência de uma série de outras questões que foram amadurecidas ao longo dos anos, em que se destacam as ações afirmativas, sendo as cotas para ingresso nas universidades públicas sua parcela mais polêmica e midiatizada. Embora o edital se baseie em leis de promoção do livro e da leitura, estas não contemplavam as questões relativas à cultura afro-brasileira, conforme atesta Silva (2014):

> No PNLL, em seus quatro eixos, que são democratização do acesso; fomento à leitura e a formação de mediadores;

---

54 AMARO, Vagner. Políticas culturais para a promoção da igualdade racial: o edital de apoio à coedição de livros de autores negros. Seminário Internacional de Políticas Culturais, VII, 2016 - Fundação Casa de Rui Barbosa, Rio de Janeiro.

valorização institucional da leitura e desenvolvimento da economia do livro, não há referências à população afro-brasileira e sua sub-representação no sistema LLLB, assim como são ausentes também os conteúdos ligados às africanidades e relações raciais (SILVA, 2014).

Um destaque nas discussões de diversidade nas políticas culturais deu-se com o ministro Gilberto Gil. Queiroz (2014) aponta que Gilberto Gil, instou a equipe do MinC a pensar uma política de cultura voltada para o exercício da cidadania, o que resultou na implementação de programas e projetos e ações nos quais pode-se identificar uma perspectiva inclusiva. Compreendia-se que garantir direitos culturais para todos implicava em considerar as especificidades de cada matriz cultural de forma a possibilitar que, em meio às diferenças, o princípio de equidade fosse aplicado, alertando que a questão era e é como garantir essa tão defendida igualdade por meio de políticas culturais que considerem a histórica exclusão vivenciada pelas culturas negras no Brasil.

Neste sentido, outras ações foram defendidas pelas secretarias e fundações voltadas para a igualdade racial, pelo movimento negro e por indivíduos da sociedade civil, pois, apesar dos avanços, a desigualdade ainda prevalecia, conforme ponderou Silva (2014):

> A inexistência de dados estatísticos desmembrados por raça acerca da distribuição dos recursos para a cultura não invisibiliza o predomínio de pessoas brancas nos postos de comando e prestígio da cena artística brasileira, fato que fundamentou a realização dos editais para criadores, produtores culturais e pesquisadores

negros de 2013, elaborados pelo Ministério da Cultura e Secretaria de Políticas de Promoção para a Igualdade Racial, para apoiar agentes culturais negros que enfrentam sérias dificuldades de acesso aos mecanismos públicos de fomento, contrapostos às facilidades oferecidas às produções artísticas de referência eurocêntrica (SILVA, 2014).

Acredito ser importante registar que, em 2023, no terceiro governo do presidente Lula, a ministra da Cultura é a cantora e gestora cultural Margareth Menezes, uma mulher negra.

Outra ideia expressa na fala da ex-ministra Marta Suplicy sobre a seleção de escritores foi que, para a seleção, considerou-se a qualidade literária. Uma vez que houve curadoria, era de se esperar que a qualidade literária fosse considerada. No entanto, quando utilizada como resposta aos convites não realizados para um número maior de escritores negros, posso entender essa fala dentro de um artifício da branquitude, que é o de responsabilizar os negros pela sua estagnação, recorrendo a uma ideia de mérito. Para Bento (2022), o conceito comum de meritocracia é o de um conjunto de habilidades intrínsecas a uma pessoa que depende do seu esforço individual, não estabelecendo nenhuma relação dessas "habilidades" com a história social do grupo a que ela pertence e com o contexto no qual está inserida. Ou seja, a meritocracia defende que cada pessoa é a única responsável por seu lugar na sociedade, seu desempenho escolar e profissional etc. Parte de uma ideia falsa para chegar a uma conclusão igualmente falsa.

A questão brasileira em Frankfurt foi divulgada na imprensa alemã, que considerou a seleção de autores racista. O escritor

Paulo Lins posicionou-se por entrevistas na época sobre ter sido o "único" escolhido para participação na feira. Ao jornal alemão Tagesspiegel[55], Lins informou que a seleção de autores era racista: "Sou o único autor negro da lista. Como isso não é racismo?". No entanto, na noite abertura do evento, informou que a afirmativa ao jornal alemão ficou fora de contexto e afirmou que o racismo não estava na lista, e sim que a lista refletia uma questão da sociedade brasileira[56]. É uma posição que direciona a questão para a estrutura da sociedade, isentando os atores sociais; no entanto, a partir do que veremos no próximo capítulo, com as reflexões de Muniz Sodré sobre o racismo como forma social, não havia nenhum impedimento estrutural para a formulação de uma lista mais democrática.

Paulo Lins destacou-se na literatura brasileira ao publicar, pela editora Companhia das Letras, em 1997, o romance *Cidade de Deus*, sobre o cotidiano entre as décadas de 1960 e 1990 da comunidade de mesmo nome. O livro alcançou repercussão mundial ao ser transposto com sucesso para o cinema, em 2002, pelo cineasta Fernando Meireles. O filme concorreu com quatro indicações ao Oscar, reconhecido internacionalmente como a principal premiação de cinema. Em razão da repercussão do filme e dos pedidos de tradução do livro, Paulo Lins resolveu fazer alterações na obra original e lançou uma nova versão, que também foi sucesso de vendas.

---

55 Paulo Lins über seinen neuen Roman: „Rio ist ein Sehnsuchtort für hüftsteife Europäer". Tagesspiegel. Disponível em: https://www.tagesspiegel.de/gesellschaft/rio-ist-ein-sehnsuchtort-fur-huftsteife-europaer-3522106.html

56 COZER, Raquel. Único negro entre 70 brasileiros, Paulo Lins diz não ver racismo na seleção de Frankfurt. Folha de São Paulo, São Paulo. Disponível em: https://www1.folha.uol.com.br/ilustrada/2013/10/1353690-unico-negro-entre-70-brasileiros-paulo-lins-diz-nao-ver-racismo-na-selecao-de-frankfurt.shtml

Antes de *Cidade de Deus*, Paulo Lins havia publicado, em 1987, pela editora da UFRJ, um livro de poemas intitulado **Sob o sol**. Neste período, Paulo fazia parte de um grupo de poesia marginal, formado por alunos da UFRJ, chamado "Cooperativa de poetas"[57]. Segundo Lins (2023), "um grupo com poucos negros". Ainda como estudante universitário, Paulo entrou em um projeto de pesquisa sobre a Cidade de Deus, coordenado pela antropóloga Alba Zaluar. Foi Alba quem apresentou a literatura de Paulo Lins para Roberto Schwarz. O acesso de Lins ao mecanismo de publicação de sua obra assemelha-se, em certa medida, com a de outro(a)s escritores(a)s negro(a)s: a participação em um coletivo que articula ações, de maneira independente ou com parcerias (em muitos casos, com universidades), para a realização de uma publicação, ou, em menor incidência, a existência de uma ou mais pessoas (brancas), que atuam como "avalista" daquela obra e a apresenta para um editor. É Roberto Schwarz quem apresenta Paulo Lins para Luiz Schwarcz, editor e proprietário da Companhia das Letras.

O manifesto dos escritores negros de outubro de 2013 lançou luz em um tema que, na minha formação e atuação como bibliotecário, era pouco debatido. Embora refletíssemos sobre a bibliodiversidade e a democracia cultural, a questão racial não era uma pauta da área e tornou-se um tema do meu interesse. O manifesto informava sobre antologias de autores negros publicadas em outros países.

As reações ao manifesto indicavam que o tema da desigualdade racial no mercado editorial carecia de maiores reflexões, pois

---

[57] LINS, Paulo. Notas de escurecimento. Disponível em: https://www.youtube.com/watch?v=6--R-LWpwKDk.

havia um entendimento de que o número de escritore(a)s negro(a)s era reduzido, que o(a)s escritore(a)s negro(a)s que não haviam publicado por médias e grandes editoras não haviam conseguido porque não eram bons, ou não faziam "literatura de qualidade", ou apenas apresentavam relatos sem terem a habilidade de ficcionar. A fala da ministra em 2013 externava um pensamento até então recorrente no cenário cultural e que foi perdendo a força na segunda metade dda década de 2010.

Talvez pareçam atropeladas e/ou truncadas as reflexões que farei a seguir, mas preciso iniciá-las neste momento para não perder pontos importantes levantados no percurso desta narração. No desdobrar dos temas, quando necessário, as recuperarei com maior detalhamento. Quando o escritor Paulo Lins afirma em entrevista que a presença de apenas um escritor negro, em uma lista de 70 selecionados para representar o Brasil é uma questão da sociedade brasileira", ele indica que o racismo estabelece, como um filtro, todas as mediações sociais que levaram a essa situação Então, como pensar desigualdades raciais no mercado editorial brasileiro, sem pensar em como o racismo se estrutura, distribuindo atributos e oportunidades para a população de acordo com suas características físicas?

A história oficial do Brasil inicia-se, em 1500, com a invasão portuguesa e, poucas décadas depois, a terra descoberta é transformada em Colônia, que até então era habitada apenas pelos povos indígenas. Para a exploração desta terra como colônia, os portugueses fizeram o uso do trabalho escravo, uma prática que já ocorria em Portugal. Inicialmente com os indígenas; em seguida, com indígenas e africanos. Segundo Lopes (2022, p. 35), em 1495, 10% da população lisboeta era composta de africanos escravizados.

A justificativa moral para a escravização dos africanos era embasada pela Igreja Católica, por meio de passagens do Antigo Testamento, que relacionavam os africanos ao povo amaldiçoado, descendentes diretos de Caim, ou de Cam. Ainda segundo Lopes (2022, p. 36-37), durante o século XV e após esse período, o que se observou no repertório português e católico foi uma leitura na qual as maldições que se abateram sobre Caim e Cam se materializaram no nascimento do continente africano e como consequência na cor negra da pele de seus habitantes, ou seja, quando os portugueses aportaram no que é hoje o litoral brasileiro, eles já tinham um esquema étnico-racial delineado e hierarquizado.

Antes mesmo da escravidão, as associações positivas para claridade e negativas para escuro já eram presentes. Segundo Inkpin (2019, p. 103) "tradicionalmente, na literatura, o instinto sexual, a fisicalidade e o inconsciente humano são configurações ligadas à sombra, ao escuro e tendem a ser colocados em oposição à inteligência, ao espírito e à racionalidade, elementos relacionados à luz desde os tempos pré-socráticos". A autora cita Brookshaw (1983) quando afirma que,

> mesmo antes da escravidão, o negro foi aprisionado pela visão da sua cor como defeito. A associação da cor preta com a maldade e feiura é profundamente enraizada nas histórias da criação, como as da bíblia cristã, e ecoa na produção e recepção de textos e imagens da arte e da literatura desde então.
> (BROOKSHAW, 1983 *apud* INKPIN, 2019, p. 103)

As justificativas morais para a escravidão, embasadas pela igreja, viam os africanos como destituídos de racionalidade, ou seja, como animais. Para Carneiro (2022, p. 98) "a bula papal que decretou que o negro não tem alma é que vai permitir a constituição de um tipo *sui generis* de humanismo, o humanismo que se constitui sem o negro: porque não tem alma, não é humano, sua ausência não impede esse tipo de humanismo". Esses conhecimentos, aprofundados pelo racismo científico, que chega tardiamente no Brasil, levaram a um descrédito sobre a intelectualidade negra, e até mesmo Machado de Assis, por sua condição mestiça, teve sua intelectualidade questionada: "Machado de Assis não sai fora da lei comum, não pode sair, e ai dele, se saísse. Não teria valor. Ele é um dos nossos, um genuíno representante da sub-raça brasileira cruzada, por mais que pareça estranho tocar neste ponto (ROMERO, 1936 *apud* MELO, 2008, p. 181)."[58] Para Sílvio Romero, a condição étnica de Machado de Assis deveria ser limitante para certos aspectos determinantes de qualidade literária e de estilo.

Aponto estes fatos históricos para refletir sobre a trajetória editorial de escritore(a)s negro(a)s. A desqualificação intelectual dos negros, por séculos e séculos, na formação cultural brasileira leva a essa "miopia racial" da branquitude, que faz com que, mesmo existindo, o(a)s escritore(a)s negro(a)s, até aquele momento de 2013 não fossem "lembrados", "vistos". Ou seja, as afirmações morais que associavam os africanos ao pecado, com os conhecimentos anteriores, que relacionavam a cor escura ao mal, somados aos elementos desenvolvidos nas teorias iluministas, que levaram ao racismo científico, formaram culturalmente o Brasil e ainda constituem uma forma de ver o outro, quando esse outro é negro.

---

58 MELO, Maria Elisabeth Chaves de. Sílvio Romero vs. Machado de Assis: crítica literária vs. literatura crítica. *Revista da Anpoll*, v. 1, p. 179-197, 2008.

Neste sentido, quando a capacidade intelectual de um escritor negro é questionada, é possível que este questionamento surja desse imaginário coletivo, dessas visões de mundo constituídas por tantos séculos nas elites intelectuais e econômicas. Em entrevista concedia a mim para o artigo supracitado sobre políticas culturais, a escritora Conceição Evaristo afirmou:

> *Becos da Memória levou 20 anos para ser publicado, enviei para duas ou três editoras e recusaram, (no momento o livro está no prelo para uma edição francesa); a mesma situação eu enfrentei com Ponciá Vicêncio, também foi recusado, até que eu resolvi bancar a publicação. É um livro que já foi traduzido para o inglês e para o francês, sendo lançado nos Estados Unidos e na França. Hoje Ponciá Vicêncio é uma obra que já tem um currículo, esteve no vestibular da UFMG, no CEFET/MG e em mais quatro instituições mineiras, assim como esteve no vestibular da UEL/Universidade Federal de Londrina e hoje Olhos d'água esteve no vestibular da UEMG. Outra questão, embora nós tenhamos hoje uma pesquisa acadêmica de peso sobre livros de autoria negra, e muitos pesquisadores não só da área da literatura debruçados sobre nossas obras, falta ainda uma visibilização "midiática" sobre a autoria negra. É esperado que uma mulher negra saiba cozinhar, cuidar de uma casa, cuidar de crianças, enquanto babá... Espera-se também que ela seja boa de cama, que ela saiba dançar e cantar, mas não que ela saiba escrever, ainda é uma ideia que não compõe o imaginário brasileiro (EVARISTO, 2016, p. 5).*

O manifesto de 2013, que apresento aqui, revelou-me que algo precisava ser feito para modificar os efeitos do racismo no mercado editorial.

"O Coletivo Literário Ogum's Toques Negros e xs escritorxs negrx-brasileirxs subscritxs vêm, com esta nota, repudiar a ausência quase absoluta de autorxs negrxs entre xs selecionadxs para representarem a Literatura Brasileira na Feira de Frankfurt, edição 2013. Entre as diversas preocupações deste Coletivo Literário, encontram-se a divulgação e o cultivo da memória dxs artífices da literatura negro-brasileira, principalmente xs que começam a publicar a partir dos anos 1970 e já ganham amplitude nacional e internacional na década seguinte. Além disso, visa contribuir com a possibilidade de que novos nomes possam emergir, a despeito das dificuldades colocadas não só pelo mercado editorial, mas, infelizmente, por cerceamentos oficiais como o exposto aqui, já que a Feira alemã, dentre xs 70 escritorxs escolhidos, conta apenas com um escritor negro, Paulo Lins.

O diário alemão "Süddeutsche Zeitung" denuncia que a lista realizada pelo MinC não mostraria a diversidade da produção literária brasileira (Matéria do Segundo Caderno do jornal O Globo, de 02/10/2013), e pergunta à delegação oficial brasileira sobre os critérios adotados para elaboração da mesma. Os argumentos apresentados pelo curador Manuel da Costa Pinto de que privilegiou o mercado editorial brasileiro, "não se rendeu a critérios extraliterários" e "não usamos cotas" são facilmente refutados.

O Ministério da Cultura está submetido ao Estatuto da Igualdade Racial, no qual se caracteriza como discriminação racial ou étnico-racial "toda distinção, exclusão, restrição ou preferência baseada em raça, cor, descendência ou origem nacional ou étnica que tenha por objetivo anular ou restringir o reconhecimento, gozo ou exercício, em igualdade de condições, de direitos humanos e liberdades fundamentais nos campos político, econômico, social, cultural ou em qualquer outro campo da vida pública ou privada". Fundamental enfatizar que este MinC é responsável pelo acompanhamento da implementação das leis nºs 10.639 e 11.645, portanto não constitui exceção na obrigação de promover políticas culturais e educacionais de difusão da história e cultura africana, afro-brasileira e indígena, e isso, indubitavelmente, passa por uma política editorial que contemple de forma efetiva a diversidade que o MinC adota como discurso.

As alegações da Ministra da Cultura do Brasil são ainda mais criticáveis, pois demarcam uma "ignorância oficial" nociva, fonte de um racismo institucional que opera de modo a legitimar a exclusão étnica que aqui revelamos. Além de dar a entender e verbalizar uma espécie de estágio ainda embrionário da literatura negra, expressando que quem sabe num futuro teremos mais autores negros em um evento de grande porte como a Feira de Frankfurt, a ministra afirma literalmente à Folha de S. Paulo (2/10/2013) que: "o critério não foi étnico, o critério foi outro e eu achei correto. O primeiro era a qualidade estética, depois autores que tivessem livros traduzidos para o alemão e língua estrangeira".

Desde a década de 70 do século XX, no Brasil, proliferam publicações individuais e coletivas de prosa e poesia, ensaios e encontros literários negros, ou seja, nos anos 1980 a literatura negro-brasileira já passa a frequentar debates acadêmicos e rasurar o cânone literário. Além disso, é atualmente estudada nos EUA, Portugal e outros países da Europa, especificamente na Alemanha. Em 1988, ano do centenário da abolição da escravatura no Brasil, foi publicada a antologia SCHWARZE POESIE – POESIA NEGRA, organizada pela Profª Drª Moema Parente Augel (Universidade Bielefeld/Alemanha), em edição bilíngue português-alemão, sob a chancela da Edition Diá, St. Gallen/Köll, tendo sido esgotada a primeira tiragem em apenas três meses de circulação em solo germânico. Estão incluídxs nesta antologia os seguintes poetas: Abelardo Rodrigues, Adão Ventura, Arnaldo Xavier, Cuti, Éle Semog,

Geni Guimarães, Jamu Minka, Jônatas Conceição da Silva, José Alberto, José Carlos Limeira, Lourdes Teodoro, Márcio Barbosa, Miriam Alves, Oliveira Silveira, Oswaldo de Camargo e Paulo Colina.

A antologia obtém rápido sucesso de crítica e público na Alemanha. Em virtude disso, alguns/mas dxs autorxs percorrem diversas universidades germânicas para falar sobre literatura do Brasil e a condição dx escritxr negrx brasileirx. Além disso, elxs têm textos recitados em rádios locais e até um disque-poema foi disponibilizado para xs interessadxs em conhecer a poesia dessxs autorxs. Toda essa repercussão desde aquela época é responsável pela atual edição no formato e-book da SCHWARZE POESIE POESIA NEGRA pela editora alemã Diá e motivo de lançamento na própria Feira de Frankfurt 2013. Ou seja, uma editora alemã, com fins comerciais, publica literatura negro-brasileira na mesma Feira em que o governo brasileiro se recusa a fazê-lo, sob o argumento editorial de que não há mercado, não é rentável.

Para além do epistemicídio e do racismo institucional que tal postura desvela, a partir da violação de direitos constitucionais, acrescentamos a perversa relação que há entre as grandes editoras – capital privado –, seus catálogos e o apoio estatal evidenciado na lista da Feira de Frankfurt/2013. Por esses motivos, reafirmamos nossa posição contrária a qualquer ação ou evento que signifique e que resulte na exclusão da literatura negra nos anais culturais nacionais e internacionais".[59]

Assinaram o manifesto: Abelardo Rodrigues, Akins Kinte, Aldair Arquimimo, Allan da Rosa, Alex Ratts, Alex Simões, Claudia Santos, Conceição Evaristo, Cuti, Deley de Acari, Denise Guerra,

---

[59] Coletivo de escritores negros lança carta de repúdio contra Feira de Frankfurt. Salvador: Correio Nagô, 2013. Disponível em: https://correionago.com.br/coletivo-de-escritores-negros-lanca-carta-de-repudio-contra/

Dóris Barros, Eduardo Oliveira, Ele Semog, Elias Goncalves Pires, Elizandra Batista de Souza, Fábio Mandingo, Fernanda Felisberto, Francisco Antero, Goli Guerreiro, Guellwaar Adún, Hamilton Borges Onirê Walê, Hildália Fernandes, Joel Rufino, José Carlos Limeira, José Henrique de Freitas Souza, Kitabu Livraria Negra, Landê Onawalê, Lia Vieira, Lívia Natália, Marciano Ventura – Ciclo Contínuo Editorial, Mel Adún, Michel Yakini, Miriam Alves, Nei Lopes, Nilo Rosa, Oswaldo de Camargo, Paulo Roberto dos Santos, Priscila Preta, Raquel Almeida, Ricardo Riso, Rita Santana, Ronald Augusto, Samuel Vida, Sergio Ballouk, Silvio Oliveira, Togo Ioruba, Valmiro Oliveira Nunes e Vânia Melo.

"As minhas palavras de fogo/ não pararei de gritar". Em entrevista, Carlos de Assumpção comenta sobre outro(a)s escritore(a)s negro(a)s que vieram antes e depois dele: "todos nós nascemos nas mesmas dores"[60]. O poeta, ao irmanar-se com escritore(a)s negro(a)s, indica para essas existências um caráter de coletividade, que me serve para a observação da experiência literária negra brasileira de forma comparada. Essa dor que irmana, esse grito, que em tudo deveria parecer redundante: Vidas negras importam. "Eu quero o sol que é de todos/ quero a vida que é de todos/ ou alcanço tudo o que quero/ ou gritarei a noite inteira" (ASSUMPÇÃO, 2020)[61].

O título desse capítulo, "Vidas negras importam", é retirado de um *slogan* de um movimento que se iniciou nos Estados Unidos,

---

[60] ASSUMPÇÃO, Carlos. Um grito de esperança: entrevista. *Candido*, Paraná. 2021. Disponível em: https://www.bpp.pr.gov.br/Candido/Noticia/ENTREVISTA-Carlos-de-Assumpcao

[61] ASSUMPÇÃO, Carlos de. Protesto. In: *Não pararei de gritar:* poemas reunidos. São Paulo: Companhia das Letras, 2020.

em 2014, e que, em 2020, repercutiu em vários países do mundo. Neste livro utilizo o *slogan* para me referir à vida de escritore(a)s negro(a)s brasileiro(a)s, levantando os questionamentos: as suas vidas como escritore(a)s importam? Para quem importa? As vidas do grupo populacional do qual eles fazem parte importam? Deveriam ser questionamentos retóricos; infelizmente não são. Ponciá Vicêncio, Zé Pequeno — que, para existir, mata o Dadinho, que nele vivia, — Keindé, esses personagens que passaram a existir pela criação de escritores negros, importam? O que há neles de indispensável para a compreensão mais aguçada tanto da literatura brasileira, como também da sociedade brasileira?

Em 2014, após uma década marcada por ataques brutais às comunidades negras dos Estados Unidos, a classe trabalhadora de Ferguson

> vislumbrou a liberdade e provou um pouco de autodeterminação ao desafiar a polícia e a Guarda Nacional e marchar nas ruas em protesto contra a morte de Mike Brown. Sua luta local inspirou os negros de todo o país a irem às ruas, deixando a polícia paralisada. O que começou como uma pequena demanda de justiça pelo jovem negro assassinado por um policial, explodiu em um movimento identificado pelos dizeres "Vidas negras importam" (TAYLOR, 2020, p. 406)[62].

Taylor (2020, p. 406) informa que o assassinato de Mike Brown e a revolta decorrente deram início a um período de ativismo e de protesto que tinha o corajoso objetivo de acabar com

---

62 TAYLOR, Keeanga-Yamantta. *#Vidas negras importam e libertação negra*. São Paulo: Elefante, 2020. p. 406.

o reinado de terror policial nas comunidades negras, pobres e das classes médias trabalhadoras nos Estados Unidos.

> No segundo mandato de Obama (2013-2017), o que começou como um movimento local, em Ferguson, eclodiu uma força nacional muito mais ampla. O divisor de águas foi uma dupla falha da justiça, que decidiu pelo não indiciamento tanto pelo policial que matou Mike Brown, como, em seguida, de um policial de Nova York, apesar de um vídeo mostrá-lo estrangulando Eric Garner até a morte nas ruas de Staten Island. Em um estupor de raiva e descrença, as experiências de abuso policial e intimidação uniram jovens negros em todo o país.
>
> (TAYLOR, 2020, p. 413)

"Erick Garner, 46 anos, morador de Staten Island, em Nova York, estava desarmado e cuidando da sua própria vida quando foi abordado pela polícia e sufocado até a morte. Ofegante ele disse, onze vezes: "Não consigo respirar" (TAYLOR, 2020, p. 48).

Os episódios de violência policial ocorridos nos Estados Unidos em muito se assemelham à violência policial realizada contra a população negra no Brasil. Bento (2022, p. 50) afirma que o racismo permite o exercício de biopoder, "este velho direito soberano de matar". Na economia do biopoder, a função do racismo é regular a distribuição da morte e tornar possíveis as funções assassinas do estado que, segundo Foucault, é "a condição para a aceitabilidade do fazer morrer" (Mbembe, 2018, p. 18). Cida Bento salienta que essa vigilância e punição podem ser observadas em um fenômeno trágico que ocorreu em novembro de 2020 nas dependências do supermercado Carrefour, em Porto Alegre. Um cliente negro, João

Alberto Freitas, foi vigiado, perseguido e espancado até a morte. Enquanto seu sangue derramava-se sobre o chão branco, durante cinco minutos, ele foi observado e filmado por, aproximadamente, quinze pessoas, até que estivesse morto. Assassinato similar a outros milhares que ocorrem no Brasil, já que um jovem negro é assassinado a cada 23 minutos, caracterizando o que o movimento negro define como "genocídio da população negra".

Taylor (2020, p. 413) esclarece que os episódios ocorridos em Ferguson, Cleveland, Los Angeles, Staten Sland e incontáveis outros lugares aumentaram o fluxo da corrente de rebeldia que forjou o "Vidas negras importam" entre o final de 2014 e o início de 2015. Em dezembro de 2014, dezenas de milhares de pessoas em todos os Estados Unidos participaram de atos pacíficos de desobediência civil. Em 13 de dezembro, cinquenta mil pessoas marcharam pelas ruas de Nova York, com gritos que conectavam Ferguson a Nova York, e, depois, à nação: *Hand up, don't shoot, I can't breathe, Black Lives Matter.*

Segundo Taylor (2020), todo movimento precisa de um catalisador, de um evento que capte as experiências das pessoas e tire-as do isolamento e as conduza para uma causa coletiva que tenha o poder de transformar as condições sociais. Poucos poderiam prever que, quando o policial branco, Darren Wilson, atirou em Mike Brown, uma rebelião teria início em um subúrbio pequeno e desconhecido do Missouri, chamado Ferguson. Por razões que talvez nunca sejam desvendadas, a morte de Brown foi um ponto de ruptura para os afrodescendentes daquela cidade — e também para centenas de milhares de negros dos Estados Unidos. Talvez tenha sido a falta de humanidade da polícia ao deixar o corpo morto de

Brown apodrecer no sol quente do verão por quatro horas e meia, mantendo seus pais afastados sob a mira de armas e sob a guarda de cães. "A gente foi tratado como se não fosse os pais, sabe?", disse o pai da vítima. "Isso eu não entendi. Eles atiçavam os cães em cima da gente. Eles não deixaram a gente identificar o corpo. Eles miravam as armas na nossa direção". Talvez tenha sido o equipamento militar que a polícia usou contra as manifestações que surgiram em protesto pela morte de Brown. Com tanques, metralhadoras e um arsenal interminável de gás lacrimogêneo, balas de borracha e cassetetes, o Departamento de Polícia de Ferguson declarou guerra aos residentes negros e a qualquer pessoa que se solidarizasse com a causa.

Taylor (2020) comenta sobre o processo de desumanização do outro, quando esse outro é o negro:

> A excessiva e sistemática prisão de pessoas, pretas e homens negros em particular, tem confundido raça com risco de criminalidade — o que legitima a inspeção minuciosa nas comunidades negras, bem como as consequências dessas inspeções. [...] É a perpetuação de estereótipos profundamente enraizados, que retratam os afro-estadunidenses como particularmente perigosos, imunes à dor e ao sofrimento, descuidados e despreocupados, isentos de empatia, solidariedade ou humanidade básica que permite que a polícia mate negros impunemente. Quando o policial Darren Wilson, de Ferguson, testemunhou ao júri, sobre seu confronto com Mike Brown, ele parecia descrever uma briga contra um monstro, não com uma pessoa de dezoito anos. Wilson atribuiu uma força sobre-humana a Brown, e relatou que Brown atravessava uma chuva de balas, deixando o policial sem alternativa, senão continuar atirando.

> Uma história inacreditável que se apoia na completa falta de crença na humanidade de Brown, em na sua natureza humana (TAYLOR, 2020, p. 29-30).

A autora também esclarece sobre como a violência letal contra homens negros afeta também a vida das mulheres negras e como o movimento "Vidas negras importam" foi perdendo a força inicial. Para Taylor (2020), quando a polícia atira para matar, geralmente está mirando um afro-estadunidense do sexo masculino. Mas as mulheres negras — mães, filhas, irmãs desses homens e meninos negros, suas companheiras ou mãe de seus filhos — também sofrem os efeitos da violência. O apagamento do modo particular como as mulheres negras padecem a violência policial minimiza a profundidade e a extensão dos danos causados pelo policiamento abusivo. Quando um homem negro cai nos tentáculos do sistema penal, suas famílias e o bairro onde vivem são prejudicados. Os antecedentes criminais aumentam as taxas de desemprego. Essa realidade afeta mulheres negras que se relacionam com homens negros. Além disso, mulheres negras também são vítimas da violência policial. Destaco um dos casos emblemáticos no Brasil.

Em 2016, Luana Barbosa, mulher, lésbica, negra, mãe e moradora de uma área periférica em Ribeirão Preto, foi espancada pela polícia militar. Araújo (2021) informa que

> a situação ocorreu enquanto Luana levava seu filho de 14 anos para aula de informática de moto. Após parar em frente a um bar para conversar com um amigo, ela foi abordada pela Polícia Militar. Após exigir que fosse revistada por uma mulher, levou o primeiro chute, dando início ao

espancamento. Depois, ainda foi levada para delegacia onde foi denunciada por desacato a autoridade e lesão corporal contra um dos policiais. Durante o espancamento, ela ainda tentou mostrar os seios para "provar" que era mulher. Luana morreu 5 dias após o espancamento, por isquemia cerebral e traumatismo cranioencefálico, em decorrência das agressões sofridas[63].

Embora o grito "Vidas negras importam" tenha ecoado nos Estados Unidos com a mesma ressonância que na década de 1960 ecoou o grito "Freedom now", no movimento pelos direitos civis, Taylor (2022, p. 54) afirma que o movimento "Vidas negras importam" deparou-se com algumas questões antes confrontadas pelo movimento Black Power, nas décadas de 1960 e 1970. Por exemplo: as condições criadas pelo racismo institucional podem ser transformadas dentro do sistema capitalista existente? Habitação, salários, acesso a melhores empregos e educação certamente podem avançar, mas isso pode ser alcançado massivamente, e não apenas para algumas pessoas?

Sobre a realidade da relação entre capitalismo e racismo no Brasil, Bento (2022, p. 41) afirma que a noção de capitalismo racial elucida como o capitalismo funciona por meio de uma lógica de exploração do trabalho assalariado, ao mesmo tempo que se baseia em lógicas de raça, etnia e gênero para expropriação, que vão desde a tomada de terras indígenas e quilombolas até o que chamamos de trabalho escravo ou trabalho reprodutivo de gênero etc. É um regi-

---

[63] ARAÚJO, Francileide. Após cinco anos do assassinato de Luana Barbosa, mulher negra, lésbica e periférica, caso segue sem resolução. *Notícia Preta*, Rio de Janeiro, abr. 2021. Disponível em: https://noticiapreta.com.br/5-anos-sem-justica-para-luana-barbosa/ Acesso em: 20 fev. 2023.

me que congrega classe e supremacia branca. Aliás, capital e raça já se uniram há séculos, do tráfico negreiro transatlântico à destruição da população maia, asteca e guarani, dos combates portugueses na África Central aos inúmeros massacres em terras colonizadas por países europeus. Para Bento (2022, p. 29-30), é imprescindível romper a aliança entre classes, elites políticas, educacionais, culturais e econômicas e uma parte da classe trabalhadora reunida pela supremacia branca, que vem possibilitando a reprodução do sistema do capitalismo racial, pois, rompendo essas alianças, a identificação de parcela da classe trabalhadora com líderes supremacistas violentos será dificultada.

Outra característica, apontada por Taylor (2020), em relação ao movimento "Vidas negras importam" é sua descentralização, a ausência de líderes, a cooptação por empresas, o pragmatismo do governo Obama — que dividiu o movimento entre os que buscavam ajustes rápidos e os que queriam transformações mais estruturais.

O que Taylor (2020, p. 437) informa é que Vidas negras podem importar, mas, para isso, será necessária uma luta para mudar não apenas a polícia, mas o mundo que depende dela para administrar a distribuição desigual de necessidades vitais, ou seja, para o fim do que ela chama de "Guerra contra as vidas negras", o desafio, segundo a autora, é, sem dúvida, passar do reconhecimento das humanidades negras para o efetivo alcance da mudança das instituições responsáveis por sua degradação.

Sobre o racismo institucional, Taylor (2020, p. 38) informa que o termo foi cunhado por Stokely Carmichael e pelo cientista social Charles Hamilton, no livro *Black Power*, de 1967, p. 5-7. Segundo Taylor (2020, p. 38) o termo era visionário, antecipando a futura tendência ao daltonismo racial e a ideia de que o racismo só estaria presente se a intenção fosse incontestável. Racismo institucional ou racismo estrutural podem ser definidos como políticas, programas e práticas de instituições públicas e privadas que resultam em maiores taxas de pobreza, desapropriação, criminalização, doenças e, finalmente, mortalidade da população negra. O mais importante é o resultado e não as intenções dos indivíduos envolvidos. O racismo institucional continua sendo a melhor maneira de entender como a miséria afro-estadunidense ainda perdura em um país tão rico e cheio de recursos. Compreender isso é crucial para combater as acusações de que os negros dos Estados Unidos são os principais responsáveis pela situação em que se encontram.

No Brasil, neste ano de 2023, o sociólogo Muniz Sodré publicou o livro *O fascismo da cor: uma radiografia do racismo nacional*. Muniz Sodré defende que no Brasil a noção de racismo estrutural não dá conta de explicar a nossa complexidade. Para Sodré (2023), o que explica o racismo no Brasil é a forma social escravista: "Não é nenhuma estrutura que faz funcionar os mecanismos de discriminação. Embora essa palavra tenha forte apelo político no ativismo afro, mas o estrutural não explica a complexidade do arraigado no sistema racista" (SODRÉ, 2023, p. 4). Sodré (2023) pontua sobre a realidade americana e cita o caso George Floyd, marco temporal final, mas afirma que a nossa realidade é diferente:

> A condenação de um policial branco em 2021 pelo assassinato bárbaro de um cidadão negro (George Floyd) não foi um mero fato de correção judicial, mas apenas um índice positivo na continuidade da longa luta coletiva por equidade existencial. Talvez, seja possível pautar o

movimento cívico pelo advento de uma "Era pós-George Floyd". Sem grandes tintas otimistas, porém: no mesmo dia da condenação, outro negro foi assassinado por policiais (SODRÉ, 2023, p. 35).

Para Sodré (2023) o efeito estrutural não é exatamente estrutura, mas elemento de uma forma, que eventualmente pode revelar-se estruturante. Ao defender que somos mobilizados pela forma social escravista, Sodré afirma:

> De fato, o racismo de pós-abolição é uma forma sistemática (recorrente, mas sem legitimidade outorgada pela unidade de um sistema ou estrutura de discriminação, baseada no imaginário da raça). Afigura-se como algo mais próximo à ideia de um processo, indicativo de uma dinâmica interativa de elementos discriminatórios, ao modo de uma fusão ou do que designamos como forma social escravista. As práticas desse processo contribuem para a reprodução da lógica de subalternidade dos descendentes de africanos — certamente derivada de uma ordem específica de classes sociais — porém, não mais constituem uma estrutura econômica, política e jurídica, a exemplo de uma sociedade plena e formalmente escravista" (SODRÉ, 2023, p. 49).

Na forma social escravista do tipo brasileiro o racismo institucional não se legitima por legislação (pelo contrário, existe uma lei penal que tipifica o racismo como crime, no entanto, é exercido na prática por perversões institucionais orientadas por representações derivadas de uma reflexividade social específica (SODRÉ, 2023, p. 105).

Na forma social escravista, desligada da antiga materialidade da estrutura escravista, o que predomina são imagens

> instauradoras de um campo sensível, responsável pelas afecções discriminatórias. A imagem de mundo ou apreensão sensível do mundo torna-se, assim, uma síntese mais ampla do que o mero juízo verbal, incorporando, por meio de um mosaico de representações, experiências e interpretações suscetíveis de valoração (SODRÉ, 2023, p. 215).

No processo de desenvolvimento desse livro, me deparei com uma angústia referente ao tema que Muniz Sodré traz à luz. Havia algo na dimensão do afeto, da transmissão cultural de um imaginário que me parecia escapar das análises sobre o racismo no Brasil. Recorri ao livro *Genocídio do povo negro*, de Abdias do Nascimento, "existe uma etiqueta envolvendo as relações de raça no Brasil, a qual permeia a sociedade que faz dela uma prática consuetudinária"[64], para dar conta do racismo à brasileira, como uma prática social cotidiana não amparada por leis. Neste sentido, embora o autor considere uma proposta aberta, que ganhará mais densidade com o tempo, a proposta do Muniz Sodré faz muito sentido. Para Sodré,

> o racismo daqui melhor se define como um sentimento de existência, de um grupo isolado ou fechado em si mesmo, como algo aquém de qualquer expressão conceitual ou de articulação lógica, ou seja, como a resultante automática de reações emocionais enraizadas. Não se trata realmente de opiniões intelectualistas e abertas como no racismo doutrinário do passado eugenista. Ao contrário, é um racismo que não ousa confessar o seu nome. Por isso mesmo, é renitente. Abrigado em um sensório global, uma espécie de síntese emocional que informa os esquemas existenciais,

---

64 Abdias do Nascimento cita um estudo-pesquisa do scholar ganês Anani Dzidzienyo, publicado pela Minority Rights Group, de Londres, intitulado The Position of Blacks in Brazilian Society.

> ordenadores da experiência comum, o nacional-racismo, no nível do guarda de esquina ou de segurança de super mercado, é pura violência latente, necropolítica à espera de ocasião. [...] O racismo brasileiro é mais uma lógica de lugar do que de sentido. É dela que de fato têm hoje saudade os que acham um escândalo liberal proteger as vítimas históricas da dominação racial (SODRÉ, 2023, p. 244-245).

Para Bento (2022, p. 13), nós não temos um problema do negro do Brasil, temos um problema nas relações entre negros e brancos. É a supremacia branca incrustada na branquitude, uma relação de dominação de um grupo sobre o outro, como tantas, que observamos cotidianamente ao nosso redor, na política, na cultura, na economia e que assegura privilégios para um dos grupos e relega péssimas condições de trabalho, de vida, ou até de morte para o outro. Os brancos, segundo a autora,

> agem em pactos narcísicos, alianças inconscientes, intergrupais, caracterizada pela ambiguidade e, no tocante ao racismo, pela negação do problema racial, pelo silenciamento, pela interdição de negros em espaços de poder, pelo permanente esforço de exclusão moral, afetiva, econômica e política do negro no universo social. Assim a branquitude é um privilégio racial, econômico e político, no qual a racialidade, não nomeada como tal, carregada de valores, de experiências, de identificações afetivas, acaba pode definir a sociedade (BENTO, 2022, p. 5).

Complemento as asserções de Bento e Sodré com a afirmação de Schucman. Para a pesquisadora,

> a branquitude é entendida como uma posição em que sujeitos que a ocupam foram sistematicamente privilegiados no que diz respeito ao acesso a recursos materiais e simbólicos, gerados inicialmente pelo colonialismo e pelo imperialismo, e que se mantêm e são preservados na contemporaneidade. Para se entender a branquitude, portanto, é importante entender de que forma se constroem as estruturas de poder concretas em que as desigualdades raciais se ancoram (SCHUCMAN, 2020, p. 61).

Embora concorde com Muniz Sodré sobre a forma social que molda as relações raciais no Brasil, entendo que, neste momento, para o melhor entendimento, o uso do termo racismo estrutural faz-se necessário para não se criar uma poluição semântica desnecessária. Da mesma forma, embora apareça em citações o termo étnico, tratarei da questão da desigualdade no mercado editorial brasileiro utilizando o termo raça, "desigualdade racial", pois, embora não tenham o mesmo significado, é o termo mais utilizado pela mídia e por pesquisadores para se tratar dessa questão.

O racismo entendido como estrutural, ou como uma forma social, constitui-se como o elemento que determina os destinos de vida e de morte de uma sociedade racializada. Para Carneiro (2023, p. 64) o racismo é indispensável para que o poder, enquanto biopoder e com função primordial de promover a vida, venha tirar a vida. "A função assassina do Estado só pode ser assegurada desde que o Estado funcione, no modo do biopoder pelo racismo", lembra Foucault (1999, p. 306). Carneiro (2023) alerta que, de acordo com o filósofo, o estado tira a vida de dois modos: pelo assassinato direto e pelo assassinato indireto, neste caso quando expõe a morte, quando multiplica os riscos de morte, quando promove a morte política dos racialmente "inferiores".

Cabe, neste sentido, olhar para questões conceituais sobre como o biopoder faz a gestão destas vidas e decide quem deve viver e quem deve morrer. Os versos de Conceição Evaristo, em "Certidão de óbito", denunciam que "a qualquer descuido da vida, a morte é certa", o que informa sobre uma característica da sociedade brasileira, em que o direito à vida, presente no artigo 5º da Constituição de 1988, não é garantido amplamente pelo Estado para a população negra. Segundo o *Atlas da Violência* (2020)[65], do Instituto de Pesquisas Aplicadas (Ipea), entre 2008 e 2018 o índice de homicídio de pessoas negras aumentou em 11,5%, enquanto houve uma redução de 12,9% entre não negros. Neste mesmo período, 30.873 jovens negros foram mortos.

É importante ressaltar que, ao fazer este recorte racial em relação à vulnerabilidade à morte, não há a intenção de indicar que a população brasileira de modo geral e, principalmente, a população brasileira pobre, não esteja também vulnerável. Entre 2020 e 2022, o mundo atravessou uma grave crise sanitária devido à pandemia da covid-19. Por decisões do governo brasileiro em atrasar a aquisição de vacinas e não informar corretamente a população sobre os modos de prevenção da covid-19, o país já ultrapassou o terrível número setecentos mil mortos.

Antes mesmo da pandemia, a desigualdade social e uma cultura de violência – forjada na origem do país e atualizada constantemente – já tornavam o Brasil um lugar em que a vida (de

---

65 Atlas da violência. Disponível em: https://www.ipea.gov.br/atlasviolencia/download/24/atlas-da-violencia-2020.

muitos) tem pouco valor, o que é comprovado pelas altas taxas de mortalidade por diversas causas. Por exemplo, o Brasil foi a nação que apresentou o maior número de mortes por arma de fogo no mundo. O país é o quinto no ranking do feminicídio, é onde mais matam transsexuais e onde a fome ainda causa mortes. No entanto, o que as pesquisas informam é que, em todos os casos de vulnerabilidades, elas se tornam mais graves entre a população negra. As mulheres negras morrem mais de feminicídio que mulheres brancas; homens negros morrem mais de homicídios que homens brancos, e mesmo em relação à covid-19, é a população negra brasileira que mais foi vitimada. Para esta população, vive-se como em uma interminável "noite calunga"[66].

Sobre uma consciência antinegra, Sodré (2023, p. 21) afirma que:

> O racismo é, assim, central na vida política e social da América, como pilar de sustentação — a imagem de um edifício "cimentado" pela consciência antinegra — e que acredita numa civilização hereditária, assegurada pelas leis de um Deus branco, como Pentateuco, e pela história de conquistas armadas. Como mecanismo básico de coesão da "aliança" fundadora, o racismo supõe religiosamente uma vítima sacrificial, escolhida fora do pacto originário. É, no limite, a base do estado de guerra interno ou da construção metafísica de um eterno inimigo da uniformidade paranoica, que será sempre o Outro, particularmente o negro. É como se a sociedade civil, depois ter neutralizado os povos originários, fosse organizada de modo a se defender dos descendentes de escravos (SODRÉ, 2023, p. 21).

---

[66] Referência ao poema do escritor Ricardo Aleixo.

O que Sodré (2023) explicita é o entendimento da existência de um inimigo interno que, no racismo à brasileira, o inimigo interno a ser eliminado, na perspectiva do biopoder, é o negro.

Em 2019, publiquei um livro de contos, chamado *Eles*. No conto "Dança", narro a história de Edson, um homem negro formado em administração de empresas, mas que se vê obrigado a aceitar um emprego como vigia de uma loja de bebidas, pois o mercado não o absorve de acordo com a sua formação. Cito aqui um trecho do conto que aborda a questão apontada por Sodré, em seu livro publicado em 2023:

> Quando as pessoas se afastavam dele na rua, quando não queriam sentar-se ao seu lado no ônibus, quando fechavam os vidros do carro ao vê-lo se aproximar, quando as mães puxavam suas crianças nas vezes em que ele passava perto, isso tudo o atormentava mais estando ele sem emprego. Se pegava pensando coisas que logo em seguida julgava loucas: *Quem era esse, que tantos viam nele, mas que ele não encontrava ao se olhar no espelho? Quem era esse outro que se colocava entre ele os outros, fazendo com que o medo em relação a ele fosse tão grande?* (AMARO, 2019, p. 36)

Carneiro (2023, p. 64) afirma que "a morte do outro — que é outro porque é degenerado de raça inferior — permite ao biopoder promover a vida da raça mais sadia e mais pura. O racismo é indispensável para que o poder, enquanto biopoder e com função de promover a vida, venha tirar a vida". No poema "Favela", Conceição Evaristo descreve um estar apreensivo sobre a consciência de um tempo escasso de viver.

> Barracos
> montam sentinela
> na noite.
> Balas de sangue
> derretem corpos
> no ar.
> Becos bêbados
> sinuosos labirínticos
> velam o tempo escasso
> de viver
> (EVARISTO, 2017, p. 45)

Para Carneiro (2023), a composição do dispositivo de racialidade com o biopoder torna-se um mecanismo de dupla consequência: promoção da vida dos brancos e multicídios de negros na esfera do biopoder, de forma que sob a égide dos racialmente eleitos nas esferas de reprodução da vida — ao mesmo tempo a inclusão subordinada e minoritária dos negros que eventualmente sobrevivem às tecnologias de morte do biopoder, a partir da ideia de dispositivo, desenvolvida por Foucault, o dispositivo de racialidade também produz uma dualidade entre positivo e negativo, tendo na cor da pele o fator de identificação do normal e a brancura sua representação. O dispositivo de racialidade, ao demarcar a humanidade como sinônimo de brancura, irá redefinir as demais dimensões humanas e hierarquizá-las de acordo com a proximidade ou o distanciamento desse padrão. Ou seja, branco torna-se ideal de Ser para os Outros. Sueli Carneiro explica que, para Foucault, um dispositivo é sempre um dispositivo de poder, que opera em um determinado campo e desvela-se pela articulação que se engendra a partir de uma multiplicidade de elementos e pela relação de poder que entre eles se estabelece. A noção de biopoder de Foucault é complementada por Carneiro (2023),

> para fazer viver e deixar morrer conta-se com a hostilidade e o desprezo socialmente consolidados em relação a um grupo social. Como uma espécie de automatismo associativo, esses sentimentos e representações tornam-se suficientes para orientar a distribuição das benesses sociais. Entendo que onde não há para o biopoder o interesse de disciplinar, subordinar ou eleger o segmento subordinado da relação de poder construída pela racialidade, ele passa a atuar como estratégia de eliminação do Outro indesejável. O biopoder aciona o dispositivo de racialidade para determinar quem deve morrer e quem deve viver (CARNEIRO, 2023, p. 65).

Não se trata de desenvolver reflexões filosóficas sobre vida e morte, em um sentido em que todos os vivos estão, em alguma medida, vulneráveis à morte. Se todos estão, no entanto, cabe investigar por que alguns estão mais vulneráveis que outros e como o poder articula proteções e vulnerabilidades a partir de diversos tipos de violências. Violências que se organizam como política e, mais precisamente, uma necropolítica. Mbembe (2018) define necropolítica como uma expressão máxima da soberania, que reside, em grande medida, no poder e na capacidade de ditar quem pode viver e quem deve morrer. Para o filósofo, por este motivo, matar ou deixar viver constitui os limites da soberania, seus atributos fundamentais, e exercitar a soberania é exercer controle sobre a mortalidade e definir a vida como a implantação e manifestação de poder.

A teoria de Mbembe é baseada em teóricos como Foucault. Para Foucault, "pode-se dizer que o velho direito de causar a morte ou deixar viver foi substituído por um poder de causar a vida ou devolver à morte" (FOUCAULT, 1999, p. 131), ou seja, uma vez que o poder assumiu a função de gerir a vida, fazer morrer deixa de fazer sentido, levando a uma "desqualificação da morte". Para o filósofo, "é sobre o desenrolar da vida que o poder estabelece todos os seus pontos de fixação". Um poder que se instalou a partir do século XVII, com as disciplinas do corpo e as regulações das populações e "cuja função mais elevada já não é mais matar, mas investir sobre a vida, de cima a baixo". A potência da morte do poder soberano dá lugar à "administração do corpo e gestão calculista da vida".

No entanto, a complexa realidade racial brasileira oferece outros elementos para se pensar a biopolítica. Em *A vida literária no Brasil – 1900*, Brito Broca descreve um trecho de carta de Monteiro Lobato a seu amigo Godofredo Rangel:

> Os negros da África, caçados a tiro e trazidos à força para a escravidão, vingaram-se do português da maneira mais terrível – amulatando-o e liquefazendo-o, dando aquela coisa residual que vem dos subúrbios pela manhã e reflui para os subúrbios à tarde.

Um pouco adiante,

> Como consertar essa gente? Como sermos gente no concerto dos povos? Que problemas terríveis o pobre negro da África nos criou aqui na sua inconsciente vingança!... Talvez a salvação venha de São Paulo e outras zonas que intensamente se injetam de sangue europeu. Os americanos salvaram-se da mestiçagem com a barreira do preconceito racial.
> (LOBATO, In: BROCA, 2005, p.162)

Broca (2005, p. 161) afirma que o personagem Jeca Tatu é expressão desse pensamento de Monteiro Lobato. Para Nascimento (1978, p. 67), nos anos pós-abolição, autoridades governamentais e classes dominantes mostraram-se perfeitamente satisfeitas com o ato de condenar os africanos "livres" e seus descendentes a um novo estado econômico, político e cultural de escravidão-em-liberdade. Nutrido no ventre do racismo, o "problema" só podia ser, como de fato era, cruamente racial: como salvar a raça branca da ameaça do sangue negro, considerado explícita ou implicitamente como "inferior".

A população negra sempre esteve para o Estado brasileiro como uma questão a ser resolvida. Uma expressão muito comum utilizada em diversos estudos sobre o tema é "a questão do negro". Esta população inicialmente foi coisificada como um produto, sobre o qual deveria se exercer controle, mas ainda como uma "vida nua", ou, como mais precisamente descrito por Mbembe (2016), sobre os escravos nas fazendas, a condição de escravo resulta de uma tripla perda: perda de um "lar", perda de direitos sobre seu corpo e perda de *status* político. Essa perda tripla equivale à dominação absoluta, à alienação ao nascer e à morte social (expulsão da humanidade de modo geral).

As leis criadas para regulação do sistema escravista – motivadas por pressões externas, mudanças de perspectivas e organizações políticas na Europa, fugas e revoltas, formação de quilombos –, o complexo e ao mesmo tempo precário sistema, também legal, para alforrias e a forma como a organização social e econômica ia se constituindo no Brasil, em certa medida, contribuíam para a permanência do sistema. O fato é que, segundo o censo de 1872, dos 5,8 milhões de descendentes de africanos no Brasil, 4,2 milhões eram livres e libertos. Uma liberdade com possibilidades de autonomia bem delimitada. Segundo Chalhoub,

> liberdade de várias espécies, tolhidas de diferentes formas, precária, espremida entre a suspeição de ser escravo, ameaça cotidiana para muitos e a sujeição de todos à virulência racista de gente como Sílvio Romero, intelectual respeitado à época, a dizer entre outras parvoíces, que o "negro é um ponto de vista vencido na escala etnográfica" (CHALLOUB, 2018, p. 21).

No entanto, é em 1888 que a Lei Áurea declara extinta a escravidão no Brasil. Dessa forma, a totalidade da população negra deixa de ser propriedade de indivíduos e passa a ser, ao menos em tese, detentora de direitos. Em tese, pois a extinção da escravidão não extinguiu o racismo. Para Mbembe (2016, p. 18), o racismo é uma tecnologia destinada a permitir o exercício do biopoder. Ele regula a distribuição da morte e torna possível as funções assassinas do Estado. A condição para a aceitabilidade do fazer morrer. Winant (2001) afirma que a raça, como categoria sociológica, é fundamental para a compreensão das relações sociais cotidianas, não só no que diz respeito à experiência local, mas também nacional e global. A ideia de raça está presente em diferentes experiências da vida social: nas distribuições de recursos e poder, nas experiências objetivas, nas identidades coletivas, nas formas culturais e nos sistemas de significação. Contudo, mesmo que a ideia de raça produza efeitos concretos no Brasil, falar dela e do racismo é estar em terreno movediço, considerando um país que ainda se identifica e se atribui, como marca positiva da identidade nacional, valores de miscigenação cultural e mistura racial.

Essa negação do racismo é apontada por Santos (2015) quando informa:

> A consciência racial do brasileiro parece, com efeito, transitar permanentemente entre duas pistas: a da realidade preconceituosa e discriminatória contra o negro, fato de todas as horas, e a do desejo de relações fraternas e naturais, aspiração patriarcal de todos. As denúncias públicas de racismo, mesmo que comprovadas e notórias, esbarram, por isso, geralmente em um muro de pedra: denunciar o fato equivale, no senso comum, a renegar a aspiração; assim e por curioso artifício, o antirracista entre nós, se transmuda frequentemente em racista (SANTOS, 2015, p. 25).

Mbembe (2016, p. 128) afirma que "a raça foi a sombra sempre presente sobre o pensamento e a prática das políticas do Ocidente, especialmente quando se trata de imaginar a desumanidade de povos estrangeiros – ou dominá-los". A noção de biopoder é insuficiente para explicar as formas de subjugação da vida ao poder da morte. Esta constatação leva-o a formular uma noção de necropoder, em que questiona: "sob quais condições práticas se exerce o direito de matar, deixar viver ou expor à morte?" (Mbembe, 2016, p. 146).

Esta "Certidão de óbito, lavrada desde os negreiros", como no verso de Conceição Evaristo, é expressão literária, expressão estética, elemento de persuasão para denúncia e constatação da realidade brasileira em relação à população negra, das vulnerabilidades à morte e, se posta em diálogo com a teoria de Mbembe, é sobre a capacidade da soberania de definir "quem importa e quem não importa, quem é descartável e quem não é" (Mbembe, 2016, p. 135).

Para a população negra brasileira, os direitos são negados, hostilidades e violências são constantes, como se ela vivesse sob outro ordenamento jurídico, um país paralelo dentro do país, com práticas sociais de violência e um alvo (as pessoas negras) bem definidos pelo poder e reencenadas incessantemente. Como ocorreu no dia 28 de novembro de 2015, em que cinco jovens negros foram fuzilados quando retornavam da comemoração pelo primeiro emprego de um deles, o carro em que estavam foi alvejado por 111 tiros. Na ocasião, uma das mães das vítimas afirmou: "eu fico me perguntando por que tanta violência e por que temos que viver num país desse tipo. Por isso tanta gente vai embora criar seus filhos e netos. Sinceramente, eu não tenho mais orgulho de dizer que sou brasileira"[67].

Em situações mais graves, como essa, explicita-se que, como no século XIX, a realidade da população negra brasileira ainda se diferencia da realidade da população branca, onde a inserção da população negra pelo controle do poder se dá na condição do inimigo, do que ameaça e, portanto, precisa ser vigiada, controlada, eliminada: posta em permanente condição de matável pelo Estado.

A reação da mãe, citada acima, pode ser lida como de uma quebra de vínculo e de entendimento, mesmo que diante da perplexidade da perda do filho, de que vive em um "território dentro

---

[67] Policiais deram mais de 100 tiros em carros de jovens mortos no Rio. *G1*. Rio de Janeiro, dez, 2015. Disponível em: https://g1.globo.com/rio-de-janeiro/noticia/2015/12/mais-de-100-tiros-foram-disparados-por-pms-envolvidos-em-mortes-no-rio.html Acesso em: 20 fev. 2023.

do território". O "país desse tipo", dito por ela, não é "desse tipo" para todos. Quando aproximados, dois modelos extintos se mostram úteis como exemplos para se pensar essa estruturação do poder em relação aos negros no Brasil: um deles é o *apartheid* na África do Sul, e o estabelecimento do distrito como "uma instituição espacial peculiar, cientificamente planejada para fins de controle"[68]. No Brasil, este controle ocorre sem a separação espacial tão definida como no *apartheid* (embora a população negra em sua maioria ocupe as regiões periféricas das cidades e tenha a circulação vigiada nas áreas nobres).

Pode-se também aproximar a realidade brasileira da experiência dos Estados Unidos, quando existiam as leis segregacionistas, que consistiam na separação de pessoas dentro de um mesmo espaço público. Por estas leis, os direitos da população negra não eram os mesmos que os da população branca. No Brasil pós-abolição, essa experiência não se deu por uma legislação que distinguiu territórios e usos dos bens públicos, mas sim por práticas sociais, ou como afirma Muniz Sodré, uma forma social escravista se impôs. Ou seja, o racismo continua sendo um elemento operador de controle e subjugação da população negra, determinando um modo de vida e os corpos matáveis pelo Estado. No entanto, isso ocorre do "jeito brasileiro" – em que o controle e a gestão da vida e da morte, da seleção de quem deve morrer dá-se na prática, com um entendimento bem definido pelos operadores de controle do Estado, enquanto é negado no discurso, nas leis e em outros

---

[68] Belinda Bozzoli. Why were the 1980s 'millena rian'? Style, repertoire, space and authority in South Africa's black cities. Journal of Historical Sociology, n.13, 2000: 79.

documentos oficiais. Rodrigues *apud* Nascimento (1978) afirma, que no Brasil,

> não caçamos pretos, no meio da rua, a pauladas, como nos Estados Unidos. Mas fazemos o que talvez seja pior. A vida do preto brasileiro é toda tecida de humilhações. Nós o tratamos com uma cordialidade que é o disfarce pusilânime de um desprezo que fermenta em nós, dia e noite (RODRIGUES, *apud* NASCIMENTO, 1978, p. 77).

Este "território dentro do território", onde ocorrem práticas sociais violentas e há um déficit de proteção jurídica – ambas moldadas pelo racismo – faz com que a vida da população negra do Brasil se pareça com experiências de exilados. "Tudo aqui é um exílio" é um verso da poeta Lubi Prates e que exemplifica esta condição.

> tudo aqui é um exílio
>
> apesar do sol
> das palmeiras
> dos sabiás,
>
> tudo aqui é
> um exílio.
>
> tudo aqui é
> um exílio,
>
> apesar dos rostos
> quase todos negros
> dos corpos
> quase todos os negros
> semelhantes ao meu.

tudo aqui é
um exílio,

embora eu confunda
a partida e a chegada,

embora chegar
apague
as ondas que o navio
forçou no mar

embora chegar
não impeça
que meus olhos
sejam África,

tudo aqui é
um exílio.[69]
(PRATES, 2019)

Neste "território dentro do território", a mãe de um menino alvejado por 111 tiros "não pode sentir orgulho de ser brasileira". O vínculo se desfaz, pois se fosse brasileira como os outros, o filho não teria sido assassinado pelo Estado. Como apontou Florestan Fernandes:

> O negro permaneceu sempre condenado a um mundo que não se organizou para tratá-lo como ser humano e como "igual". Quando se dá a primeira grande revolução social brasileira, na qual esse mundo se desintegra em suas raízes — abrindo-se ou rachando-se através de várias fendas, como assinalou Nabuco — nem por isso ele contemplou com equidade as "três raças" e os "mestiços" que nasceram

---

[69] PRATES, Lubi. *Um corpo negro*. São Paulo: Nosotros, 2019.

de seu intercruzamento. Ao contrário, para participar desse mundo, o negro e o mulato se viram compelidos a se identificar com o branqueamento psicossocial e moral. Tiveram de sair de sua pele, simulando a condição humana-padrão do "mundo dos brancos". "o negro permaneceu sempre condenado a um mundo que não se organizou para tratá-lo como ser humano e como igual".

(FERNANDES, 1972, p.33)

Ao exercer o controle sobre a mortalidade e definir quem pode viver (a população branca) e quem deve morrer (a população negra e indígena), o Estado vem promovendo, entre tantas outras violências, o que se denominou nos últimos anos como o genocídio da juventude negra. Sobre a aplicação do termo genocídio para a realidade da vulnerabilidade à morte da população negra brasileira, Abdias do Nascimento, em texto de 1978, denunciava o genocídio do povo negro, não apenas em relação à morte física, como também à morte cultural e simbólica. Nesta morte simbólica inclui-se a morte de uma cultura, de uma cosmovisão, de uma intelectualidade. Esta morte simbólica foi desenvolvida por Sueli Carneiro (2005), na tese *A construção do outro como não-ser como fundamento do ser*, como epistemicídio.

Em *Dispositivo de racialidade,* Carneiro afirma:

> O epistemicídio implica em um processo persistente de produção da indigência cultural: pela negação ao acesso à educação, sobretudo de qualidade, pela produção da inferiorização cultural, pelos diferentes mecanismos de deslegitimização do negro como portador e produtor do conhecimento e pelo rebaixamento da sua capacidade

cognitiva; pela carência material e/ou pelo comprometimento da sua autoestima pelos processos de discriminação correntes no processo educativo. Isto porque não é possível desqualificar as formas de conhecimento dos povos dominados sem desqualificá-los também, individual e coletivamente, como sujeitos cognoscentes. E, ao fazê-lo, destituir-lhe a razão, a condição para alcançar o conhecimento considerado legítimo ou legitimado. Por isso, o epistemicídio fere de morte a racionalidade do subjugado, sequestrando a própria capacidade de aprender. É uma forma de sequestro da razão em duplo sentido pela negação da racionalidade do Outro ou pela assimilação cultural que, em outros casos, lhe é imposta (CARNEIRO, 2023, p. 89).

Para Carneiro (2023)

o epistemicídio embasa a suposta legitimidade epistemológica da cultura do dominador, justificando a hegemonização cultural da modernidade ocidental. Entendemos melhor ainda como isso se dá quando nos damos conta da estratégia de produção do epistemicídio pelo paradigma epistemológico científico hegemônico. Na sociedade brasileira, o epistemicídio terá sua primeira expressão na tentativa da igreja de suprimir, condenar, censurar e controlar o conhecimento da população negra por um vasto período na nossa história. Com a abolição da escravidão e a emergência da República, influxos do racismo científico aparecerão em pensadores nacionais, aportando novas características aos processos epistemicidas. Na condição de libertos indesejáveis como cidadãos os negros passam a estar sujeitos a procedimentos educacionais de contenção, exclusao e assimilação (CARNEIRO, 2023, p. 94-95).

Muitos escritores e escritoras negros não se desvencilham de suas condições de homens e mulheres negros quando escrevem – ou seja, as opressões e sujeições que lhe são impostas pela sociedade estruturada pela ideologia e estrutura racista aparecem em suas produções literárias. Neste ponto, minha análise aproxima-se do conceito de *Escrevivência*, de Conceição Evaristo, quando esta afirma que a sua condição de mulher negra não se desprende da sua condição de escritora. Evaristo (2020, p. 39) afirma que a Escrevivência extrapola os sentidos da escrita de si e cita o livro de Geni Guimarães, *A cor da ternura*. Para Evaristo (2020), o conceito da escrita de si, assim como o de autoficção, não explicam a construção da narrativa ali apresentada, pois não é um livro em que autora se debruça somente sobre a sua própria história e faz um texto que esgota em si própria. O texto de Geni Guimarães, segundo Evaristo, está impregnado da história de uma coletividade.

"Metamorfose" é um conto da escritora Geni Guimarães, publicado no livro *Leite do peito* (2001). Para Augel,

> quase sempre, aberta ou veladamente, é a história da própria autora que está na base dos textos a serem aqui referidos. Vivências muitas vezes traumáticas que precisam ser trabalhadas e superadas, sonhos e esperanças de um mundo mais justo e mais equânime, histórias de dominação e exploração, sofrimento e humilhações, estratégias de sobrevivência, registro da força de vontade, da dignidade, da alegria e das esperanças que tecem o enredo da vida de cada uma[70].

---

70 AUGEL, Moema. "E Agora Falamos Nós": Literatura Feminina Afro-Brasileira. *Literafro*, Belo Horizonte, jul. 2021. Disponível em: http://www.letras.ufmg.br/literafro/artigos/artigos-teorico-conceituais/157-moema-parente-augel-e-agora-falamos-nos. Acesso em: 20 fev. 2023.

O conto foi republicado em 2018 na coletânea *Olhos de azeviche: dez escritoras negras que estão renovando a literatura brasileira*, organizado por mim e publicado pela Editora Malê. O contato com Geni Guimarães para a participação da coletânea foi o meu primeiro contato com escritora, no intuito de trazê-la de volta para a cena literária, visto que, por quase 20 anos, em decorrência de uma depressão, ela havia se ausentado desse cenário.

"Metamorfose" conta a história de uma estudante que gosta de escrever poemas. Um dia, essa estudante resolve mostrar o poema para a professora e recebe elogios. Em seguida, a escola organiza um evento pela data comemorativa da abolição e a professora seleciona alguns alunos para ler poesias no evento. A estudante confronta os ensinamentos recebidos na escola sobre a escravidão com o que aprendera em casa:

> A festa seria depois do recreio, na manhã seguinte.
> Já no momento em que entramos na classe, ela se pôs a falar sobre a data:
> — Hoje, comemoramos a libertação dos escravos. Escravos eram negros que vinham da África. Aqui eram forçados a trabalhar e, pelos serviços prestados, nada recebiam. Eram amarrados nos troncos e espancados, às vezes, até a morte. Quando... E foi ela discursando, por uns quinze minutos. Vi que a narrativa da professora, não batia com a que nos fizera a Vó Rosária. Aqueles escravos da Vó Rosária eram bons, simples, humanos, religiosos.
> Esses apresentados então eram bobos, covardes, imbecis. Não reagiam aos castigos, não se defendiam, ao menos.
> Quando dei por mim, a classe inteira me olhava com pena

> ou sarcasmo. Eu era a única pessoa dali representando uma raça digna de compaixão, desprezo.
> Quis sumir, evaporar, não pude.
> (GUIMARÃES, 2018, p. 109)

A estudante, diante da aula que narra apenas uma história de africanos passivos a escravidão, decepciona-se, envergonha-se e revolta-se. Recitar o seu poema não faz mais sentido. Durante a festa, ela não recita o poema. A estudante retorna para casa:

> Até então, as mulheres da zona rural não conheciam 'as mil e uma utilidades do bombril' e, para fazerem brilhar os alumínios, elas trituravam tijolos e com o pó faziam a limpeza dos utensílios.
>
> A ideia me surgiu quando minha mãe pegou o preparado e com ele se pôs a tirar da panela o carvão grudado no fundo. Assim que ela terminou a arrumação, voltou para casa. Eu juntei o pó restante e com ele, esfreguei a barriga da perna. Esfreguei, esfreguei, e vi que, diante de tanta dor, era impossível tirar todo o negro da pele. Daí, então, passei o dedo sobre o sangue vermelho, grosso, quente, e com ele comecei a escrever pornografias no muro do tanque d'água.
>
> Quando cheguei em casa, minha mãe, ao me ver toda esfolada, deixou os afazeres, foi para o fundo do quintal, apanhou um punhado de rubi e com a erva preparou um unguento para as minhas feridas.
> (GUIMARÃES, 2018, p. 109)

A personagem de Geni Guimarães, em "Metamorfose", diante da ação do racismo no ambiente escolar e da ferida emocional que o epistemicídio gera, reage mutilando a sua pele preta, assim como, na escola, a sua identidade foi mutilada. A metamorfose anunciada no título tanto pode se referir à narrativa oficial que dociliza os africanos escravizados — como forma de desqualificá-los e ocultar a barbaridade da escravidão, como também pode se referir ao ato desesperado da estudante, na tentativa de se esfolar, pois, desvencilhando-se da sua pele, marca identitária, se livraria do seu sofrimento, ou até mesmo, o ato da estudante pode ser entendido como uma automutilação: ao atacar a pele, ela também ataca a história humilhante que lhe foi ensinada na escola.

No conto "Lembrança das lições", do escritor Cuti, publicado pela editora Malê, em 2016, no livro *Contos escolhidos*, também há uma narração de uma aula de história da escravidão:

> A palavra escravidão vem como um tapa e os olhos de quase todos os moleques da classe estilingam um não sei o quê muito estranho em cima de mim. A professora nem ao menos finge não perceber. Olha-me também. Tento segurar a investida, franzindo a testa e petrificando o olhar. Mas não dá. Um calor me esquenta no rosto e umas lágrimas abaixam-me a cabeça para que ninguém as veja. (CUTI, 2016, p. 103)

O que se evidencia nesses contos é elaboração literária para abordar um tema desenvolvido aqui como epistemicídio. Geni Guimarães constrói o conto em seis atos. A empolgação da estudante com o eu-poeta, a seleção para participação em um jogral, a decepção e revolta com o que lhe foi ensinado na escola sobre a história dos africanos e afrodescendentes diante da escravidão, o desencanto com a poesia, o desencanto com a vida. "Metamorfose" é um conto sobre vidas negras e sobre mortes simbólicas. O elemento surpresa é deixado para o final do conto, uma estrutura que guia diversos contistas e que tem a sua máxima na afirmação de Júlio Cortázar: "La novela siempre gana por puntos, mientras que el cuento debe ganar por nocaut".[71]

Geni Guimarães nasceu em São Manuel, São Paulo, em 1947. Na juventude cursou magistério e, vinte e quatro anos depois, cursou Letras em uma faculdade particular da sua cidade. Sua primeira publicação, de 1979, é o livro de poemas *Terceiro filho*. Para custear a publicação, a escritora vendeu o carro que a família tinha. "Em 1988, participou da IV Bienal Nestlé de Literatura, dedicada ao Centenário da Abolição. Neste mesmo ano, a Fundação Nestlé publicou seu volume de contos *Leite do peito*. No ano seguinte, publicou a novela *A cor da ternura*, que recebeu os prêmios Jabuti e Adolfo Aisen"[72].

Sabe-se, pela história da literatura, que produzir ficção a partir das experiências pessoais dos autores é um recurso comum ao fazer literário. O entendimento de Escrevivência, porém, é mais ampliado, reivindicando o caráter eminentemente político-racial dessas experiências transformadas em ficção. Atualmente, e para demarcar sua especificidade conceitual, Conceição Evaristo e diversos pesquisadores estão empenhados em trazer maior densidade para a sua formulação. As narrativas de Geni Guimarães e Cuti apresentadas aqui convergem dentro de uma temática, mas se distinguem na forma e estilo que cada autor escolhe e consegue produzir a sua literatura.

---

71 CORTAZAR, Júlio. Algunos aspectos del cuento. Cuadernos Hispanoamericanos, Madrid, 1971. p. 406.
72 Geni Guimarães. Literafro, Belo Horizonte. Disponível em: http://www.letras.ufmg.br/literafro/autoras/267-geni-guimaraes

Considero que a minha investigação está voltada prioritariamente para a reflexão sobre como as vidas literárias (a formação de rede de sociabilidades), o seu mapeamento (o método) e a análise dos textos servem como investigação sobre as relações entre a vida da população negra em conexões com o literário (vida e discursos) de escritoras e escritores negros.

Logo, para ajustar o foco de análise, cabe questionar: o que desta especificidade temática na voz literária destes escritores e escritoras negros serve como um objeto de análise que se legitime como importante de ser pesquisado? O que este processo de constituição de um discurso literário sobre a vulnerabilidade à morte da população negra inaugura como objeto ético e estético que mereça observação e aprofundamento teórico? Qual o "fio existencial" que une essas vivências e produções literárias?

Como já afirmado, a história da literatura tem mostrado que, em alguns casos, escritas produzidas sob condições extremamente adversas, tais como privações de liberdade, tortura física e mental, fome extrema e outras situações de vulnerabilidade à morte, fazem emergir registros que radiografam o humano em documentos de grande representação denunciativa e de expressividade estética.

Esses documentos textuais tanto servem à vida (como denúncia) como ao literário (como invenção) – o que não representa, porém, que estar sob estas condições leva incondicionalmente a uma produção artística de "qualidade". No período da ditadura civil-militar no Brasil (1964-1985), por exemplo, o contexto de perseguição do Estado e de censura fez emergir tanto músicas de grande qualidade, quanto outras bastante superficiais. Para estabelecer o diálogo entre o repertório selecionado sobre vulnerabilidades à morte com o conceito de Escrevivência, há o interesse em investigar se este repertório de denúncia funda uma expressão estética que mereça ser analisada.

Nesse sentido, é fundamental destacar como a condição de vulnerabilidade à morte como matéria literária, entendendo essas escritas como escritas responsivas, refletem uma condição extrema e urgente, considerando que essas expressões formam um repertório literário, uma expressão estética e de denúncia.

Ora, da mesma forma que há um transbordamento das condições de vida de escritoras e escritores negros para a literatura que produzem, a vida literária deste grupo é moldada pelo racismo estrutural. Carneiro (2023) afirma:

> A racialidade no Brasil determina que o processo saúde-doença-morte apresent[a] características distintas para cada um dos seus vetores. Assim, branquitude e negritude detêm condicionantes diferentes quanto ao viver e ao morrer. Foucault, ao inscrever o racismo no âmbito do biopoder, esclarece que este, enquanto tecnologia de poder voltada à preservação da vida de uns e ao abandono de outros para que morram, se presta a determinação sobre o deixar morrer e o deixar viver. Empregando a máxima do "deixar viver e deixar morrer" como expressão do biopoder, Foucault identifica o racismo como legitimador do direito de matar, que será exercido pelo Estado, por ação ou omissão de forma direta ou indireta (CARNEIRO, 2023, p. 83).

Ainda, segundo a autora (2023, p. 84) na dimensão do biopoder, "o alvo da estratégia é o corpo do homem negro e a violência se torna o solo constitutivo da produção do gênero masculino negro".

Assim, esse tema aparece na literatura, no belíssimo romance do escritor Jefferson Tenório, *O avesso da pele*:

> Agora você planejava levar Kafka, Cervantes, James Baldwin, Virginia Woolf e Toni Morrison para eles. Depois daquela noite, tudo era possível. Aquilo estava te salvando do abismo. E você nem percebeu quando os reflexos vermelhos de uma sirene bateram na parede de um prédio próximo a você. Nem percebeu a aproximação de uma viatura da polícia, e também não percebeu quando eles pararam o carro ao seu lado. Você só se deu conta do que estava acontecendo quando um deles falou mais alto e disse para você parar. Era uma abordagem. Sua cabeça ainda estava na sala de aula, ainda estava em Dostoiévski. Ele gritou para você parar. Gritou para você ir para a parede. Mas você não escutou ou não quis escutar. Ele e os outros policiais estavam nervosos, era só para ser mais uma abordagem de rotina. Só isso, vamos, porra, colabora. Mas você não estava se importando mais com a rotina deles. Ele gritou novamente para você ir para a parede, ele já estava te apontando a arma. Mas para você já não fazia diferença, porque daquela vez eles não iam estragar tudo. Vocês tinham de estar lá. Vocês tinham que ver a cara deles quando comecei a ler, vocês tinham que ver o silêncio deles, vocês tinham que vê-los prestando atenção. Vocês tinham de conhecer o Peterson, tinham de ouvir o que ele tinha para dizer sobre o livro. Então, você abriu a pasta, ignorando os gritos do policial, os gritos de larga a pasta, porra. Você ignorou porque agora era a sua vez. Era a sua vez de ditar as regras. E a regra, agora, era seguir seu movimento, colocando a mão dentro da pasta. O primeiro tiro pegou no seu ombro, e foi como se você tivesse levado

uma pedrada forte. O segundo foi no peito, dilacerante, uma dor difícil, não tão forte como as outras dores que tocaram seu corpo, mas ainda uma dor difícil. O terceiro foi dado por ele, pelo policial que vinha tendo pesadelos com homens negros invadindo a sua casa. Um tiro certeiro na tua cabeça. Os outros vieram simultaneamente. E a última imagem que você viu, foi a lua-gema-de-ovo-no-copo--azul-lá-do-céu (TENORIO, 2020, p. 147).[73]

Jeferson Tenório nasceu em 1977, no Rio de Janeiro, e em 1990 mudou-se para Porto Alegre. Começou a escrever literatura já adulto e estreou com o romance *Beijo na parede*, publicado pela editora Zouk. Com o romance *O avesso da pele*, ganhou o Prêmio Jabuti. Em entrevista ao portal Nexo, Jeferson afirmou que "num Estado racista, a grande obra do homem negro é se manter vivo"[74]. Quando perguntado em uma entrevista para o perfil do portal literafro sobre qual conselho daria para um jovem escritor negro, Jeferson afirmou: "se manter vivo". A consciência vida e literatura é presente nas colocações do escritor, embora não seja um projeto literário.

Sobre *O avesso da pele*, na época do seu lançamento, escrevi e publiquei no meu perfil do Instagram[75]:

> Jeferson narra um encontro entre um filho com o seu pai. A partir de uma memória que é inventada, como todas as memórias são, o filho conta ao seu pai. "Um corpo negro sempre será um corpo em risco", diz esse filho narrador,

---

[73] TENÓRIO, Jeferson. *O avesso da pele*. São Paulo: Companhia das Letras, 2020. p.147
[74] TENÓRIO, Jeferson. Num Estado racista, a grande obra do homem negro é se manter vivo. *Nexo Jornal*. Disponível em: https://www.nexojornal.com.br/entrevista/2020/08/14/num-estado-racista-a-grande-obra-do-homem-negro-e-se-manter-vivo
[75] AMARO, Vagner. O avesso da pele. Disponível em: https://www.instagram.com/p/CFIVGLUpFsx/.

"elas nunca saberão nada sobre o que você tinha antes da pele", afirma o mesmo filho. O narrador se comunica com o pai como nessas conversas íntimas que se realizam com quem já partiu (sempre vemos, por exemplo, recados nas redes sociais para pessoas que já faleceram). No livro um grande diálogo de frases curtas, ritmo intenso e muitos momentos poéticos vai recontando não apenas a vida deste pai, mas compondo a sua complexa rede familiar e de afetos, que dá sentido ao que chamamos de humanidade. Uma humanidade que insistentemente a nossa sociedade racista tenta sequestrar dos homens negros. Ao narrar o seu pai, homem negro, professor de literatura da rede pública, seu filho, Pedro, redesenha ambas as existências (filho e pai). Jeferson Tenório delineia a humanidade dos personagens que apresenta no romance com um olhar muito corajoso, inteligente e sensível. Um olhar antes da pele, que um exercício de sinceridade e enfrentamento nos faria perceber que, este olhar, são poucos os que conseguem estabelecer.

No dia 5 de fevereiro de 2015, no bairro do Cabula, em Salvador (BA), nove policiais militares realizaram uma ação que ficou conhecida como a Chacina do Cabula. Os jovens foram atingidos por 88 disparos. A ação foi caracterizada pelo Ministério Público como execução sumária. As vítimas fatais foram identificadas como Evson Pereira dos Santos, 27 anos; Ricardo Vilas Boas Silvia, 27; Jeferson Pereira dos Santos, 22; João Luis Pereira Rodrigues, 21; Adriano de Souza Guimarães, 21; Vitor Amorim de Araújo, 19; Agenor Vitalino dos Santos Neto, 19; Bruno Pires do Nascimento, 19; Tiago Gomes das Virgens, 18; Natanael de Jesus Costa, 17; Rodrigo Martins de Oliveira, 17; e Caíque Bastos dos Santos, 16 anos.

O escritor Ricardo Aleixo escreveu um poema-instalação para a revista *O Menelick - 2º ato* sobre a chacina. Aleixo esclarece que:

> O poema *Na noite Calunga do bairro Cabula* foi escrito especialmente para a revista O Menelick 2° Ato, e versa sob o impacto do massacre, por integrantes da Polícia Militar, de 13 jovens negros da periferia de Salvador, na Bahia, na noite do dia 06 de fevereiro de 2015. O trágico episódio foi batizado por integrantes da campanha Reaja ou será morta, Reaja ou será morto de Chacina do Cabula, nome do bairro onde residiam os rapazes assassinados. Jogando com a dupla acepção da palavra calunga – mar e morte –, o poema, que li, pela primeira vez, em público, durante debate de que participei em 23 de março de 2015 no Salão do Livro de Paris, organiza-se, a um só tempo, como um protesto contra a naturalização das práticas de extermínio da juventude negra no Brasil e em diversos outros países e como um elogio da Resistência Ativa, em nome da Vida[76].

Em *Na noite calunga, do bairro Cabula*, calunga representa a entidade para os bantos, associada a morte. No poema Ricardo Aleixo apresenta o sofrimento que a Chacina do bairro Cabula, em Salvador causou. Os versos são curtos e as estrofes em dístico, o que acentua as pausas e conduz ao leitor a refletir e até se comover com o sofrimento das vítimas da chacina. Apresento um trecho do poema:

> Morri quantas vezes
> na noite mais longa?
> Na noite imóvel, a

---

[76] ALEIXO, Ricardo. *Na noite Calunga do bairro Cabula*. Disponível em: http://www.omenelick2ato.com/artes-literarias/na-noite-calunga-do-bairro-cabula. .

> mais longa e espessa,
> morri quantas vezes
> na noite calunga?
>
> A noite não passa
> e eu dentro dela
> morrendo de novo
> sem nome e de novo
> morrendo a cada
> outro rombo aberto
> na musculatura
> do que um dia eu fui.
> (ALEIXO, 2018)[77]

Apresento algumas características descritas por Camargo (2019) para o poema:

> Percebe-se nas imagens propostas pelos versos que a vida e a morte coexistem em uma relação de tensão. Em suas imagens de morte, os versos trazem sutilmente a vida, pois para que se morra diversas vezes é preciso também nascer múltiplas vezes. É assim que se pode pensar a significância condensada nos versos "A noite mais morte/ e eu dentro dela/ morrendo de novo/ sem voz e outra vez". O eu da enunciação, sujeito do poema, vai morrendo múltiplas mortes no ventre da noite. A imagem proposta pelo verso "e eu dentro dela" é significativa. Ela pode nos levar a pensar a noite, metaforicamente, como uma mulher; e em seu útero (dentro dela), metáfora da vida, as inúmeras mortes. A noite "mais morte", não parindo, dando à luz, gerando a vida, mas vendo morrer em seu interior, em seu útero

---

[77] ALEIXO, Ricardo. *Pesado demais para a ventania*: Antologia poética. São Paulo: Todavia, 2018.

cuja vocação primeira é a de dar a vida, os meninos sem nome que antes de serem, já não mais serão: "do que eu já não sou/nem serei nunca mais". E assim como Exu, o eu do poema se multiplica. Sua voz é sua, mas é também dos meninos mortos na noite Calunga no bairro Cabula (CAMARGO, 2019, p. 80).

O poema de Ricardo Aleixo apresenta diversas características importantes e alinhadas com a minha análise, de uma literatura que afirma, de maneira não superficial, ou óbvia, que Vidas negras importam, mas também de uma literatura que intencionalmente lida com os códigos, símbolos e memórias de uma ancestralidade africana.

Ricardo Aleixo nasceu em 1960, em Belo Horizonte, Minas Gerais. É poeta, artista visual e sonoro, cantor, compositor, ensaísta e editor Seu trabalho pode ser classificado nas poéticas experimentais com o corpo e a voz. Sua estreia na poesia deu-se em 1992, com o livro *Festim*, pela editora Oriki.

Os autores aqui citados fazem parte da literatura negra brasileira, uma literatura com uma exterioridade política e uma interioridade de múltiplas referências, forjada na ancestralidade africana, na cultura afro-brasileira, na literatura universal, na literatura brasileira, nos movimentos literários afrodiaspóricos e anticoloniais e na afirmação da vida. Sobre a literatura negra brasileira tratarei com mais detalhamento no próximo capítulo.

LITERATURA NEGRA BRASILEIRA

Um querer-se negro no momento da criação é o que mais importa no tocante à consideração do que é a literatura negra. — Cuti

A literatura negra se realiza quando um autor, voltando-se para a sua pessoa e sua vida como autor de origem negra, escreve em torno dessa experiência específica. — Oswaldo de Camargo

    O número de pesquisadores voltados para os estudos sobre o conceito de literatura negra brasileira/afro-brasileira/negro-brasileira ainda é reduzido; no entanto, já é perceptível um aumento de estudos voltados para as obras do(a)s escritore(a)s desse segmento literário. Sobre o conceito, pode-se afirmar que uma terminologia para esta produção literária ainda esteja em disputa.

    Originalmente chamada de literatura afro-brasileira pela geração *Cadernos Negros* — como se pode observar no subtítulo das suas publicações (a partir do volume 18) e no livro *Criação crioula, Nu elefante branco*[78], esse segmento literário também é denominado como literatura negra pela mesma geração de escritores.

---

78 XAVIER, Arnaldo; CUTI; ALVES, Miriam (Orgs.). *Criação crioula, nu elefante branco.* São Paulo: IMESP, 1986.

Estes termos, para esta geração, gingam, no sentido de que produzem uma literatura que é negra, brasileira e que é afro-brasileira. Para exemplificar, cito o título do capítulo "Literatura negra", do livro *BrasilAfro Autorrevelado*[79], de Miriam Alves. O título é literatura negra, mas no desenvolvimento do ensaio o termo que aparece é literatura afro-brasileira; outro exemplo é o artigo de Conceição Evaristo, de título "Literatura negra: uma poética de nossa afro-brasilidade"[80], que também faz uso no seu conteúdo da expressão literatura afro-brasileira. Em alguns textos no *site* dos *Cadernos Negros* encontram-se tanto a expressão literatura negra, quanto a expressão literatura afro-brasileira. Segundo Semog (2015), "a literatura afro-brasileira é um conceito novo, não é possível afirmá-lo como um paradigma, mas são princípios e parâmetros de um modelo que pode ser tomado como referência para o combate e superação do racismo corrente no processo histórico brasileiro". Cuti (2014, p. 45) afirma que não considera tão importantes as definições para a literatura, "todas elas serão sempre cambiantes". Para ele, a arte não cabe em definições, "extrapola, deslimita". O mais importante para Cuti é localizar uma desconstrução a partir do lugar de onde parte o discurso. Essa desconstrução não diz respeito apenas à produção, contempla também a recepção e a relação entre ambas.

Entre o(a)s escritore(a)s negro(a)s, é de Cuti, idealizador e um dos fundadores dos *Cadernos Negros*, um dos empenhos de maior fôlego na formulação de uma nomenclatura para esta pro-

---

79 ALVES, Miriam. *BrasilAfro autorrevelado*: literatura brasileira contemporânea. Belo Horizonte: Nandyala, 2010.
80 EVARISTO, Conceição. *Literatura negra*: uma poética de nossa afrobrasilidade. *Scripta*, Belo Horizonte, 2009.

dução. Cuti, em 2010, publica o livro *Literatura negro-brasileira*, em que defende o uso do termo negro-brasileira. Para Cuti

> denominar de afro a produção literária negro-brasileira (dos que se assumem como negros em seus textos) é projetá-la à origem continental de seus autores, deixando-a à margem da literatura brasileira, atribuindo-lhe, principalmente, uma desqualificação com base no viés da hierarquização das culturas, noção bastante disseminada na concepção de Brasil por seus intelectuais. "Afro-brasileiro" e "afrodescendente" são expressões que induzem a um discreto retorno à África, afastamento silencioso do âmbito da literatura brasileira para se fazer de sua vertente negra um mero apêndice da literatura africana. Em outras palavras, é como se só à produção de autores brancos coubesse compor a literatura do Brasil (CUTI, 2010, p. 16).

Utilizar afro no lugar de negro seria uma possibilidade de despolitizar o debate racial em relação a esta literatura, pois "a literatura africana não combate o racismo brasileiro e não se assume como negra" (Cuti, 2010, p. 17). Para o autor, a palavra "negro" remete-nos à reivindicação diante da existência do racismo, ao passo que a expressão "afro-brasileiro" remete-nos, em sua semântica, ao continente africano, com suas mais de 54 nações, dentre as quais nem todas são de maioria de pele escura, nem tampouco estão ligadas à ascendência negro-brasileira.

O que se denominou, neste livro, como uma certa ginga entre ora literatura afro-brasileira, ora literatura negra, é abordado por Pereira (2006), quando o autor afirma que "a literatura afro-

-brasileira integra a tradição fraturada da literatura brasileira"[81]. Por isso, a literatura afro-brasileira apresenta um momento de afirmação da especificidade afro-brasileira (em termos étnicos, psicológicos, históricos e sociais) que se encaminha para uma inserção no conjunto da literatura brasileira. A língua é fator decisivo para a realização desse percurso. Para o autor, a literatura afro-brasileira inscrita nesse sistema é simultaneamente literatura brasileira que expressa uma visão de mundo específica dos afro-brasileiros. A dinâmica de tensões e contradições presentes nesse quadro literário ajuda-nos a compreender as atitudes dos autores que recusam ou que valorizam suas origens étnicas e esclarece-nos também sobre a necessidade de denunciar a opressão social e de evidenciar uma nova sensibilidade, que apreenda esteticamente o universo da cultura afro-brasileira. Pereira (2022) compreende a própria definição do termo literatura afro-brasileira - ou literatura negra, como preferem alguns analistas - como um ponto a ser melhor considerado.

Como se pode observar, a origem étnica e o conteúdo não são suficientes para estabelecer a especificidade da literatura afro-brasileira. As contradições de nomenclatura percebidas nas obras citadas são indícios de uma identidade que precisa ser buscada também nos aspectos da forma, da visão de mundo, da interação de uma nova sensibilidade estética e social.

Alves (2010) informa que fatores internacionais e históricos na década de 1960 influenciaram a deflagração literária afrodescendente brasileira e cita as manifestações estudantis e o surgimento das contraculturas na Europa; os movimentos civis de minorias

---

[81] PEREIRA, Edmilson Almeida. *Panorama da literatura afro-brasileira*. Belo Horizonte: Literafro, 2022.

– mulheres e negros, contraculturas e *hippies* nos Estados Unidos; a luta pela libertação dos territórios colonizados – principalmente por Portugal – e as pressões mundiais contra o *apartheid*.

Pela afirmação da escritora, percebe-se que o movimento da literatura negra brasileira é oscilante entre ser contracultural, ao mesmo tempo que reivindica inserção no cânone. Para Zilá Bernd (1988):

> o que caracteriza essa literatura é a presença de uma articulação entre textos, determinada por um certo modo negro de ver e de sentir o mundo, e a utilização de uma linguagem marcada, tanto no nível do vocabulário quanto no dos símbolos, pelo empenho de resgatar uma memória negra esquecida, que legitima uma escritura negra vocacionada a proceder à desconstrução do mundo nomeado pelo branco e a erigir sua própria cosmogonia. Logo, uma literatura cujos valores fundadores repousam sobre a ruptura com contratos de fala e da escritura ditados pelo mundo branco e sobre a busca de novas formas de expressão dentro do contexto literário brasileiro.
>
> (BERND, 1988, p. 22)

Neste livro, a nomenclatura adotada é a de *literatura negra brasileira*, por considerá-la mais abrangente, uma vez que se entende que esta literatura absorve questionamentos realizados em outros espaços geográficos sobre o fazer literário de escritores e escritoras negros e é intensificada por movimentos políticos de afirmação do negro no que identifico como a diáspora africana. Além disso, ela se insere como um segmento da vida literária brasileira, colocando-se em posição ambígua em relação ao cânone constituído, ora o confrontando, ora querendo fazer parte dele.

Ampliando a lente, percebe-se pela história cultural do negro no Brasil essa posição, sendo o sincretismo religioso um de seus maiores exemplos. Roberto M. Moura, ao analisar a configuração da Casa da Tia Ciata, uma das matriarcas do samba no Rio de Janeiro, informa também um pouco dessa ambiguidade, ao afirmar que as reuniões que ocorriam na sala da casa diferiam-se das que aconteciam no fundo do quintal. Vejamos, por exemplo, o caso das escolas de samba, se elas não sempre foram contestação e desejo de inclusão.

Martins (2021, p. 45) ao comentar sobre a episteme negra nas Américas, afirma que, nas inúmeras encruzilhadas históricas derivadas da travessia, os conhecimentos foram reciclados, reinventados, reinterpretados. Para a autora (p. 46)

> a cultura negra é de dupla face, de dupla voz e expressa, nos seus modos constitutivos fundacionais, a disjunção entre o que o sistema social pressupunha que os sujeitos deviam dizer e fazer e o que, por inúmeras práticas, realmente diziam e faziam. Nessa operação de equilíbrio assimétrico, o deslocamento, a metamorfose e o recobrimento são alguns dos princípios e táticas básicos operados da formação cultural em todas as Américas. Por uma complexa rede de pensamentos sobre o cosmos, esse acervo de saberes, constitutivas fundamentais na cosmopercepção de mundo africana, atravessaram o mar oceano (MARTINS, 2021, p. 46).

Essa dupla face, dupla voz da cultura negra nas Américas, apresentada por Martins (2021) são também explicadas por Pereira (2022, p. 88), ao afirmar que a epistemologia afrodiaspórica de matriz banto / e ou iorubá consiste num solo fértil que se exprime através de um "equilíbrio instável". Ou seja, as práticas culturais que se desdobram desse solo foram incorporadas ao modelo amplificado que chamamos de cultura brasileira e, por vezes, são aceitas e rejeitadas, simultaneamente. E, é nesse jogo de pertencer e não pertencer à cultura brasileira, de ajudar a constitui-la e de ser rejeitada por ela que a epistemologia afrodiaspórica encontra a sua teia de significados. Pereira (2022) exemplifica citando o samba, a capoeira e outras práticas culturais que evidenciam um substrato de valores e percepção de mundo que, em tempos menos favoráveis, são tratados como "coisas de negros". Nessa perspectiva, é, portanto, na superação dessa percepção negativa destinada aos afrodescendentes que se revelam esquemas culturais, intenções políticas e articulações sociais relacionados à dura experiência da diáspora africana.

Dessa forma, assim como em diversas outras expressões da cultura negra, a literatura de autoria negra está dentro e fora, em constante movimento e em contato com a história do negro no mundo. Focando mais na contemporaneidade, um exemplo eram os jornais que tratavam das lutas de independência das colônias portuguesas, que chegavam e circulavam entre as pessoas do movimento negro na segunda metade da década de 1970.

Considerando essas e outras confluências, Duarte (2020) elucida que a mão e a mente afro-brasileiras integram-se à tradição da literatura negra ocidental, de que são exemplos o *Renascimento do Harlem* estadunidense, dos anos 1920, a *Negritude* francófona dos anos 1930 e seguintes, o Teatro Experimental do Negro, dos anos 1940 e 1950 no Brasil, até chegar aos coletivos literários antirracistas, que ganham visibilidade ao longo do processo de redemocratização brasileira a partir da década de 1980.

Em entrevista concedida a mim, em 2018, a escritora Conceição Evaristo afirma:

> acho que a gente sofre influências, lembro que nesse período o primeiro texto que ouvi de um escritor africano foi o texto de Agostinho Neto, *Poemas da liberdade*. Estes textos circulavam pouco, mas mesmo de maneira alternativa acabavam chegando entre nós. A luta pelos direitos civis dos negros americanos... O que nos chegava era muito pouco, mas é um pouco que substancialmente teve influência sobre esta juventude. Nos anos [19]70, estas lutas negras vão explodir e a literatura é sempre o meio de dizer as coisas, com muito mais veemência que o discurso político ou o discurso histórico[82].

Ainda nesta cata ao delineamento do conceito de literatura negra brasileira, cito a publicação *Trajetórias editoriais da literatura de autoria negra brasileira*. Nela, Oliveira e Rodrigues (2022) explicam pela opção de usar a nomenclatura *autoria negra* e não literatura afro-brasileira, literatura negra ou literatura negro-brasileira:

> As perspectivas literárias *sobre* o negro e as produções literárias do negro são decisivas para a compreensão das variações epistemológicas em torno das produções aqui denominadas literatura de autoria negra. Optamos por trabalhar com a noção de "autoria negra" por acreditarmos que desta dimensão derivam posicionamentos e intencionalidades que direcionam as demais. Embora

---

[82] https://www.gov.br/palmares/pt-br/assuntos/noticias/conceicao-evaristo-uma-escritora-popular-brasileira.

> reconheçamos as especificidades dos termos "literatura afro-brasileira", "literatura negra" ou "literatura negro brasileira", evitamos tais nomenclaturas porque elas poderiam trazer ruídos semânticos e um debate infrutífero aqui – embora relevante na cena social. Ao optarmos pela "autoria negra", conjugada com outras dimensões, reconhecemos, ao mesmo tempo, a especificidade desta vertente artística como fenômeno de século XX e o papel de precursores fundamentais atuantes no século XIX (OLIVEIRA; RODRIGUES, 2022, p. 30).

O início dos estudos sobre a literatura negra brasileira data da década de 1940 do século XX. Embora com distinções em relação a nomenclaturas, todos os estudos convergem para a questão do negro como autor e/ou tema. Fernandes (2020, p. 70) informa que a produção bibliográfica produzida dentro deste campo de estudos possui uma diversidade de termos para nomear esta vertente da literatura brasileira: literatura negra, negro-brasileira, afro-brasileira, afrodescendente. Esta diversidade testemunha o dinamismo de um conceito em aberto, em construção, que visa criar uma contra narrativa de valorização de obras não reconhecidas pelo cânone brasileiro, marcadas pelos lugares de fala dos sujeitos negros. Trata-se de criar um recorte dentro da literatura brasileira que produza descentramento e pluralização de discursos.

Ainda sobre este tema, Fernandes (2020, p. 70), no livro *A poesia negro-feminina de Conceição Evaristo, Lívia Natália e Tatiana Nascimento*, opta por utilizar a expressão literatura negra brasileira, com a palavra "negra" concordando com "literatura", e com ambas palavras no feminino), por entender que ela reverencia e preserva a memória da militância dos anos 1970, que abriu muitos caminhos e criou uma disputa simbólica pelo significado da palavra "negro", colonialmente associada a sentidos pejorativos, porém ressignificada pelos movimentos sociais e culturais organizados.

Miranda (2019, p. 33) informa que, passando pela bibliografia inclinada sobre a escrita literária de autoria negra, desde a primeira pesquisa realizada no Brasil sobre o tema, o pioneiro *A poesia afro-brasileira*, de Roger Bastide (1943), até os trabalhos dos brasilianistas, como Raymond Sayers (*O negro na literatura brasileira, 1958*), Gregory Rabassa (*O negro na ficção brasileira, 1965*) e David Brookshaw (*Raça e cor na literatura brasileira, 1983*), passando por Zilá Bernd (*Introdução à literatura negra, 1988*), Luiza Lobo (*Crítica sem juízo, 1993*), Domício Proença Filho (*A trajetória do negro na literatura brasileira, 2004*), Eduardo de Assis Duarte (*Literatura afro-brasileira, um conceito em construção, 2007*), Cuti (*Literatura negro-brasileira, 2010*), entre outros, tem-se buscado definir e conceituar essa enunciação, identificando-a no ritmo, nos símbolos, no repertório cultural mobilizado, no empenho de autoenunciação, no ponto de vista etc. A partir destes estudos, entende-se, grossíssimo modo, que literatura negra/afro-brasileira é aquela na qual um autor negro escreve manejando um arcabouço de dispositivos específicos.

Farei um breve cotejo de algumas publicações citadas por Miranda (2019, p. 33). Sobre Bastide, Peixoto (1999) informa que:

> A literatura em geral e a poesia em particular foram matéria preferencial de atenção do sociólogo-crítico. No que se refere à produção sobre o Brasil, que nos interessa mais de perto, Bastide foi um leitor cuidadoso. Escreveu sobre autores consagrados, como Machado de Assis e José de

Alencar; comentou a produção modernista de Mário e Oswald de Andrade; não esqueceu a geração de 30, como Drummond e Bandeira; interferiu no debate da época resenhando livros no calor da hora. De sua pena, poucos escaparam. José Lins do Rego, Graciliano Ramos, Clarice Lispector, Orígenes Lessa, Augusto Frederico Schmidt e uma infinidade de outros nomes conheceram umas linhas do crítico. Em relação aos artistas plásticos propriamente ditos, analisou obras de Tarsila do Amaral, Di Cavalcanti, Rebolo, Segall e outros. Em linhas gerais, o que chama a atenção nessa produção crítica é o seu caráter sociológico (PEIXOTO, 1999, p. 94).

Bastide, sociólogo francês, veio para o Brasil em 1938, lecionou na USP e colaborou com diversos veículos da imprensa, em suplementos culturais, como crítico literário. Peixoto (1999) afirma que

sobre a publicação *A poesia afro-brasileira*, Bastide vai tratar das dificuldades de constituição de uma poesia afro-brasileira original entre nós, diante da situação racial reinante no Brasil. Em um país onde inexistem barreiras legais entre indivíduos de cores diferentes — e onde, portanto, os conflitos são atenuados —, a possibilidade de ascensão do negro e do mulato se dá pela identificação com o universo cultural branco. Em semelhante contexto, Roger Bastide vai tentar localizar os ecos africanos na poesia realizada pelos negros e mulatos no Brasil desde o período colonial, abafados pelas grossas camadas de verniz europeu. Ainda que não pareça, existe, segundo ele, uma profunda diferença entre os trabalhos de brasileiros brancos e os de brasileiros de cor, baseada não somente na temática tratada, mas na 'afetividade ou no espírito em que certos assuntos são abordados' (PEIXOTO, 1999, p. 94).

Peixoto (1999, p. 94) afirma que o pressuposto da existência de uma expressão literária peculiar aos negros baseia-se na crença em uma "psicologia diferencial do homem de cor", em uma alma particular do negro e do mulato, da qual a literatura é uma das manifestações. Tal psicologia, evidentemente, não é entendida como algo intrínseco, mas como produto das condições sociais do meio e do momento histórico.

Neste ponto, a afirmação de Peixoto, baseada em Bastide, em muito se afina com os direcionamentos deste livro, ao pontuar a existência de uma expressão estética forjada pelas condições sociais, não como forma determinante, mas como opção política e uma entre tantas outras linhas temáticas e estéticas utilizadas por escritore(a)s negro(a)s.

Segundo Zin (2018), nas décadas seguintes a publicação de Roger Bastide, as pesquisas de Raymond Sayers (1958; 1983) e de Gregory Rabassa (1965) trataram da presença do negro na literatura brasileira somente como tema, mas não enquanto voz autoral, apresentando, assim, um plano distinto das ideias iniciais de Bastide. Com o passar dos anos, demais trabalhos de relevo acompanharam as estratégias empreendidas por esses autores estrangeiros, repercutindo, no Brasil, através das obras publicadas por pesquisadores como Teófilo de Queiroz Júnior (1975), David Brookshaw (1983), Oswaldo de Camargo (1987), Zilá Bernd (1987, 1988 e 1992),

Benedita Gouveia Damasceno (1988), Domício Proença Filho (1988), Luiza Lobo (1993), entre outros.

Em *O negro na literatura brasileira*, Raymond S. Sayers (1955) afirma a sua intenção:

> estudar o negro como tema literário, especialmente na ficção, no teatro e na poesia, escritos antes de 1888, ano em que foi abolida a escravatura. O pesquisador conclui a obra afirmando que Machado de Assis, o maior romancista brasileiro, 'é testemunho das oportunidades que o Brasil tem apresentado aos membros de todas as raças." Embora seja um olhar estrangeiro e marcado pelo tempo em que se lançou, *O negro na literatura brasileira* traz um importante apanhado da presença temática do negro, principalmente em períodos históricos em que há uma escassez de estudos neste foco (SAYERS, 1955, p. 16).

Já em *O negro na ficção brasileira: meio século de história literária*, Gregory Rabassa, na primeira frase do seu prefácio, afirma (1965):

> O Brasil contemporâneo situa-se entre as nações do mundo como um modelo de relações raciais livres de preconceito, os índios que os portugueses encontraram ao chegar as suas praias desapareceram, não através de sangrenta exterminação, mas por meio de uma graduação miscigenação (RABASSA, 1965, p. 13).

A afirmação inicial de Rabassa (1965) já situa sob qual perspectiva ele irá analisar o repertório literário brasileiro e em muito, me faz me faz lembrar de uma letra de um samba irônico do escritor e músico Nei Lopes, "Luxuosos transatlânticos"[83], que reproduzo aqui:

> Em luxuosos transatlânticos
> Os negros vinham da África para o Brasil
> Gozando de mordomias faraônicas
> Chegavam aqui com ar fagueiro e juvenil
> E mal desembarcavam lá no porto
> Com todo conforto
> Em luxuosas senzalas iam se hospedar
> Tratados a pão-de-ló, comendo do bom e do melhor
> Levavam a vida a cantar
> Lalaiá laia, lalaiá laiá, laia laia laiá
> (Lopes, faixa 1, 2000)

Apesar de focar no negro apenas como tema e da visão estrangeira e datada sobre a sociedade brasileira, *O negro da ficção brasileira: meio século de história literária* é uma obra de fôlego, um panorama nada desprezível da presença de personagens negros na literatura brasileira do pós-abolição. No entanto, para se pensar a vida literárias dos escritores que aborda, o livro torna-se insuficiente pelo fato de autor estar convencido dos mitos de formação do Brasil e da democracia racial.

Raça & cor na literatura brasileira, de David Brookshaw, de 1983, foca na questão dos estereótipos empregados para a população negra e a sua relação com a literatura. Primeiro, o autor dedica--se ao estudo da caracterização do negro pelo escritor branco e

---

83 Sobre *Luxuosos transatlânticos*, Nei Lopes afirmou em seu perfil no instagram @neilopesoficial: "Este samba nasceu depois de eu ter lido detalhadamente sobre o requinte das torturas, com uma variedade enorme de instrumentos, impostas aos escravos em algumas épocas e localidades do Brasil escravista. O mal-estar que senti transbordou num samba-enredo cheio de amarga ironia."

depois, "dedica-se a ao ponto de vista dos escritores afro-brasileiros em relação à sua experiência e atitudes concernentes a identidade étnica e cultural do Brasil" (BROOKSHAW, 1983). Interessante perceber que essas obras seminais de estudos focados na literatura brasileira com personagens negros e, até mesmo, sobre autoria negra, apenas foi realizada por pesquisadores estrangeiros. Sayers (1965, p. 15) afirma que "[se] pode estranhar que ainda não tenha aparecido um estudo completo sobre o papel do negro num setor importante como a literatura brasileira". Então, ele cita o estudo do Roger Bastide, julgando como excelente o capítulo de Artur Ramos, no livro *O negro brasileiro* e Renato Mendonça, no livro *A influência africana no português do Brasil,* que Sayers julga como resumido. Em seguida, Sayers afirma que "nenhum estudo completo, criteriosamente documentado, do negro como escritor ou como tema de escritos literários foi ainda feito" (Sayers, 1965).[84]

Essa situação começa a mudar a partir da década de 1980. Em 1987, na tese de doutorado *Vozes negra na poesia brasileira,* Zilá Bernd defendeu que

> A literatura negra brasileira (nomenclatura utilizada pela autora) caracteriza-se pela existência fora da legitimidade conferida pelo campo literário instituído; pela emergência do eu-enunciador que reivindica sua identidade negra, ou seja, sua pertença a um imaginário afro-brasileiro que urge se reconstruir no Brasil; pela construção de uma cosmogonia que remonta ao período anterior às travessias transatlânticas nos navios negreiros, isto é, a um

---

[84] Neste sentido, temos, no Brasil, a partir de 2014, a obra em 4 volumes, *Literatura e afrodescendência,* coordenada pelo pesquisador Eduardo de Assis Duarte e publicada pela UFMG.

restabelecimento de elos culturais com a África; pela ordenação de uma nova ordem simbólica, fazendo emergir na poesia elementos ligados ao mundo da escravidão como instrumentos de tortura, transformando-os em símbolos de resistência e pela reversão dos valores e avaliação do outro, na tentativa de tornar positivos elementos que se constituíam, em função da construção de estereótipos, em fatores de exclusão e/ou alienação do negro, como o cabelo pixaim, o formato do nariz etc (BERND, 1987).

Bernd (1987) afirma que o século XXI trouxe a consolidação do uso dos termos afro-brasileiro e afrodescendente, visto que o termo "negro" poderia indicar a epidermização do conceito, isto é, a definição de uma expressão artística pela cor da pele dos autores. De acordo com estudos realizados a respeito de sua singularidade, é possível afirmar que a literatura negra ou afro-brasileira apresenta especificidades, das quais Bernd destaca:

— A temática dominante é o negro na sociedade, o resgate de sua memória, tradições, religiões, cultura e a denúncia contra o drama da marginalidade do negro na sociedade brasileira devido, sobretudo, à persistência de diferentes formas de preconceito;

— O ponto de vista é o do negro que emerge no poema como o eu enunciador, assumindo as rédeas de sua enunciação

— A linguagem possui vocabulário próprio associado à oralidade da cultura negra;

— O imaginário corresponde ao conjunto de representações que as comunidades negras constroem sobre si mesmas e mediante as quais se opera a paulatina construção identitária.

Bernd (1987), ao definir literatura afro-brasileira, afirma que este conceito associa-se à existência, no Brasil, de uma articulação entre textos, dada por um modo negro de ver e sentir o mundo, transmitido por um discurso caracterizado, seja no nível da escolha lexical, seja no nível dos símbolos utilizados ou da construção do imaginário, pelo desejo de resgatar uma memória negra esquecida. Assim, para Bernd (1987) "a chamada literatura afro-brasileira ou negra, na preferência de grande número de poetas, é negra porque exprime a experiência comum de opressão e de preconceitos sofridos por um grupo que anseia por exprimir plenamente sua subjetividade".

Em 2004, Domício Proença Filho, no artigo "A trajetória do negro na literatura brasileira", produz dissonâncias, a começar por nomear a autoria negra como "a literatura do negro". Para Proença, essa literatura surge com as obras de alguns pioneiros, como o Luís Gama (1850-1882), filho de africana com fidalgo baiano e o primeiro a falar em versos do amor por uma negra. É também destacado pelas estrofes satíricas da "Bodarrada" ("Quem sou eu?").

Neste artigo, Proença destaca que a expressão literatura negra vem sendo utilizada equivocadamente, na medida que é configurada no restrito espaço reivindicatório de escritores negros ou mestiços, não situando nela obras de escritores contemporâneos não vinculados à etnia, pelo menos em nível epidérmico. O que Proença Filho questiona é a identificação de uma singularidade em uma literatura pelo fato de seus autores viverem as mesmas "condições atávicas, sociais e históricas" (PROENÇA FILHO, 2004, p. 185), não sendo isso o bastante, segundo ele, para revelar visões de mundo, ideologias e modos de realização.

Sobre a perspectiva de Domício Proença Filho, Duarte

(2014, p.379) em "Por um conceito de literatura afro-brasileira", informa que o crítico distingue "o negro como sujeito, numa atitude compromissada" de "a condição negra como objeto, numa visão distanciada". Deste modo, o conceito de literatura negra comportaria tanto a "literatura do negro" quanto a "literatura sobre o negro" (PROENÇA FILHO, 1997, p. 159). Para Duarte, tal dicotomia compromete a operacionalidade do conceito, uma vez que o faz abrigar tanto o texto empenhado em resgatar a dignidade social e cultural dos afrodescendentes quanto o seu oposto – a produção descompromissada (termos de Proença), voltada muitas vezes para o exotismo e a reprodução de estereótipos atrelados à semântica do preconceito.

Duarte (2014) informa que os trabalhos de Zilá Bernd (1987; 1988) compartilham com o posicionamento conciliador de Proença. *Introdução à literatura negra,* de Bernd analisa tanto o discurso "do negro" quanto "sobre o negro" e aborda as poesias de Castro Alves e Jorge de Lima, a fim de ressaltar suas diferenças em relação a Luiz Gama e Lino Guedes. Com isto, emprega o critério temático ao mesmo tempo em que o relativiza. "Bernd não se atém à cor da pele do escritor, mas à enunciação do pertencimento. Em seguida, detalha com propriedade o alargamento da voz individual rumo à identificação com a comunidade, momento em o "eu-que-se-quer-negro" se encontra com o "nós coletivo" (DUARTE, 2014, p. 380).

Duarte (2014) alerta ainda sobre a pertinência do reconhecimento da voz individual, ressalta sua circunscrição ao texto poético, o que relativiza em muito sua aplicabilidade quanto ao discurso ficcional, dada a complexidade que envolve a instância do narrador e dadas as múltiplas possibilidades de disfarce do autor empírico. Já para Luiza Lobo, "esta definição parece implicar que qualquer pessoa poderia se identificar existencialmente com a condição de afrodescendente – o que de modo algum é verdadeiro no atual estágio sociocultural em que nos encontramos, pelo menos no Brasil" (LOBO, 2007, p. 328). Lobo defende que o conceito não deve incluir a produção de autores brancos e, juntamente com Brookshaw (1983), entende ser tal literatura apenas aquela "escrita por negros".

A partir dessa análise conceitual, Duarte (2014, p. 385) informa que, embora seja um conceito em construção, é possível distinguir elementos identificadores da literatura afro-brasileira (nomenclatura que ele defende), sendo eles:

— Uma voz autoral afrodescendente, explícita ou não no discurso;

— Temas afro-brasileiros;

— Construções linguísticas marcadas por uma afrobrasilidade de tom, ritmo, sintaxe ou sentido;

— Um projeto de transitividade discursiva, explícito ou não, com vistas ao universo recepcional;

— um ponto de vista ou lugar de enunciação política e culturalmente identificado à afrodescendência, como fim e começo.

Mais especificamente sobre a terminologia afro-brasileira ou negro-brasileira, Duarte (2014, p. 277) percebe no conceito de literatura afro-brasileira uma formulação mais elástica (e mais produtiva) a abarcar tanto a assunção explícita de um sujeito étnico – que se faz presente numa série que vai de Luiz Gama a Cuti, passando pelo "negro ou mulato, como queiram", de Lima Barreto

–, quanto o dissimulado lugar de enunciação que abriga Domingos Caldas Barbosa, Machado de Assis, Maria Firmina dos Reis, Cruz e Sousa, José do Patrocínio, Francisco de Paula Brito, Gonçalves Crespo e tantos mais. Por isto mesmo, inscreve-se como um operador capacitado a abarcar melhor, por sua amplitude necessariamente composta, as várias tendências existentes na demarcação discursiva do campo identitário afrodescendente em sua expressão literária:

> A partir, portanto, da interação dinâmica desses cinco grandes fatores – temática, autoria, ponto de vista, linguagem e público – pode-se constatar a existência da literatura afro-brasileira em sua plenitude. Tais componentes atuam como constantes discursivas presentes em textos de épocas distintas. Logo, emergem ao patamar de critérios diferenciadores e de pressupostos teórico-críticos a embasar e operacionalizar a leitura dessa produção. Impõe-se destacar, todavia, que nenhum desses elementos propicia o pertencimento à literatura afro-brasileira, mas sim o resultado de sua inter-relação (DUARTE, 2014, p. 266)

Defendo o uso do termo *literatura negra brasileira*, conciliado com contribuições de Ferreira, Bernd e Assis (na categorização de identificação desta literatura), e aliado ao cunho político empregado por Cuti, por entender que o termo *negro* traz um histórico de lutas de afirmação deles. O próprio diálogo com os movimentos negros que enunciam *Vidas negras*, e *Vidas negras importam*, aproximam-me da expressão literatura negra brasileira. Considero também, como já citado, os fluxos de informações dos movimentos artísticos e políticos negros.

Em ""Negritude", "Negridade", "Negrícia": história e sentidos de três conceitos viajantes" (2006), Lígia Fonseca Ferreira informa, por exemplo, sobre um registro de uma publicação de 1967, em que o poeta negro Eduardo Oliveira, afirma: "A arte e a poesia negras, segundo esta escola, pretendem – sem pruridos xenófobos ou sectarismos fanáticos de quaisquer naturezas – defender e valorizar tudo quanto pertença ou se identifique com o mundo negro, parta de onde ou de quem partir dentro ou fora das "Afriques noires"' (OLIVEIRA, In FERREIRA, 2006, p. 175). Percebo como os ideais da Negritude influenciam, mesmo que de forma tardia, a literatura de autoria negra no Brasil.

    O escritor e jornalista Jamu Minka, participante do Centro de Cultura e Arte Negra e do *Cadernos Negros* afirma que as informações dos movimentos sociais, políticos e estéticos circulavam entre os escritores negros brasileiros. "A Negritude acabou sendo associada a significados e símbolos inexistentes à época da atuação de Césaire e Sénghor: Lumbamba, Black Panters, Luther King, Malcom X, Angela Davis, Guerra de Libertação das ex-colônias portuguesas em África" (MINKA, In CUTI, 1985, p. 43).

    Em texto de apresentação do livro *Amor e outras revoluções: Grupo Negrícia* (p. 15), uma coletânea de poetas negro(a)s brasileiro(a)s, o pesquisador Eduardo de Assis Duarte cita o poema de Langston Hughes, "My people", de 1923:

> A noite é bela,
> como as faces
> do meu povo.
> As estrelas são belas,
> como os olhos
> do meu povo.

Belo, também,
é o sol,
belas também são
as almas do meu povo[85]

Augustoni (2007, p. 37) afirma que, no final dos anos 1970, o grupo Quilombhoje, localizado em São Paulo, recuperou o espírito de luta e de reivindicação social proposto pela Negritude. A pesquisadora destaca a ligação entre os objetivos da Negritude e os do Quilombhoje, que, entre suas atividades, preconiza o incentivo ao hábito da leitura, a discussão da experiência afro-brasileira na literatura, o incentivo aos estudos sobre literatura e cultura negra, a visibilização da literatura afro-brasileira, a discussão de questões como a autoestima dos afrodescendentes.

Sobre a Negritude, Moore (2010, p. 7) informa que "foi um dos mais revolucionários conceitos de luta social surgido no mundo negro contemporâneo, tanto na definição dos contornos culturais, políticos e psicológicos da descolonização, como na determinação dos parâmetros da luta contra o racismo". Para Moore, ela foi certamente o conceito que mais positivou as relações raciais no século XX e cristalizou-se como um movimento político e estético específico na década dos anos 1930 pela ação conjunta dos intelectuais Aimé Césaire, da Martinica, Léopold Sédar Senghor, do Senegal, e Léon-Gotran Damas, da Guiana.

Augustoni (2014) e Pereira (2022) concordam sobre as influências que forjam a literatura de autoria negra a partir do final dos

---

85 The night is beautiful,/so the faces of my people./The stars are beautiful,/so the eyes of my people./Beautiful, also, is the Sun./Beautiful, also, are the souls of my people. (Tradução de Eduardo de Assis Duarte)

anos 1970. Neste sentido, considerando também as afirmações de integrantes da geração *Cadernos Negros*, entendo que esta literatura é um amalgama de influências da cultura negra (sociais políticas e estéticas), sendo elas: o Renascimento negro, a Negritude, o Negrismo, a literatura das lutas por independência dos países africanos colonizados por Portugal, os movimentos Black Power e Black is Beautiful nos Estados Unidos.

Um movimento que exerce influência sobre a Negritude, o Renascimento negro, segundo Oliveira (2014, p. 23), foi um movimento norte-americano das décadas de 1920/1930 e conhecido também como Harlen Renaissance ou New negro. Tratou-se de um movimento intelectual que procurava promover a crescente valorização do sujeito negro na sociedade e a luta deste pela igualdade de direitos. Oliveira (2014) esclarece que do ponto de vista literário, autores como Claude McKay, Countree Cullen, Langston Hughes e Sterling Brown, entre outros, trouxeram para os seus escritos a especificidade de serem negros num contexto de opressão. Ao mesmo tempo que procuraram valorizar a herança cultural africana, o Renascimento negro trouxe para a arte da palavra uma consciência grupal e racial baseada na experiência diaspórica e na reivindicação sociopolítica.

Considero importante destacar que a literatura negra brasileira, mesmo quando se opõe ao repertório do romantismo, do naturalismo e do modernismo, no que diz respeito à tematização do negro e das relações raciais no Brasil, também se confirma em diálogo com essa tradição da literatura brasileira, pois há um aceno provocativo em muitos textos da literatura negra brasileira sobre a literatura canônica. Como exemplo, temos o poema "Outra nega

Fulo", de Oliveira Silveira, em referência ao poema "A nega fulô", de Jorge Lima.

> O sinhô foi açoitar
> a outra nega Fulô
> – Ou será que era a mesma?
> A nega tirou a saia,
> a blusa e se pelou.
> O sinhô ficou tarado,
> largou o relho e se engraçou.
> A nega em vez de deitar
> pegou um pau e sampou
> nas guampas do sinhô.
>
> — Trecho de *Outra nega fulô*, de Oliveira Silveira[86]

Outro ponto a se considerar é que, mesmo em contestação ao cânone, essa literatura faz uso da língua do colonizador e de modelos europeus de narrativa – portanto é, além de negra, brasileira. Sobre a literatura dos países africanos que lutavam por independência, destaco a literatura angolana pró-independência. Secco (2006) informa que

> nos primeiros cinco anos da década de 1970, ao lado de uma literatura que cantava a urgência da independência, surgiu um projeto poético de afirmação da língua literária aproveitada em suas virtualidades intrínsecas e universais, embora houvesse ainda referências circunstanciais e o comprometimento ético com marcas linguísticas locais

---

[86] SILVEIRA, Oliveira. *Outra nega Fulô*. In: RIBEIRO, Esmeralda et al. (orgs.). Cadernos Negros: os melhores poemas. São Paulo: Ministério da Cultura, 1998.

que caracterizaram a poesia angolana dos anos 1950. O retomar de aspectos desta, no início da década de 70, deveu-se, entre outros fatores, à criação de uma página semanal de literatura e arte, no Jornal A Província de Angola. O novo lirismo surgido em meados dos anos 1970 foi marcado pelo aprofundamento da metapoesia; muitos poetas refletiram em seus versos sobre o processo estético, apesar de não se terem esquecido de questionar, também, a realidade de Angola. Desses poetas, destacamos, entre outros, David Mestre, Ruy Duarte de Carvalho, Arlindo Barbeitos, Manuel Rui. [...][87]

Importante destacar que nem todos os escritores angolanos desse período eram negros, mas havia uma questão central de libertação do colonizador, um desejo de libertação que, em certa medida, na literatura, era o desejo da literatura negra brasileira. Essa reflexão se torna compreensível, pois os movimentos de afirmação de uma identidade nacional para a literatura brasileira não incluíram as questões do negro como protagonista e produtor de sentido. Dessa forma, para a geração *Cadernos Negros,* da literatura negra brasileira, a literatura brasileira no final da década de 1970, ainda era uma literatura colonizada e a preocupação política para o que produziam se equiparava com as preocupações de elaboração de um projeto estético.

Sobre a literatura angolana pós-independência, Secco (2006) explica que

---

[87] SECCO, Carmem Lícia Tindó Ribeiro. A poesia angolana pós-independência: tendências e impasses. *Literafro*, Belo Horizonte. 2006. Disponível em http://www.letras.ufmg.br/literafro/literafricas/literatura-angolana/1512-carmen-lucia-tindo-secco-a-poesia-angolana-pos-independencia-tendencias-e--impasses.

nos dez primeiros anos após o 11 de novembro de 1975 e a independência, a poesia deixou a clandestinidade anticolonial para ocupar um lugar na reconstrução do país. O movimento editorial cresceu, tendo cabido à União dos Escritores Angolanos um papel de destaque. Isto porque, devido à censura do regime colonial, os escritores eram, até então, pouco conhecidos tanto dentro, como fora de Angola. No país, muitos eram lidos em exemplares copiografados, o que impedia uma maior divulgação pública. Grande parte dos poetas se inseria tanto no movimento literário, como nas lutas políticas de independência e na organização do Estado angolano. Agostinho Neto, Costa Andrade, Jofre Rocha, entre outros, são nomes representativos da poesia revolucionária. Houve, entretanto, como já assinalamos, poetas que, nesse período, apesar de terem celebrado o 11 de novembro, intuíram não só a complexidade do momento histórico que envolvia o contexto da independência angolana, mas também a importância de um trabalho estético renovador.[88]

Pereira (2022, p. 34) afirma que a literatura articulada por autoras e autores afro-brasileiros toca, em diferentes momentos, em aspectos recorrentes nas obras de escritores da Negritude e da Poesia Negrista. Para o pesquisador, se tomarmos as obras de Solano Trindade — considerando a produção no decorrer dos anos 1960 – e de alguns nomes que se destacaram a partir dos anos 1980 (Cuti, Abelardo Rodrigues, Geni Guimarães, Miram Alves e Esmeralda Ribeiro, por exemplo), poderemos observar

---

88 SECCO, Carmem Lícia Tindó Ribeiro. A poesia angolana pós-independência: tendências e impasses. *Literafro*, Belo Horizonte. 2006. Disponível em: http://www.letras.ufmg.br/literafro/literafricas/literatura-angolana/1512-carmen-lucia-tindo-secco-a-poesia-angolana-pos-independencia-tendencias-e-impasses.

a atualidade e a urgência de alguns dos temas que atravessam os textos da Negritude e da Poesia Negrista. No caso da literatura negra e/ou afro-brasileira, alguns desses temas são abordados tendo em vista, principalmente, a intenção de denunciar os mecanismos de agressão à herança cultural afrodescendente. Para tanto, poetas de diferentes gerações tecem uma teia discursiva que se sustenta a partir da imbricação dos seguintes temas:

— A afirmação de um sujeito enunciador negro;

— Denúncia da violência e da exclusão social;

— Valorização das heranças afrodescendentes;

— A reapropriação positiva de símbolos associados negativamente aos negros;

— Reconhecimento de figuras heroicas negras.

Essa complexidade de influências da literatura negra brasileira é afirmada por Pereira (2022, p. 92). Para o pesquisador, o solo de onde emerge a pista "epistemologia afro diaspórica no Brasil" é extremamente complexo e, por isso, num primeiro instante temos a impressão de que suas tensões e contradições configuram um eixo em torno do qual giram todas as temáticas da afrodescendência. Logo, somos instados a perguntar se as matrizes culturais densas como as de feição banto e iorubá não teriam propiciado articulação de epistemologias afrodescendentes diferenciadas entre si. Com efeito, os diálogos das culturas negras na diáspora teriam gerado práticas culturais como o candomblé Angola e a umbanda, nas quais se entrecruzam com maior ou menor frequência traços culturais bantos e iorubás.

No entanto, para um melhor desenvolvimento, convém estreitar ainda mais o diálogo com Edmilson de Almeida Pereira

(2022), no instigante livro *Entre Orf(e)xu e Exunoveau*, pois a proposta que defendo é a de que o conceito de ancestralidade inclui a literatura negra brasileira em uma teoria da literatura, visto que as tantas lacunas deste repertório literário não configuram o que Antonio Candido afirma como tradição literária. Oliveira (2014, p. 16) tendo em vista o desenvolvimento teórico proposto por Candido, afirma que ainda não se pode assegurar a existência de um sistema romanesco afro-brasileiro, pois exatamente a continuidade foi o que faltou durante um bom tempo à literatura produzida por afrodescendentes.

Neste sentido, Pereira (2022) e Evaristo (1996) contribuem ao aprofundarem suas análises sobre uma estética de base afrodiaspórica na literatura brasileira. Evaristo, em 1996, já afirmava que

> a literatura negra traz o registro de uma memória social, enquanto lembranças de vários indivíduos. Memória que se toma o esteio onde se configura a formação de uma identidade particular e coletiva, que situa o indivíduo dentro de um espaço; e vai lhe proporcionar um conhecimento de um sistema simbólico, o que lhe possibilita uma reorganização do território negro da diáspora, através de uma mística negra, vivida em um tempo que escapa a uma medição cronológica, por se tratar de um tempo mítico (EVARISTO, 1996, p. 113).

Pereira (2022, p. 11) afirma que há uma estética confluente não apenas na literatura negra brasileira, mas também em toda a diáspora negra:

> As diferentes matrizes culturais afrodescendentes que no Brasil em outros países, também marcados pelos dilemas

> do colonialismo e da escravidão, contribuíram para a formulação de experiências estéticas instigantes (por estimularem a superação de barreiras étnicas, políticas e ideológicas) e inovadoras (por apontarem o diálogo entre as diferenças como um agenciador de discursos e práticas inclusivas (PEREIRA, 2022, p. 11).

Tanto Pereira (2022) quanto Augustoni (2014) vão referenciar o conceito de Atlântico Negro, lançado por Paul Gilroy, em livro homônimo (1993), na afirmação dos fluxos informacionais, das trocas culturais nas idas e voltas da diáspora nas travessias atlânticas.

> O Atlântico negro dessa perspectiva apresenta-se a partir da potencialização das trocas de modelos estéticos, de tecnologias, de Ideias e de comportamentos. Mais do que buscar influências que evidenciem a sobreposição de um modelo cultural colonizador sobre o outro colonizado, a viagem atual através do Atlântico negro nos leva a pensar sobre o modo de como as negociações estabelecidas entre os indivíduos e as coletividades deram voz e vida a esses modelos. (PEREIRA, 2022, p. 91).

Ao pensar na incômoda frase "Vidas negras importam" – incômoda por explicitar uma ferida não cicatrizada na sociedade – e ao propor que essa frase uma experiências das populações negras diante da necropolítica, invisto na proposta de que há uma literatura que afirma "Vidas negras importam" e que há uma possibilidade relacional de observar a produção de diferentes escritore(a)s sobre esse tema. Ao analisar mais especificamente a poesia da literatura negra brasileira, a perspectiva de Pereira (2022, p. 43) é a de que alguns pontos permeiam o território de textualidades negras e/ou afro-brasileiras, levando em conta, particularmente, o suporte da escrita e das criações poéticas:

— Um primeiro ponto diz respeito à implicação social de que as poetas e os poetas afro-brasileiros imprimem a sua textualidade, quando se trata de confrontá-la com cânone literário. É inerente a essa textualidade a reivindicação do valor estético, voltando para o reconhecimento do caráter literário da obra. Ao mesmo tempo, essa reivindicação exprime o engajamento social, na medida em que o texto literário denuncia o racismo, afirma a identidade dos afro-brasileiros e reclama seu direito a melhores condições sociais.

— Outro ponto se refere à dimensão psicológica que exibe, através do texto, a dor resultante do escravismo e da marginalização e, paralelamente, evidencia-se o desejo de superar a dor, sinalizando que, além da sobrevivência, os afro-brasileiros são sujeitos competentes para viverem e organizarem sua atuação na história, para amarem e realizarem-se como indivíduos e coletividades.

Esses dois pontos, segundo Pereira (2022), estão inter-relacionados e são reveladores de uma dinâmica psicossocial que se imprime como traço estético e a partir do qual as poetas e os poetas afro-brasileiros apresentam-se diante do cânone literário nacional. O mesmo cânone que excluiu restringiu os autores e as autoras negros/as pelas razões apontadas, a abordagem desses discursos que estão inerentemente ligados à constituição da nossa vida social e literária.

Sobre ancestralidade, ao estudar as escritoras Lívia Natália e Mãe Stella de Oxóssi, Rodrigues (2019) explica que:

> Nas recriações literárias das tradições africanas, aparecem textos de novas ideias e significados que fornecem recursos

de sobrevivência e histórias de combate às variadas formas de violências impostas às pessoas negras. A apropriação criativa de formas culturais afrodiaspórica na imaginação literária de mulheres negras revela o valor polivalente dos símbolos africanos na diáspora e sua capacidade de fundamentar discursos identitários diversos. Pelas mãos de escritoras negras, a literatura afro-brasileira reivindica lugares de fala em uma sociedade ainda marcada por formas de racismo reinventadas. As representações literárias de elementos simbólicos derivados da África articulam uma política de afirmação da humanidade afrodescendente, assegurando a legitimidade das tradições que, em território brasileiro, se identificam como africanas[89]. (RODRIGUES, 2019, p. 13).

Ainda dentro deste percurso de adensamento sobre a literatura negra brasileira, destaco dois conceitos que trazem contribuições muito valiosas: Oralituras, na perspectiva de Leda Maria Martins; e Escrevivência, cunhado por Conceição Evaristo. Começo ainda perseguindo a noção de ancestralidade como um conceito abrangente tanto para abrigar a literatura negra, quanto para se inter-relacionar com Oralituras e Escrevivência.

Para Martins (2021, p. 58), "a ancestralidade define de modo estruturante a cosmopercepção negro africana, dispersa pelas suas inúmeras e diversas culturas". Segundo a autora o princípio de ancestralidade é reconfigurado e reconstituído em diversos novos vínculos:

---

[89] RODRIGUES, Felipe Fanuel Xavier. Tradições africanas recriadas em prosa e verso. *Numen*: revista de estudos e pesquisas da religião, Juiz de Fora, v. 22, n1, jan./jun. 2019, p. 147-162. Disponível em: https://periodicos.ufjfbr/index.php/numen/article/view/29612. .

> A expansão consequente do conceito de família e dos vínculos de parentesco e de pertencimento nas Américas, no âmbito da coletividade afro, quer no passado, quer no presente, como uma forma de restituição, de reconfiguração do princípio da ancestralidade, agora aprendido e vivido, durante a após a escravidão, pelo engendramento de novos vínculos dos quais deriva a constituição de uma linhagem familiar mais ampla, afetiva e, simbolicamente, passa a congregar o africano e seus descendentes em comunidades de pertencimento, e de ajuda mútua, performada no âmbito das casas dos terreiro de candomblé e nos festejos dos reinados, por exemplo, e nos inúmeros outros modos de recomposição da herança e da memória africanas transcritas nos territórios americanos. (MARTINS, 2021, p. 59)

A partir disso, a autora define duas concepções para ancestralidade (p. 59):

> — Ancestralidade tanto pode ser concebida como um princípio filosófico do pensamento civilizador africano, quanto pode ser vislumbrada como um canal, um meio pelo qual se esparge por todo o Cosmo a força vital, dínamo e repositório da energia movente, a cinesia originária sagrada, constantemente em processos de expansão e catalisação (MARTINS, 2021, p. 59-60).

> — Ancestralidade é o princípio base e o fundamento maior que estrutura toda a circulação da energia vital. Os ritos de ascendência africana, religiosos e seculares, reterritorializam a ancestralidade e a força vital como princípios motores e agentes que imantam a cultura Brasileira e, em particular, as práticas artístico-culturais afro (MARTINS, 2021, p. 62).

Neste sentido, destacam-se o vínculo entre escritore(a)s da literatura negra brasileira, os grupos/coletivos da década de 1980, os encontros de escritore(a)s negro(a)s, as antologias, os saraus, as apresentações em espaços alternativos, as participações nas reuniões do movimento negro, a 'familiaridade' como força vital para a produção literária e enfrentamento ao racismo.

Sobre a postura de contraposição da literatura negra brasileira, Pereira (2022, p. 64) explica que, devido à possibilidade de que dispõe para alterar alguns paradigmas da literatura brasileira, a literatura negra e/ou afrodiaspórica pode ser percebida como uma literatura de caráter agônico, por se tratar de uma literatura que desnuda os projetos nacionais de síntese das diversidades, realça o sofrimento humano em meio a uma ordem social hedonista e, de modo particular, evidencia-se o sofrimento dos cidadãos negros, apresentados, contraditoriamente, como estranhos em seu próprio território) e que se articula a partir da possibilidade de sua própria destruição.

A destruição, nesse caso, vem dissimulada sob as barreiras que são impostas para a divulgação e circulação da literatura negra brasileira. Pereira (2022, 65) detalha sobre os espaços em que essas barreiras se impõem:

> Principalmente nos circuitos situados fora dos espaços acadêmicos. Nestes, pode-se dizer que os esforços de teóricos, autores e autoras associados aos interesses de discentes e a disponibilidade de fomentos públicos para realização de seminários e simpósios têm viabilizado um debate substancial a respeito desse viés literário e de suas implicações com as demandas sociais das populações afrodescendentes dentro e fora do Brasil. A literatura negra

e/ou afro-brasileira, por conta de sua feição crítico maneirista, reivindica os direitos básicos para as populações da diáspora negra, fato que em termos de realidade brasileira representa uma parcela considerável dos habitantes do país (PEREIRA, 2022, p. 65).

O conceito de oralitura foi cunhado pelo escritor haitiano Ernst Mirville em artigo publicado em nota de um artigo em abril de 1974, para estabelecer analogia com o termo *littérature* e afastar-se dos sentidos de oratura, que, para ele, fixa a atenção apenas na voz[90]:

> A proposta teórica sugerida pelo estudioso para englobar os enredos narrados pelo *contador crioulo* que, vírgula na época da escravidão, durante a noite, relatava histórias inspiradas em vestígio do passado. Tratava-se de 'palavras noturnas' dedicadas a contemplar o sofrimento dos escravizados e os mecanismos de resistência negra, conformando, assim, uma manifestação de *contracultura*, em oposição ao sistema de escravidão. Na Oralitura, projetou-se uma forma estética alternativa, que reconhecia a legitimidade da perspectiva negra como autoria importante nos fazeres literários e históricos que compõem o patrimônio cultural da humanidade. Leda Maria Martins, por seu turno, propõe uma leitura do princípio de Oralitura, considerando a contribuição da autoria negra para um fazer literário ao mesmo tempo oral, escrito e performático (SILVA, 2014, p. 44).

Leda Maria Martins (1997, p. 21) define o conceito de oralitura como os atos de falas e de performances dos congadeiros, ma-

---

[90] SILVA, Marcos Fabrício Lopes da. Oralitura. In: SILVA, Cidinha. *Africanidades e relações raciais:* insumos para políticas públicas na área do livro, leitura e bibliotecas no Brasil. Brasília: Fundação Cultural Palmares, 2014.

tizando nesse termo a singular inscrição do registro oral que, como *littera*, letra e grafia do sujeito no território narrativo e enunciativo de uma nação, imprime, ainda, no neologismo, seu valor de *litura*, rasura da linguagem, alteração significante constituinte da diferença e da alteridade dos sujeitos da cultura e das representações simbólicas.

Pereira (2022, p. 111) ressalta a importância do conceito de oralitura para o mapeamento de práticas estéticas que, por razões diversas, não foram incorporadas ao cânone literário brasileiro.

> Ao apreender o processo de criação literária como parte da vida social, o conceito de Oralitura reconhece novos agentes habilitados a estabelecerem o trânsito em intertextualidade útil e a textualidade estética e, além disso, amplia o território de criação recepção do texto literário. Ou seja, não só o livro e o espaço legitimados pela academia e pela mídia se constituem como locais de vivência estética da palavra. O terreiro, a casa, a rua e o templo, bem como o devoto do congado, se convergem, respectivamente, em espaços e sujeitos de outra vivência literária que, entre outros aspectos, expressa tensões étnicas da sociedade brasileira, os processos de elaboração da memória como um patrimônio individual e coletivo e a proposição do diálogo entre canto/escrita/corpo/teatro para a formação de uma literatura performática (PEREIRA, 2022, p. 111).

Já a presença da ancestralidade no conceito de Escrevivência é afirmada pela própria escritora e criadora do termo. Para Evaristo (2020),

> nossa escrevivência traz a experiência, a vivência de nossa condição de pessoa brasileira de origem africana, uma na-

cionalidade hifenizada, na qual me coloco e me pronuncio para afirmar a minha origem de povos africanos e celebrar a minha ancestralidade e me conectar tanto com os povos africanos, como com a diáspora africana. Uma condição particularizada que me conduz a uma experiência de nacionalidade diferenciada (EVARISTO, 2022, p. 30).

Fernandes (2020), em estudo sobre as obras de Conceição Evaristo, Lívia Natália e Tatiana Nascimento identifica a ancestralidade na produção dessas escritoras:

> Esse diálogo ocorre especialmente pela intenção ética e estética de definir o ser e estar no mundo a partir de uma perspectiva afrodiaspórica, que busca conectar-se à herança africana (trazida para o Brasil pelos ancestrais das nações bantu, jeje, nagô, dentre outras etnias sequestradas pelo colonialismo português) para reinventá-la e revivê-la hoje. A diáspora fala da saída de um lugar de origem e do trânsito forçado para outro lugar que, justamente por ser forçado, guarda a intenção de retorno à terra natal. Esse retorno, no entanto, é impossível, pois a terra natal se transformou e modificou com o passar do tempo, assim como o sujeito diaspórico também mudou no contato com outras culturas (FERNANDES, 2020, p. 66).

O termo *escrevivência* começou a ser elaborado pela escritora Conceição Evaristo em sua dissertação de mestrado, *Literatura negra: uma poética de nossa afro-brasilidade*[91], defendida em 1996 no Departamento de Letras da PUC/RJ. Alguns exemplos dessa elaboração:

---

91 EVARISTO, Conceição. *Literatura negra*: uma poética de nossa afrobrasilidade. Orientadora: Pina Coco. 1996. Tese (Doutorado em Letras) — Departamento de Letras, PUC Rio, Rio de Janeiro, 1996. Disponível em: https://www.dbd.puc-rio.br/sitenovo/

— **Escrever insere-vi-vendo-se** pela memória da pele se faz cantando o corpo negro na afinação de uma identidade étnica. Pela memória da pele, **escreve-se, insere-vi-vendo-se** um corpo-sujeito que busca o seu próprio pertencimento, que se observa como dono de si próprio (EVARISTO, 1996, p. 89, marcas da autora).;

— **Escreviver** o corpo negro pode ser feito através do poema que enuncia a coragem-esperança de seres aquilombando-se para construir seus próprios dias e pode ser também o poema que denuncia a senzala de nossa quotidianidade (EVARISTO, 1996, p. 96, marcas autora).;

— Em 'Do Ser', o poeta, Éle Semog, **escre-vi-vendo-se** pronuncia enquanto pessoa e raça (EVARISTO, 1996, p. 94, marcas da autora).

— A literatura negra como um espaço possível de guarda, de reconstrução e revelação dessa memória toma o corpo negro e suas linguagens, danças, cantos, festas, jogos, risos e choros, com suas marcas-dores e seus emblemas míticos na pele. **Escrever insere-Vi-Vendo-se** cuida para que não se dê um branco na memória, deixando que o corpus negro caia no vazio da deslembrança (EVARISTO, 1996, p. 108 marcas da autora)

Segundo a autora, em entrevista para o *Nexo Jornal:*

Quando falei da escrevivência, em momento algum estava pensando em criar um conceito. Eu venho trabalhando com esse termo desde 1995 - na minha dissertação de mestrado, várias vezes fiz um jogo com o vocabulário e as ideias de escrever, viver, se ver. Usei 'escrevivência' pela primeira vez em uma mesa de escritoras

> negras no seminário 'Mulher e Literatura'. Terminei meu texto dizendo que a nossa escrevivência não é para adormecer os da Casa Grande, e sim para incomodá-los em seus sonos injustos. Este termo nasce fundamentado no imaginário histórico que eu quero borrar, rasurar.[92]

O imaginário histórico que a autora "quer borrar" está diretamente relacionado às mulheres negras. A autora elabora o conceito de escrevivência a partir do mito da Mãe Preta, que foi fartamente representado, com diversas derivações, pela literatura. Para Evaristo (2021),

> a imagem fundante do termo é a figura da Mãe Preta, aquela que vivia a sua condição de escravizada dentro da casa grande. Essa mulher tinha como trabalho escravo a função forçada de cuidar da prole da família colonizadora. Era a mãe de leite, a que preparava os alimentos, a que conversava com os bebês e ensinava as primeiras palavras, tudo fazia parte de sua condição de escravizada (EVARISTO, In DUARTE; NUNES, 2020, p. 29).

Ao analisar o folhetim de 1988, "Mãi Preta"[93], de José A. C. Júnior, Roncador (2008) afirma:

> Trata-se da história de uma ama-de-leite escrava a quem foi negada a convivência com o próprio filho recém-nascido. Ao invés de ódio e revolta, seu coração, porém, "era acces sível ao carinho", era dado aos sentimentos de lealdade, resignação, subserviência e ao amor maternal. Quando

---

92 EVARISTO, Conceição. Conceição Evaristo: 'minha escrita é contaminada pela condição de mulher negra'. São Paulo, *Nexo Jornal*, 2017.
93 JUNIOR, José A. C. Mãi preta. *A mãi de família*. Rio de Janeiro, nov. 1888.

em contato com a criança branca, que lhe fora entregue para amamentar, "o vagido da recém-nascida lhe tocou a alma", e a negra passou então a adorá-la tal qual um filho nascido de suas entranhas: "esquecendo-se do mal que lhe faziam pelo bem que ia prestar, tomou a criancinha, chegou-a ao seio e a amamentou devotamente". Estava definido, nesse desconhecido folhetim, o mito literário da mãe-preta (RONCADOR, 2008, p.130).

Conceição Evaristo retoma o mito literário da Mãe Preta para refletir sobre o caráter subversivo de transmissão cultural das mulheres escravizadas das casas-grandes, assim como para refletir sobre a apropriação que as mulheres negras fazem da escrita: "se a voz de nossas ancestrais tinha rumos e funções demarcadas pela casa-grande, a nossa escrita não"[94]. Ainda sobre a Mãe Preta, a autora afirma:

> A Mãe Preta se encaminhava para os aposentos das crianças para contar histórias, cantar, ninar os futuros senhores e senhoras, que nunca abririam mão de suas heranças e de seus poderes de mando, sobre ela e sua descendência. Foi nesse gesto perene de resgate dessa imagem, que subjaz no fundo de minha memória e história, que encontrei a força motriz para conceber, pensar, falar e desejar e ampliar a semântica do termo. Escrevivência, em sua concepção inicial, se realiza como um ato de escrita das mulheres negras, como uma ação que pretende borrar, desfazer uma imagem do passado, em que o corpo-voz de mulheres negras escravizadas tinha sua potência de emissão também sob o

---

[94] EVARISTO, Conceição. *A escrevivência e seus subtextos*. In: 43. DUARTE, Constância Lima; NUNES, Isabela Rosado (Orgs.). Escrevivência: a escrita de nós: reflexões sobre a obra de Conceição Evaristo. São Paulo: Mina Comunicação e Arte, 2020.

controle dos escravocratas, homens, mulheres e até crianças (EVARISTO, In DUARTE; NUNES, 2020, p. 30).

Neste sentido, a história do termo escrevivência está diretamente relacionada às mulheres negras. Para Conceição Evaristo, a literatura que ela elabora não está desvencilhada da sua condição de mulher negra na sociedade brasileira. Em entrevista[95] concedida a mim, em 2017, ela afirma:

> *Tudo que eu escrevo, seja o texto literário em si, a criação literária em si, como os ensaios, minha própria dissertação de mestrado, a minha tese de doutorado, ela é profundamente marcada pela minha condição de mulher negra na sociedade brasileira, a minha subjetividade está ali presente em todos os textos, é uma subjetividade que é formada, que ela é conformada de acordo justamente, com a minha condição de mulher negra brasileira. Então, este meu corpo que não esconde a minha negrura física, e que é este corpo, que também carrega todas as possibilidades e todas as interdições que este corpo físico, me proporciona, ou me provoca. Quando eu escrevo, quando eu crio, quando eu tenho a minha criação, eu não me desvencilho deste corpo. Sou eu Conceição Evaristo, mulher negra, oriunda de classes populares, mãe de Ainá, professora. Então, todas essas identificações, de maneira consciente ou inconsciente, essas identificações, elas vão contaminar meu texto.*

É possível refletir sobre as elaborações conceituais de Evaristo, relacionando-as com o que foi denominado como o retorno do autor nos estudos literários. Em texto de 2005, Moriconi, afirma que "o prosador contemporâneo frequentemente se faz presente

---

[95] EVARISTO, Conceição. *Encontros Malê na Travessa*. Realizado no Centro Cultural Banco do Brasil em maio 2017. Disponível em: https://www.youtube.com/watch?v=QCNZoEFFPEI

em seu relato, seja de maneira real, seja simulacral, explorando e tematizando a situação de enunciação em que produz a sua ficção e fazendo do discurso autobiográfico autoral, elemento constitutivo do foco em primeira pessoa" (MORICONI, 2021, p. 48). E ainda: "a discussão da obra hoje é uma triangulação entre autor protagonista do espaço público midiático (autor, ator, máscara), o texto de referência por ele escrito e o público em geral" (MORICONI, 2021, p. 48). Schollhammer (2009), ao analisar a ficção brasileira contemporânea, com destaque para a produção em prosa das décadas de 1990 e 2000, afirma:

> Na crítica contemporânea, fala-se muito de um "retorno do autor"", e há claramente, na literatura e na própria crítica contemporânea, uma acentuada tendência em revalorizar a experiência pessoal e sensível como filtro de compreensão do real. Nesse momento são revalorizadas as estratégias autobiográficas, talvez como recursos de acesso mais autêntico ao real em meio a uma realidade em que as explicações e representações estão sob forte suspeita. Nessa renovada aposta na tática da autobiografia, dilui-se a dicotomia tradicional entre ficção e não ficção, e a ficcionalização do material vivido torna-se um recurso de extração de uma certa verdade que o documentarismo não consegue lograr e que não reside numa nova objetividade do fato contingente, mas na maneira como o real é rendido pela escrita (SCHOLLHAMMER, 2009, p. 107).

A expressão do "retorno do autor", está relacionada à expressão "a morte do autor". Schollhammer (2009) explica que, na literatura contemporânea, parece haver a superação de uma certa censura contra a fé de uma integridade confessional subjetiva, que se instalou nas décadas de 1950 e 1960, com a anunciação barthesiana da morte do autor e do grau zero da escrita, motes do estruturalismo (nos estudos literários) [96]. O autor afirma que, na sequência, é a reflexão do mesmo Barthes sobre a "autoficção", no livro *Roland Barthes por Roland Barthes* (1977), que vai permitir a introdução do material autobiográfico, mas insistindo em que seja lido como um jogo de ficção, como algo que pertence a um personagem de ficção.

Além do termo autoficção, outro termo que emerge nos estudos literários nas últimas três décadas, é o "escritas de si". Para Klinger (2006),

> a autoficção é uma categoria controvertida e em curso de elaboração, que surge no contexto da explosão contemporânea do que Phillipe Forest chama de "ego-literatura" nos anos 80. Para circunscrevê-la é preciso inseri-la no campo do que aqui chamamos de "escritas de si", que compreende não apenas os discursos analisados por Foucault, mas também outras formas modernas, que compõem uma certa "constelação autobiográfica": memórias, diários, autobiografias e ficções sobre o eu (KLINGER, 2006, p. 39).

Tanto o termo autoficção, quanto o termo "escritas de si", ou "ficções sobre o eu", interessam-me ao aproximá-los e distingui-los do termo escrevivência. No sentido de distinção, destaca-se o fato de a escrevivência mirar em uma experiência coletiva, "uma história de coletividade". Para Evaristo (2020),

---

[96] *Observação entre parênteses inserida por mim.*

> a Escrevivência pode ser como se o sujeito da escrita estivesse escrevendo a si próprio, sendo ele a realidade ficcional, a própria inventiva de sua escrita, e muitas vezes o é. Mas, ao escrever a si próprio, seu gesto se amplia e, sem sair de si, colhe vidas, histórias do entorno. E por isso é uma escrita que não se esgota em si, mas, aprofunda, amplia, abarca a história de uma coletividade. Não se restringe, pois, a uma escrita de si, a uma pintura de si (EVARISTO, In DUARTE; NUNES, 2020, p. 35).

Ao trabalhar o termo escrevivência como um conceito, Evaristo (2020) reafirma que ele "surge de uma prática literária cuja autoria é negra, feminina e pobre. Em que o agente, o sujeito da ação, assume o seu fazer, o seu pensamento, a sua reflexão, não somente como um exercício isolado, mas atravessado por grupos, por uma coletividade" (EVARISTO, 2020). Neste sentido, a autora reflete

> como pensar a Escrevivência em sua autonomia e em sua relação com os modelos de escrita do eu, autoficção, escrita memorialística ... Ouso crer e propor que, apesar de semelhanças com os tipos de escrita citadas, a escrevivência extrapola os campos de uma escrita que gira em torno de um sujeito individualizado (EVARISTO, In DUARTE; NUNES, 2020, p. 38).

Fonseca (2020) amplia a discussão sobre escrevivência e escritas de si, quando afirma que os sentidos possíveis ao termo escrevivência bordejam os gêneros abrigados pela noção de "escrita de si", tal como se apresentam na autobiografia e na autoficção, mas também autorizam interações com outros termos e expressões que acolhem as relações entre sujeitos negros e modos de experienciar a memória e a própria vida. Escrevivência torna-se uma estratégia escritural que almeja dar corporeidade a vivências inscritas na oralidade ou a experiências concretas de vidas negras que motivam a escrita literária.

Diante do exposto, não podemos deixar de refletir e aproximar o conceito de escrevivência ao de literatura negra, pois as elaborações teóricas sobre este segmento da literatura reivindicam para si "a presença do autor" como uma postura política e estética. Segundo Camargo (2002), "a literatura negra se realiza quando o autor, voltando-se para a sua pessoa e sua vida como autor de origem negra, escreve em torno dessa experiência específica. Dois dados: ele é negro, ele voltou-se para dentro de si mesmo, olhando-se, e ele vai se referir a essa experiência de que só ele é dono"[97].

Considerando que a escritora Conceição Evaristo é integrante da Geração *Cadernos Negros*, pode-se especular que o conceito de escrevivência também seja permeado pelas elaborações teóricas e políticas que esta geração realizou na década de 1980 sobre literatura negra e racismo. Uma relação que fica mais nítida quando se observa a declaração da autora sobre o desejo de humanizar os seus personagens:

> Construo personagens humanas ali, onde outros discursos literários negam, julgam, culpabilizam ou penalizam. Busco a humanidade do sujeito que pode estar com a arma na mão. Construo personagens que são humanas, pois creio que a humanidade é de pertença de cada sujeito. A potência e a impotência habitam a vida de cada pessoa. Os dramas

---

[97] Depoimento concedido em 2002 a Eduardo de Assis Duarte e Thiara Vasconcelos De Filippo. A versão integral encontra-se em: DUARTE, Eduardo de Assis; FONSECA, Maria Nazareth Soares (Org.). *Literatura e afrodescendência no Brasil*: antologia crítica. Belo Horizonte: Editora UFMG, 2011, vol. 4, História, teoria, polêmica, p. 28-44.

existenciais nos perseguem e caminham com as personagens que crio. E o que falar da solidão e do desejo do encontro? São personagens que experimentam tais condições, para além da pobreza, da cor da pele, da experiência de ser homem ou mulher ou viver outra condição de gênero fora do que a heteronormatividade espera. São personagens ficcionalizados que se con(fundem) com a vida, essa vida que eu experimento, que nós experimentamos em nosso lugar ou vivendo con(fundido) com outra pessoa ou com o coletivo, originalmente de nossa pertença (EVARISTO, In DUARTE; NUNES, 2020, p. 34).

Importante destacar que, embora formulado tendo como base a experiência de mulheres negras com a oralidade e a escrita, os pressupostos do conceito de escrevivência são aplicáveis também para escritores negros, homens que partilham entre si e com as mulheres negras um passado coletivo e um presente com intercessões de experiências em comum, diante das opressões do racismo. Por considerar o não desvencilhamento de suas experiências de homens negros na literatura que produzem, esses escritores reconfiguram paisagens a partir de uma memória tanto individual, quanto coletiva. Considero o romance *O avesso da pele*, de Jeferson Tenório, do qual cito um trecho no capítulo 2, um exemplo de uma *literatura negra brasileira escrevivente*. Da mesma forma, merece o mesmo destaque considerar que nem toda a literatura de autoria negra estará enquadrada como escrevivência, uma vez que escrever de acordo com o pressuposto de Evaristo é uma opção política e estética.

De acordo com o repertório teóricos levantado até aqui, elenco trechos de algumas obras de escritore(a)s negro(a)s que publicaram entre 1978 e 2020 sobre temas ligados à vulnerabilidade à morte da população negra brasileira. Para alargar a reflexão sobre a possibilidade de elaboração estética em situações adversas, uso outra linguagem como exemplo: o cinema.

Glauber Rocha, em um primeiro momento, ao lidar com estes temas, nomeou-os de "estética da fome". Décadas posteriores, ao analisar produções contemporâneas, a pesquisadora Ivana Bentes apropriou-se do termo do cineasta para nomear algumas produções do século XXI como "cosmética da fome".

Por estética da fome, Glauber Rocha propôs no seu manifesto[98] de 1965 que a "linguagem de lágrimas e mudo sofrimento' do humanismo é um discurso político e uma estética incapaz de expressar a brutalidade da pobreza. Transformando a fome em 'folclore' e choro conformado" (ROCHA, 1965).

Na análise que faz sobre estes dois momentos do cinema nacional, um que produziu uma estética da fome, e outro que vinha produzindo uma cosmética da fome, Ivana Bentes elabora duas questões: uma de ordem ética e outra de ordem estética. A ética: "como mostrar o sofrimento, como representar os territórios da pobreza, dos deserdados, dos excluídos, sem cair no folclore, no paternalismo ou num humanismo conformista e piegas?" E a estética: "como criar um novo modo de expressão, compreensão e representação dos fenômenos ligados aos territórios da pobreza, do sertão e da favela, dos seus personagens e dramas? Como levar esteticamente, o espectador a 'compreender' e experimentar a ra-

---

98 ROCHA, Glauber. *Uma estética da fome*. 1965. Disponível em: https://vermelho.org.br/prosa-poesia-arte/leia-a-integra-do-manifesto-uma-estetica-da-fome-de-glauber-rocha/

dicalidade da fome e dos efeitos da pobreza e da exclusão, dentro ou fora da América Latina?". (BENTES, 2007, p. 242)

São perguntas que servem diretamente às minhas reflexões, se adaptadas para a questão do racismo: Como apresentar o racismo na literatura sem cair no estereótipo do humanismo piegas? "Como levar, esteticamente, o leitor a compreender e a experimentar a radicalidade do racismo no Brasil?".

Retorno ao conceito de escrevivência, em que há a persuasão do receptor, pela exposição do "muito de si que o escritor deixa em seu texto, consciente ou inconscientemente, em relação com as experiências pessoais do leitor e o comum que há no subterrâneo dessas experiências, tanto na do escritor que se expõe, quanto na do leitor que se identifica" (EVARISTO, In, DUARTE; NUNES, 2020, p. 38). Para Fonseca (2021), "desde o momento em que usou o termo 'Escrevivência' pela primeira vez, Conceição Evaristo quis estabelecer uma intrínseca relação entre o ato de escrever literatura e a intenção de assumir o que foi vivenciado por negros e negras ao longo da história do Brasil" (FONSECA, In DUARTE; NUNES, 2020, p. 61).

Os textos literários *escreviventes* selecionados, oferecem possibilidades de persuadir o leitor para compreender a radicalidade do racismo, por terem sido elaborados por autores e autoras que trazem como único elo padronizador o mesmo fio existencial, o fato de terem a vida moldada pelo racismo.

É essa experiência brutal, radical e contínua, sentida como "um passado que não passa", conforme afirma Duarte (2020), ao tratar da escrevivência, ao afirmar que os une, a presença do passado – um passado que não passa – e que remete tanto aos ancestrais e seus reverenciados saberes, quanto aos antepassados, com suas vivências e sofrimentos, hoje reproduzidos nos périplos dos descendentes (DUARTE, In, DUARTE; NUNES, 2020, p. 82).

Esta condição é refletida de diferentes modos e faz surgir recorrências nos textos literários. Estes trechos de obras selecionadas podem trazer maior visualidade para esta reflexão:

"A terra está coberta de valas, e a qualquer descuido da vida, a morte é certa"[99]
Conceição Evaristo

"Na quebrada o sangue escorre na noite das esquinas desertas e sombrias"[100]
Cidinha da Silva

"Minha menina foi arrastada e morta, 350 metros, 350 metros!"[101]
Cristiane Sobral

"Caiu, por fim, roxo, aos pés do caixão do filho de sete anos, assassinado naquela manhã, dia de aniversário do pai"[102]
Cuti

---

[99] EVARISTO, Conceição. Certidão de óbito. In: *Poemas da recordação e outros movimentos*. Rio de Janeiro: Editora Malê, 2017.
[100] SILVA, Cidinha da. Sobre-viventes. In: *Sobre-viventes*. Rio de Janeiro: Pallas, 2017.
[101] SOBRAL, Cristiane. 350 metros. In: *Terra negra*. Rio de Janeiro: Editora Malê, 2017.
[102] CUTI. Identidade ferida. In: *A pupila é preta*. Rio de Janeiro: Editora Malê, 2021.

"Aqui jaz meu avô, Hênio da Silva. Doença simples, solução paliativa, morreu no Getúlio Vargas, convulsionou por uma hora sem ninguém sequer notar, tudo porque a gente não entrou no esquema, meu avô não morreu de doença, morreu pelo sistema"[103]
Maria Duda

"Morri quantas vezes, na noite terrível, na noite calunga, do bairro Cabula? Morri tantas vezes, mas nunca me matam de uma vez por todas"[104]
Ricardo Aleixo.

Pereira (2022) contribui para essa reflexão sobre a literatura como recurso ético e estético ao abordar as vidas negras:

> O enfrentamento do horror é uma condição necessária para que escritores e escritoras abordem um inenarrável representado pela violência do tráfico de escravos e pela situação de ameaça que paira diariamente sobre as populações afrodescendente. Narrado do ponto de vista das vítimas ou de outros sujeitos que saibam, através da literatura, compreender a dor do outro como sua própria dor, o horror deixa de pertencer ao domínio da não linguagem, do esquecimento, para integrar-se a vida social sob a forma de uma linguagem a ser escavada a fim de tornar-se recurso ético e estético capaz de enfrentá-lo na expectativa de impedir sua repetição (PEREIRA, 2022, p. 63).[105]

---

[103] DUDA, Maria. Nome do texto. In: *Navio negreiro*. Rio de Janeiro: Editora Malê, 2018.
[104] ALEIXO, Ricardo. Na noite calunga, no bairro Cabula. In: *Pesado demais para ventania*. São Paulo: Todavia, 2018.
[105] PEREIRA, Edmilson Almeida Pereira. *Entre Orfe(x)u e Exunouveau*: análise de uma estética de base

A seguir, analiso um pouco mais detalhadamente alguns textos, de acordo com as teorias sobre literatura negra brasileira, escrevivência e ancestralidade, relacionando ao campo temático de que "Vidas negras importam", como até aqui foi apresentado.

"Sobrevida", de Wesley Correia[106]

Dos amigos de infância,
só Washington
driblou a morte.

Se esquivou quando
Digna lhe ofereceu
a primeira dose de cachaça.

Recusou o par de tênis,
novo, que Ledinho
faturou na rua pra ele.
Declinou do convite pra
ir ao baile com Capenga
no dia em que houve a chacina.

Espirrou diante da
carreira de pó, que Neco
dispôs à sua frente.
Duvidou que Marco Santos
falasse sério sobre o fato de
ele ter bom corpo para a noite.

---

afrodiaspórica na literatura brasileira. São Paulo: Fósforo, 2022.
106 CORREIA, Wesley. Sobrevida. In: *Laboratório de incertezas*. Rio de Janeiro: Editora Malê, 2020.

Dos amigos de infância,
só Washington sobreviveu,
embora sentisse que morria,
a cada morte de um amigo seu.

O poema "Sobrevida" apresenta a história de Washington, que durante a vida resolve se esquivar dos lugares que são imaginados para os homens negros por uma sociedade racista, imaginados e transmitidos por discursos, por meio de estereótipos. Embora a questão racial não apareça explicitamente no poema, há a representação de uma subjetividade coletiva, o destino dos jovens negros e pobres.

Dessa forma, mesmo não se rendendo ao alcoolismo ("primeira dose de cachaça"), ao banditismo ("faturou na rua"), à dependência química ("espirrou diante da carreira de pó"), à prostituição ("ter bom corpo pra noite"), ele não se esquivaria de um tipo de morte. O ator da enunciação afirma que a morte prematura para este grupo da população é um destino incontornável, pois cada vez que um dos seus amigos morre, Washington morre um pouco.

Se a morte não se apresenta como uma morte física, ela se torna presente como uma morte simbólica e/ou emocional. Morrer um pouco "a cada morte de um amigo seu" revela outra característica de escrevivência, que é a configuração de uma experiência coletiva, como no poema "Certidão de óbito", de Conceição Evaristo, em que a autora afirma que "nossa certidão de óbito" é a certidão de óbito de um povo, do povo negro.

No caso de "Sobrevida", a subjetividade é maior, pois o poema comunica que o personagem Washington sente morrer um pouco, o que denota uma proximidade com quem sente. Constância Duarte (2020) afirma, sobre a escrevivência de Conceição Evaristo, que com a escrita profundamente comprometida com a vida, e alimentada de experiências vividas ou observadas, ou seja, de biografemas, a voz narrativa precisa transcender o biográfico, articulando-o habilmente com o ficcional, de modo a transformar tal procedimento em construção literária" (DUARTE, In, DUARTE; NUNES, 2020, p. 137).

Na construção literária que se explicita em "Sobrevida", embora o autor conheça as diversas experiências de situações de jovens negros, são os seus personagens que "vivem" os assédios que os levarão à morte. Sousa (2020) identifica na poesia escrevivente de Conceição Evaristo algumas características, que também são identificáveis no poema de Wesley Correa, como a sintaxe manuseada de forma promissora a configurar ou reconfigurar a imagem poética que potencializa a denúncia social; a oralidade infiltrada no interior dos versos, às vezes, tensionada ao sabor da dolorida memória histórica, social e coletiva; a poesia que não se esquiva do assento ideológico, de forma que este (assento) não pese para o teor de menor ou maior qualidade do poético.

A escrevivência, como uma escrita de um viver, uma experiência e autoria negra relaciona-se com as possibilidades de se observar e analisar as vidas da população negra, a vida literária de escritores negros e escritoras negras e a produção literária sobre vulnerabilidades à morte desta população.

Evaristo (2020) afirma que

> a escrevivência surge de uma prática literária cuja autoria é negra, feminina e pobre. Em que o agente, o sujeito da ação, assume o seu fazer, o seu pensamento, a sua reflexão, não

somente como um exercício isolado, mas atravessado por grupos, por uma coletividade (EVARISTO, In, DUARTE; NUNES, 2020, p. 38).

Considero tal coletividade como, por exemplo, a realidade que afeta as juventudes negras e particularmente o jovem negro que o escritor Wesley Correa um dia foi, embora não tenha vivido as experiências dos seus personagens do poema Sobrevida. O título do poema, Sobrevida, que pode ser entendido como um prolongamento da vida além do seu limite, também comunica o que, já foi citado, nas considerações de Pereira (2022) "o desejo de superar a dor, sinalizando que além da sobrevivência, os afro-brasileiros são sujeitos competentes para viverem e organizarem sua atuação na história, para amarem e realizarem-se como indivíduos e coletividades". Os elos afetivos de infância de Washington,

"Alecrim", de Davi Nunes [107]

Eu vejo o helicóptero voando baixo sobre a minha cabeça, hélices barulhentas de asas de urubu. Não tenho mais medo. Não deixarei de molhar o pé de Alecrim. Essência de Joane. Meu filho. Já faz 3 anos que tiraram ele de mim: aquelas fardas tinham o sangue quente dele ainda. Eu vi as gotas escorrendo pelas roupas! Eu olhei nos olhos dos assassinos. Não adianta apontar o cano de fogo para mim. Eu já morri. Minha carne murchou. Podem atirar. Faça esse favor. Continuarei regando a planta. Não podem me fazer esquecer o cheiro do meu filho. Não dá. A essência

---

[107] NUNES, Davi. Alecrim. In: *Zanga*. Salvador: Segundo Selo, 2018. p. 57

da minha criança eu mesmo rego. Ainda acho que ele vai chegar da capoeira a qualquer momento, não chega. Ainda acho que ele vai vir do colégio, não veio. Como vocês querem que eu leve a minha vida. Assassinos. Fala pro mangangá de paletó que mandou vocês matarem o meu filho que eu mandei ele se foder! Não adianta voar baixo. Não precisa levantar o telhado de uma casa que só tem espírito. Vocês não conseguem mais contorcer as entranhas de quem já sangrou o mundo. Não podem apertar o coração que já explodiu em angústia. Miseráveis. Ainda passaram o corpo do meu filho na TV. Eu não autorizei. Eu disse mil de vezes. Eu disse. Não vão comer o cadáver da minha criança com as suas câmeras. Malditos! Se pudesse fazia todos vocês explodirem. Dava um tiro de bazuca nesse helicóptero para ter um pouco de paz e sentir em silêncio o cheiro alecrim do meu filho.

Começo a análise do conto do Davi Nunes pela escolha de narrar a história como um microconto. As sensações do personagem dão-se enquanto passa um helicóptero; portanto, nada mais apropriado que utilizar uma narrativa breve. Outra escolha estilística do autor é a construção do conto em períodos curtos, visto que a personagem está emocionada ao lembrar do filho assassinado. Diante dessa emoção, com o passar do helicóptero, a expressão de ódio assume uma urgência e a elaboração verbal interdita-se pela emoção. O conto se adequa ao repertório que selecionei, como de uma literatura de "Vidas negras importam" é a história de um pai ou mãe que teve seu filho assassinado pela polícia e que, mesmo depois de morto, foi exposto pela TV sem a autorização dos responsáveis. Desvalorização de vidas negras, desvalorização do corpo negro, desvalorização dos sentimentos de pessoas negras.

Quanto às relações com as teorias até aqui apresentadas, faço uso da categorização de Edmilson Almeida Pereira. No conto, é possível presumir que a personagem é negra, considerando o genocídio dos jovens negros em curso no Brasil e o universo literário de Davi Nunes, um escritor negro e baiano, que tem uma produção literária focada na realidade de Salvador, onde o autor nasceu. Dessa forma, dá-se a afirmação de um sujeito enunciador negro. O conto também aborda, como denúncia, a violência e exclusão social contra a população negra, para quem os direitos básicos não são garantidos. Quem matou o filho da personagem foram os homens que usavam "as fardas", uma referência direta à polícia, órgão do Estado, e principal força de execução da necropolítica.

Em Salvador, quando ocorreu a chacina do Cabula, um bairro periférico da cidade, que deixou 12 mortos, os policiais que operaram a chacina foram elogiados pelo governador do Estado. O título do conto, "Alecrim", e a fala da personagem em molhar o pé de alecrim, são uma força de vida e nos remetem às categorias "Valorização das heranças afrodescendentes" e "Reapropriação positiva de símbolos associados negativamente aos negros". Santos (1976) informa que

> a relação com a natureza e o uso dos seus elementos no Candomblé nos põem em contato com realidades diversas. As folhas, nascidas das árvores, e as plantas, constituem uma emanação direta do poder sobrenatural da terra fertilizada pela chuva e, como esse poder, a ação das folhas pode ser múltipla e utilizada para diversos fins. No candomblé, o alecrim é utilizado como defumador

e banho de limpeza. É entendido também por suas propriedades antissépticas, com capacidade de espantar os espíritos nocivos (SANTOS, 1976) [108]

Se, para uma grande parcela da população brasileira, as religiões de matriz africanas são demonizadas e atacadas, relacionadas com a maldade, Davi Nunes, na elaboração literária do conto, apresenta-nos na literatura o alecrim, simbolicamente posto como um antídoto contra as dores causadas pelo genocídio do jovem negro. Dessa forma, intenta-se inverter as posições bem e mal no imaginário dos leitores. Vale lembrar, mesmo saindo do meu recorte temporal (1978-2020) que, em Úrsula (1859), Maria Firmina dos Reis, faz essa inversão ao narrar que os bárbaros eram os sequestradores de africanos para o sistema escravista, e não os escravizados.

"Curió", Lia Vieira [109]

Ele era sempre sorriso e riso
e gargalhadas escancaradas.
Dançava samba de roda, jogava capoeira,
animava bailes
O cabelo bem comedido sob a leve camada de óleo
Os sapatos de um engraxado absoluto,
o brilho retumbante.
A tranquila camisa de seda.
No pescoço, a conta grossa de aço.

---

[108] SANTOS, Juana Elbein dos. *Os Nagô e a morte*: Pàde, Àsèsè e o culto Égun na Bahia.. Petrópolis: Vozes, 1976

[109] VIEIRA, Lia. Curió. In: *Ogum's toques negros*: coletânea poética. Salvador: Ogum's Toques Negros, 2014. p. 132.

Simpatia e adjacências. Mútua reciprocidade.
Curió de Vila Isabel. Gostavam dele. Ele, de todos.
De pé ele estava, ali na parada do ônibus;
A viatura se aproxima.
"Abra os bolsos! Vire de costas! Mostre as mãos!"
Alguns protestos. O policial se redobrou.
"Entre na viatura..."
Curió, o rosto anoitecido, retrucou:
Nestas terras, seu moço, nunca ninguém não ousou.
Nenhuma afronta sem troco.
Nem agravo sem resposta.
A lei chamou outro da lei.
Tiros, gritos, correria...
O Curió calou o canto do encanto.
Só o sussurro das asas
em sumida revoada.
Assassinato diário de pássaros.

    Neste poema da escritora Lia Vieira, vou dialogar com as categorias apresentadas pelo pesquisador Eduardo de Assis Duarte. Lia Vieira é uma voz autoral afrodescendente e, embora isso não se explicite no poema, é possível fazer algumas inferências sobre a sua afrodescendência pela forma afetiva, empática com que apresenta o personagem Curió. O universo que a autora descreve parece-lhe íntimo, "ele era sempre". "Sempre", neste caso, sugere ou uma proximidade de convivência com o personagem, ou uma proximidade de convivência com a história desse personagem, uma identificação. Essa identificação também parece implícita na enumeração do universo cultural do Curió, "roda de samba, capoeira, bailes", o que também remete à categoria de Duarte, quando cita os temas afro-brasileiros. A construção linguística é marcada pela oralidade.

O ponto de vista ao denunciar a violência policial, após humanizar o personagem Curió, gera a identificação da afrodescendência pelo estilo do personagem, pela vida social e pelo fim trágico. Tudo nos remete a um homem negro.

A autora usa como recurso poético, além do ritmo, a metáfora que associa o personagem a um pássaro. O pássaro é uma figura comum em diversas miologias e filosofias africanas.

A morte, no poema "Curió", sugere tanto o silenciamento de um universo cultural que se apresenta no início do poema, como também o ataque contra vidas negras, a necropolítica, iniciado com o voo associado à liberdade e concluído com o "assassinato diário de pássaros", isto é, uma interdição de uma força vital. Ao "calar o canto do encanto", cala-se também, no poema, como uma denúncia, o que ressoa – a trama de comunicação e transmissão cultural do povo negro.

"Mahin Amanhã", Miriam Alves[110]

> Ouve-se nos cantos a conspiração
> vozes baixas sussurram frases precisas
> escorre nos becos a lâmina das adagas
> Multidão tropeça nas pedras
> Revolta
> há revoada de pássaros
> sussurro, sussurro:
> "é amanhã, é amanhã.
> Mahin falou, é amanhã"
> A cidade toda se prepara

---

110 ALVES, Miriam. *Poemas reunidos*. São Paulo: Fósforo, 2022.

Malês
bantus
geges
nagôs
vestes coloridas resguardam esperanças
aguardam a luta
Arma-se a grande derrubada branca
a luta é tramada na língua dos Orixás
é aminhã, aminhã"
sussuram
Malês
bantus
geges
nagôs
"é aminhã, Luiza Mahin falô"

O poema de Miriam Alves, *Mahin amanhã*, está diretamente relacionado à Revolta dos Malês, ocorrida em 1835, em Salvador. No poema, Mahin, mãe de do escritor Luiz Gama, é quem chama os negros para a grande "derrubada branca". Vou relacionar o poema de Miriam com as teorias de literatura negra brasileira, de Edmilson Almeida Pereira. Inicialmente, evidencia-se o reconhecimento de figuras heroicas negras, como Luísa Mahin. Destaco que Luísa Mahin é também personagem no romance *Um defeito de cor*, de Ana Maria Gonçalves.

Consigo identificar a afirmação de um sujeito enunciador negro, já que aquele que enuncia os versos sabe que a revolta estava sendo armada e aconteceria no dia seguinte, sabe as etnias que participarão da insurreição – "Malês, bantus, geges e nagôs". Os versos "a luta é tramada na língua dos orixás" e "é aminhã, aminhã" remetem a um conhecimento religioso e linguístico, uma característica da ancestralidade, e que aqui aparece como uma valorização da herança afrodescendente. Um poema sobre a revolta dos Malês é exemplar como denúncia da violência e da exclusão social.

Em 2017, eu, como editor e Cristiane Sobral como escritora, começamos a pensar em um conceito para um livro de poemas que ela publicaria pela Malê. Nossa intenção foi fazer uma coletânea que falasse das vidas negras (o amor, a religiosidade, a ancestralidade, a maternidade, a violência do Estado, o racismo...). Levamos meses agrupando os poemas nos eixos que criamos, fazendo uma organização de apresentação e buscando um título, no final, ainda um pouco inconformados chegamos ao título: *Negro amor*. Convidamos a escritora Elisa Lucinda para escrever o prefácio. Ao ler o prefácio, Elisa nos ligou e disse "esse livro não se chama *Negro amor*, não façam isso com o livro". Comentei com ela que na nossa última lista de possíveis títulos, estava o *Terra Negra*, logo ela disse: "Mas o título desse livro é *Terra negra*". E assim ficou. No texto de apresentação, chamado "A carta da Terra", Lucinda escreve:

> Conhecedora. Caminha sem solidão porque traz as hordas dos povos em diáspora inebriados e entrelaçados em sua narrativa ética, estética e caudalosa (LUCINDA, In SOBRAL, 2017, p. 11)
>
> [...]
>
> Em meio a uma enxurrada de personagens protagonistas brancos que se amontoam e brilham na literatura clássica comercial do mundo editorial, este livro provoca uma des-

construção salutar e criativa. São as enigmáticas indicações étnicas presentes em cada verso que também nos imantam. É a voz brotada de uma pele preta, é o testemunho transaficano de um existir ainda raro no mundo da literatura (LUCINDA, In SOBRAL, 2017, p. 13).

[...]

Bota fundamento. Fala decifrado e aos quatro ventos com seus olhos nus! Ousa falar e fala do falo de Exu, ousa nos revelar que é com gozo que Ele abre caminhos. Tendo preceitos como suporte, sua ancestralidade exala das páginas e consegue pôr no bolso toda a humanidade. Todos se reconhecem aqui (LUCINDA, In SOBRAL, 2017, p. 14).

Trago essa apresentação do livro por compreender que as intenções autorais e editoriais, captadas por Elisa Lucinda, já traziam muito do que desenvolvo. Esse espaço virtual de trocas e identificação, pela ancestralidade africana, que se materializa, neste caso, em livro, em arte. Apresento três trechos de poemas do *Terra negra*.

Terra negra, Cristiane Sobral

"O falo dita as falas"

Eu falo
Exu
Com seu falo cortante
Invade a cena
Penetra o instante
Eu falo

Exu colore as alas
O falo sentinela
Inspira as falas

"Águas de cura"

Oxum-rio, solvente universal, abriu os seus braços-luz
Disposta a dissolver o córrego das minhas mágoas
Em sua caudalosa cachoeira a respingar gotas de restauração

"350 metros"

Minha menina foi arrastada e morta
350 metros
350 metros meus senhores!
Eu vi!
Toda aquela brancura
Misturada aos pedaços do corpo de minha filha
Eu vi!
Eu vi
Vi
Toda aquela brancura
Misturada com o sangue de minha filha
Sem a menor culpa.

Nesta seleta do livro *Terra negra*, de Cristiane Sobral, identifico as categorias da literatura negra brasileira, assim como um diálogo com as teorizações sobre escrevivência. Borges (2020, p. 190) afirma que

> escrevivência é um princípio conceitual-metodológico com potência para suportar as narrativas dos excluídos, uma vez que considera as várias matrizes de linguagem para tecer memória e construir história. Linguagem como ferramenta, como morada e como instituinte do humano (BORGES, 2020, p. 190)

No poema "350 metros", Cristiane Sobral narra a tragédia ocorrida com Cláudia da Silva Ferreira, arrastada por 350 metros por um carro da Polícia Militar do Rio de Janeiro. A filha de Cláudia, em entrevista, informou que os policiais acharam que a mãe fosse envolvida com o tráfico de drogas. No entanto, pelo pesquisado até aqui, é possível compreender o crime como decorrência da desumanização em relação à população negra. Fazendo uso da escrevivência, Cristiane Sobral consegue narrar a dor dos excluídos, uma dor compartilhada com outras mulheres negras. Há também no poema "350 metros" o que Edmilson de Almeida Pereira, como já citado nesse livro, categoriza como "denúncia da violência e da exclusão social". Como narrar a dor? A escolha estética de Cristiane Sobral foi dar voz à mãe de Cláudia da Silva Ferreira. Uma mãe, que diante da perda, repete várias vezes a frase "Eu vi". Uma frase que amplifica o absurdo da situação e o atordoamento da personagem.

Em "O falo dita as falas" e em "Águas de cura", identifico,

como mais marcantes, duas categorias de Eduardo de Assis Duarte para literatura negra brasileira: temas afro-brasileiros e construções linguísticas marcadas por uma afrobrasilidade de tom, ritmo, sintaxe ou sentido. Há nos poemas uma referência aos orixás como protetores e curadores do mal que se apresenta para a população negra na Terra negra imaginada por Cristiane Sobral, energias vitais para o enfrentamento.

A gente combinamos de não morrer, Conceição Evaristo[111]

> A morte brinca com balas nos dedos gatilhos dos meninos. Dorvi se lembrou do combinado, o juramento feito em voz uníssona, gritado sob o pipocar dos tiros:— A gente combinamos de não morrer!

Apresento como último exemplo, o conto polifônico de Conceição Evaristo, *A gente combinamos de não morrer*. Não cabe comentar o conto dentro dos pressupostos teóricos, visto que Conceição é a autora do conceito de escrevivência e o diálogo entre o conceito de escrevivência com o de literatura negra brasileira já foi realizado. O que me interessa neste exemplo é refletir sobre como uma fala do personagem Dorvi extrapolou os limites do literário e se transformou no Brasil em *slogan* de um movimento social. *A gente combinamos de não morrer* transformou-se em *slogan* da luta quilombola, das lutas das mulheres, das lutas dos jovens negros, das lutas dos mais diversos movimentos sociais. Em alguns casos, é

---

[111] EVARISTO, Conceição. A gente combinamos de não morrer. In: *Olhos d'água*. Rio de Janeiro: Pallas, 2014. p.??

forçada a concordância para "nós combinamos de não morrer"; em outros, a frase ganha uma anterior, "Eles cominaram de nos matar, mas nós combinamos de não morrer". Não vou me ater ao uso livre e adaptações que são realizadas, embora, ao corrigir a concordância, de *a gente combinamos para nós combinamos,* o mais engajado dos integrantes dos movimentos sociais fere a intencionalidade da escritora, ao dar ao personagem essa fala e assim tensionar a relação entre a norma culta da língua e a linguagem coloquial.

Interessa-me refletir que, quem não conhece o conto e a origem da frase, em muitos casos, absorve-os em sua discordância gramatical sem melindres. Neste caso, a discordância gramatical, até acentua o lugar de fala de quem combinou não morrer e gera legitimidade ao discurso: não são os ricos letrados que combinaram não morrer, são os excluídos, os subalternizados, integrantes das minorias sociais.

O primeiro momento em que vi um *card* com a frase *A gente combinamos de morrer* foi logo após o *impeachment* da presidenta Dilma Roussef. Depois, vários na eleição em que o ex-presidente Bolsonaro saiu vitorioso e, nestes últimos quatro anos, como *slogan* de diversas lutas sociais. "A gente combinamos de não morrer" é um indicativo de como, em um país ainda de poucos leitores de literatura, uma frase da literatura negra brasileira extrapola os limites do livro e comunica (torna comum) um anseio, uma atitude de resistência e uma luta pela vida.

Esta pequena mostra apresenta a diversidade da literatura negra brasileira e como as teorias empregadas sobre ela se sustentam quando consideram um eu-enunciador negro, ou seja, repito aqui a fala de escritores/pesquisadores negros com quem alio minha teoria: apenas escritores negros escrevem literatura negra. Sobre uma literatura que afirma que *Vidas negras importam*, é possível identificar que este grito político, ao se transformar em literatura, se faz dentro de uma elaboração estética intencional e miscigenada de tradições literárias diversas, mas que exigem de pesquisadores deslocamentos para sua avaliação mais precisa. Neste sentido, sobre a literatura negra brasileira, Pereira (2023) afirma que

> o *corpus* literário e o aparato crítico que se formou e vem se aperfeiçoando na sua abordagem coloca em xeque a posição de autores e críticos legitimados nos ambientes culturais brasileiros, pois demonstram que o trabalho com a história e criação literária no âmbito das afrodescendências requer espírito de inquietação e a formulação de discursos capazes de desmontar os clichês ainda presentes em obras que têm os afrodescendentes como referências. Muitas obras da literatura negra e o afro-brasileira, embora se apropriem, conforme dissemos, de recursos da narrativas provenientes do realismo/naturalismo e do modernismo, pertencem à esfera dos discursos desestabilizadores, pois evidenciam que o caráter subalterno da maioria dos afro-brasileiros, tantas vezes evocado para explicar sua ausência nos círculos literários intelectualizados do país, vem se convertendo no combustível para a formulação de uma estrutura literária crítica e transformadora. No Brasil contemporâneo a literatura negra e/ou afro-brasileira, e por sua vez, a literatura indígena tem emitido sinais pungentes de que o Brasil não pode planejar em paz seu futuro, por ainda não ter enfrentado criticamente — em busca de punição para os culpados e de retratação para as vítimas — os genocídios de suas populações negras e indígenas,

desencadeados no passado e dolorosamente em curso na contemporaneidade (PEREIRA, 2023, p. 65).

No próximo capítulo apresentarei um conceito para vida literária e alguns trechos de depoimentos sobre a vida literária de escritore(a)s negro(a)s brasileiro(a)s.

VIDA LITERÁRIA

"A morte incendeia a vida, como se essa estopa fosse".
— Conceição Evarsito, no conto
"A gente combinamos de não morrer"

Vida literária

Em 2016, a Flip – Festa Literária de Paraty – homenageou Ana Cristina César, escritora vinculada ao movimento da poesia marginal. Este foi o ano em que a Editora Malê lançou o seu primeiro livro... Faço um intervalo, porque preciso voltar um pouco no tempo para narrar essa passagem da minha vida literária.

Comecei o capítulo *Vidas negras importam* narrando sobre o manifesto de Escritore(a)s negro(a)s realizado em 2013 e informando o quanto o manifesto me despertou para a questão da desigualdade racial no mercado editorial brasileiro. Passei o ano de 2014 atento à história dos escritores negros da literatura brasileira contemporânea, entrei em contato com alguns escritores e livreiros negros, conheci a publicação *Cadernos Negros* e o portal *literafro*, adquiri para o acervo da biblioteca da Escola Sesc de Ensino Médio, onde eu trabalhava, os livros de escritore(a)s negro(a)s brasileiro(a) s que passei a conhecer nesse ano e estavam disponíveis no mercado. Neste acervo, já tínhamos livros de escritor(a)s como Joel Rufino dos Santos, Elisa Lucinda, Salgado Maranhão e Ana Maria Gonçalves, mas a desproporção com autores brancos era grande. Descobri, por exemplo, que o escritor Allan da Rosa tinha fundado as Edições Toró, para publicar autores do sarau da Cooperifa e entendi a importância do trabalho de livreiros independes, muitos sem nem mesmo ter o CNPJ, mas que circulavam em diversos eventos da comunidade negra, dinamizando um acervo até então, de autopublicação ou em microeditoras. Este acervo não chegava nas livrarias. Ouvi de alguns escritore(a)s negros sobre a tentativa de, em algum momento nas suas trajetórias literárias, criar uma editora, mas que precisaram abandonar esse empreendimento para cuidar de tantas outras demandas da vida e da própria literatura.

Em 2014, foi fundada a Editora Ogum's Toques Negros, em Salvador, originária do coletivo de mesmo nome, o mesmo coletivo que assinou o manifesto de 2013 (já citado no livro). A Ogum's vinha a se juntar à Editora Ciclo Contínuo Editorial, de São Paulo, a Editora Nandyala, de Belo Horizonte, e a Editora Mazza, também de Belo Horizonte, como espaços editoriais negros mais procurados pelos escritore(a)s negro(a)s para publicação – Quilombos editoriais, segundo nomenclatura de Oliveira (2018)[112]. Em 2014, a escritora Conceição Evaristo publicou o livro de contos *Olhos d'água*, pela Editora Pallas, por meio do financiamento do Edital de coedição de autores negros. Em 2015, recebi um convite do Francisco Jorge, meu atual sócio na Malê, para apresentar um projeto

---

[112] Rodrigues, F. C. (2017). *Quilombos editoriais*. São Paulo, Opiniães, 2017. Disponível em: https://periodicos.ufmg.br/index.php/aletria/article/view/18829

de mediação de leitura para uma ONG localizada no bairro de Santa Cruz (RJ), onde ele é gestor. Ao fazer a curadoria do projeto, convidei a escritora Conceição Evaristo, entre outros escritores.

Após esse encontro literário, pela dificuldade que encontramos para adquirir alguns títulos da escritora Conceição Evaristo, resolvi materializar uma ideia que vinha formulando desde 2013: "fazer alguma coisa" para contribuir com a divulgação e inserção dos escritores negros no mercado editorial brasileiro. Convidei o Francisco Jorge para ser o meu sócio e convidei a Conceição Evaristo para publicar uma nova edição do livro de contos *Insubmissas lágrimas de mulheres*, que se encontrava fora de catálogo. Conceição Evaristo me informou que estava escrevendo um novo livro e ofereceu esse original, que veio se chamar *Histórias de leves enganos e parecenças*, para lançarmos pela Editora Malê.

Volto para a Flip de 2016. Conceição Evaristo estava na programação paralela do evento, convidada pelo Itaú Cultural, e participava de uma mesa com as escritoras Ana Maria Gonçalves, Valéria Resende, Andrea del Fuego e Roberta Estrela Dalva. Para a Editora Malê era um momento importante, pois seria também uma sessão de autógrafos do nosso primeiro livro publicado, em um evento de repercussão nacional. Naquele ano, a Flip iniciou em 29 de junho. O debate que ocorreu naquela noite repercutiu nos cadernos culturais do país e foi tema de outros calorosos debates no meio literário. Mas, para entender a dimensão dessa repercussão, precisamos voltar novamente no tempo.

No dia 21 de junho, no Centro Cultural da Justiça Federal, a escritora Conceição Evaristo, junto com a Editora Malê, lançava o livro *Histórias de leves enganos e parecenças*. O evento teve um público de cerca de 250 pessoas e se configurou, para além do lançamento do livro, também como a apresentação da Malê. Entre as pessoas que participaram do evento, muitas mulheres do meio literário negro, escritoras, livreiras, professoras – entre elas, a professora da UFRJ Giovana Xavier. Giovana coordenava e ainda coordena o grupo de estudo de pesquisa Intelectuais negras da UFRJ. Certa vez, Giovana contou-me que, após a fala da Conceição no evento de lançamento do livro *Histórias de leves enganos e parecenças*, sentiu-se sensibilizada a fazer algum movimento de contestação a programação da Flip daquele ano que não havia incluído nenhum(a) escritor(a) negro(a) em sua programação principal. No dia 23 de junho, Giovana participou de um encontro no Rio de Janeiro, organizado pela Editora Nandyala, com diversas escritoras negras. Foi o lançamento do livro *A escritora afro-brasileira: ativismo e arte literária*, organizado por Dawn Duke.

No dia 28 de junho, um dia antes da Flip começar, O jornal *O Globo* repercutiu uma carta ao evento, escrita por Giovana Xavier, publicada no dia 27 de junho, no site *Conversa de historiadora*[113], em que a pesquisadora chama a Flip de "Arraiá da branquidade". A carta-manifesto foi assinada por diversa(o)s escritora(e)s e pesquisadora(e)s negra(o)s, mas não apenas. O assunto estava no debate cultural e o curador da Flip de 2016, Paulo Werneck, vinha dando respostas nada satisfatórias para o questionamento do(a)s escritore(a)s negro(a)s sobre a total ausência na programação principal. Tinham se passado apenas 3 anos do manifesto em relação à Feira de Frankfurt e parecia que nada tinha mudado. O escritor

---

[113] XAVIER, Giovana. Carta aberta à Festa Literária Internacional de Parati – Cadê as Nossas Escritoras Negras na FLIP 2016? *Conversa de Historiadoras*, Rio de Janeiro. 2016.

Allan da Rosa havia publicado, no *Suplemento Pernambuco*, um artigo no dia 20 de junho, "A findar o racismo das festas literárias", em que mencionava que havia um *apartheid editorial* no Brasil. Esse era o" caldo" cultural daquele primeiro dia da Flip.

Então, retorno: em 2016, a Flip – Festa Literária de Paraty – homenageou a escritora Ana Cristina César, escritora vinculada ao movimento da poesia marginal, e este foi o ano em que a Editora Malê lançou o seu primeiro livro, *Histórias de leves enganos e parecenças* O curador da Flip esteve presente na sessão de que participou a escritora Conceição Evaristo. Paulo Werneck perguntou para as participantes como tomar contato com as bibliografias que elas dominavam — alegando desconhecimento sobre a autoria negra.

Não irei aqui descrever todo o debate, o fato é que a movimentação política dos escritore(a)s negro(a)s repercutiu de maneira acentuada no meio literário. No ano seguinte, houve uma mudança de curadores e a jornalista Josélia Aguiar assumiu a curadoria do evento, que homenageou o escritor Lima Barreto. A programação principal contou com 30% de escritore(a)s negro(a)s. Os últimos dez dias de junho de 2016 marcaram a vida literária brasileira, pois, após a articulação coletiva de escritore(a)s e intelectuais negros(a)s, as programações dos eventos literários no Brasil não foram mais as mesmas.

Descrever a vida literária é incluir o que normalmente escapa das narrativas oficiais, o que não entra nos livros, o que ocorre na dinâmica da vida e, por isso, não é captável em sua totalidade, complexidade e movimento. Uma fala dita em uma reunião, uma conversa entre escritores, uma dedicatória em um livro, diversos rastros que escritores, editores, livreiros e outros integrantes do meio literário vão deixando em suas trajetórias. Ubiratan Machado, no livro *A vida literária no Brasil Colônia (2022)*, narra um acontecimento ocorrido em São Paulo, em 17 de dezembro de 1791, em uma festa comemorativa do aniversário da rainha Dona Maria I, quando da inauguração da nova cadeia e do prédio do Senado da Câmara, em cuja sala maior se desenrola a solenidade, clima solene. Risos, abraços e cortesia antecedem a tempestade de poemas, de orações, laudatórias ao governador. O tom é o mesmo que caracteriza semelhantes homenagens no século: exaltação do herói e da nobreza e seu sangue, agradecimento muito subserviente pela sua grandeza de alma, magnanimidade e pela justiça de suas decisões. Foram apresentados 47 discursos e poemas recitados por personalidades de relevo da vida social da cidade, porém a festa não teve presença feminina. Mas em 1797, quando Bernardo José de Lorena deixa o governo de São Paulo para assumir a Capitania de Minas Gerais, recebe uma homenagem literária singular: o drama teatral *Tristes efeitos do amor,* escrito por uma anônima ilustre senhora da cidade de São Paulo. A peça, com patético algo exagerado, é uma imitação do episódio da partida de Eneias de Catargo, de volta ao lácio, e o desespero e suicídio da apaixonada Dido, conforme narrado por Virgílio, na *Eneida*. Dessa forma, através da chorosa Pauliceia, consolada pela Prudência e fustigada pela Desesperação, na figura de uma fúria, a escritora traduz a gratidão do povo da terra pelo governador demissionário, sem aliviar a atitude extrema da Dido paulista. Paulicéia suicida-se com um punhal, sugerindo um futuro sombrio para a capitania. Não se sabe se a peça foi representada. O manuscrito enviado a Lorena junta-se a outros papéis referentes ao seu governo num gesto de reconhecimento à autora, cuja identidade, por certo, conhecia. É um segredo que a posteridade jamais desvendará. Primeira teatróloga brasileira, a ilustre anônima senhora paulista sugere que a presença feminina nas letras e eventualmente na vida literária do século XVIII, apesar de tímida, tenha sido maior do que registraram as histórias literárias. Ao lado de Ângela do Amaral Rangel, Rita Joana de Souza, Bárbara Heliodora, a Mafisa cantada por Basílio da Gama e a "velha poetiza" de Vila Rica, citada nas cartas chilenas, há, por certo, muitas outras escritoras esperando redescoberta.

O que Machado (2022, p. 338) apresenta é uma presença que a história literária não registrou e a afirmação de outras presenças de escritoras que seguem esperando uma redescoberta. Pensar a descrição da vida literária como um procedimento inclusivo motiva a escrita deste livro. Para a análise da atuação de escritores e escritoras negros no Brasil, no período entre 1978 e 2020, optou-se pela exemplificação, mesmo que fragmentada, das redes de sociabilidades entre escritore(a)s negro(a)s de forma a descrever este segmento da vida literária brasileira.

Não se trata de estabelecer este modelo de descrição como uma contraposição das possibilidades de se analisar essa vida literária pela perspectiva do sistema literário, de Candido, ou de campo de literário, de Bourdieu. Como também, esta opção não responde a uma demanda decolonial, visto que a referência de Brito Broca é europeia e elaborada em um momento em que a intelectualidade brasileira ainda se voltava, com poucas reservas, para os modelos europeus de pensamento.

O que se propõe é que o objeto (sociabilidades de escritores e escritoras negros 1978-2020) oferece encaixes diferentes para cada um desses modelos citados e que, quando pensado como vida literária, alargam-se as possibilidades de inscrição das redes de relações ocorridas em espaços – como presídios, bailes, manifestações políticas, favelas, associações comunitárias, escolas de samba, centros de candomblé e umbanda – que por estas mediações tornam-se também da vida literária, mas que foram impensados pelas instâncias de legitimação da literatura. Bittencourt (2017) afirma que a "vida literária" aparece pela primeira vez, como termo, no século XIX e que tinha por intuito descrever a intricada rede de relações na qual se viu metido o intelectual francês em meio aos relacionamentos e compromissos exigidos pela vida urbana.

Em uma breve comparação, descreve-se o elo de sociabilidades envolvendo a geração da poesia marginal. Para Moriconi (2006), poesia e afinidades afetivas mostravam-se juntas na hora de analisar o surto poético dos anos de 1970. Os poetas mantinham relações de amizade ou namoro, compartilhavam atividades culturais, locais de lazer, salas de aulas, redações de jornais, sendo esses os lugares privilegiados de trocas entre escritores naqueles anos. Os grupos de escritoras e escritores não apenas conviviam, também tinham muitas vezes biografias comuns em famílias de classe média da Zona Sul carioca. O exemplo sempre trazido para dar conta do convívio da geração foram os encontros na fazenda de Lui, propriedade da família de Luis Olavo Fontes, naquela época namorado de Ana Cristina, onde escritores, artistas plásticos, músicos e afins reuniam-se.

E os grupos de escritore(a)s negro(a)s que se desenvolvem a partir do final dos 1970? Em que espaços "literatura e afinidades afetivas mostravam-se juntas"? Um momento decisivo no processo de elaboração deste texto foi a decisão de optar por mapear uma rede de escritore(a)s ou construir um arcabouço teórico, com categorizações, para que outros trabalhos acadêmicos pudessem, em segmentos mais específicos, produzir estes mapeamentos sobre a vida literária de escritore(a)s negro(a)s no período proposto.

Além disso, considero que, para uma população em que a vida é posta à prova incessantemente, em que o grito de *Vidas negras importam* precisa ser afirmado continuamente, trazer para esta análise uma perspectiva que preconize tratar da vida, ou mais especificamente, "da vida daqueles que se dedicam à literatura, magnetizados por um 'viver juntos' na preocupação diária do trabalho em comum, do narrar, do descrever e, sobretudo, compartilhar de uma mesma ideologia de mundo" (BITTENCOURT, 2017, p. 72) é também uma escolha política.

No Brasil, poucas obras abordam a vida literária como um método de descrição e/ou trazem a expressão "vida literária" no título. Alguns exemplos: são *A vida literária no Brasil – 1900*, de Brito Broca, publicada em 1956; *Literatura e vida literária*, de Flora Sussekind, de 1985; e *A vida literária no Brasil durante o romantismo* e *A vida literária no Brasil colônia*, de Ubiratan Machado, publicados em 2001 e 2022. Embora pioneiro, Brito Broca não elabora um conceito de literatura e de vida literária. Para Sperber (1991),

> Brito Broca no seu ensaísmo crítico, poderia ter definido seu conceito de literatura. Antonio Candido, por exemplo, define literatura em *Formação da literatura brasileira – momentos decisivos*. Para ele, na medida em que representa aspecto orgânico da civilização, exige um diálogo entre autor, obra e público. Brito Broca não é crítico de muitas

definições. É, mesmo antes, um historiador, do que um crítico, sem, contudo, deixar de tecer comentários críticos. Sua preocupação básica é pintar a vida literária, o que ele faz com colorido e profusão de detalhes (SPERBER, 1991, p. 48).

Como já afirmado, o livro *Vida literária no Brasil – 1900* foi inspirado na série *Histoire de la vie littéraire,* coordenada por André Billy. Billy é autor de dois volumes da série: *Histoire de la vie littéraire – 1900* e *Histoire de la vie littéraire – l'époque contemporaine.*

André Billy também não elabora um conceito para vida literária. Segundo Bittencourt (2017, p. 71), "ao ler a coleção, apreende-se o método ali expresso de maneira um pouco intuitiva, pois as obras não se propõem a teorizar sobre a vida literária, mas aplicar os métodos aos processos de construção de uma história da vida literária de cada período". O pesquisador (2017) afirma que

Billy desenvolveu um complexo amálgama de ideias, obras, vida social e memórias individuais que se passaram na história francesa entre os anos de 1905 e 1930, período atravessado pelos mais ricos, dramáticos e contrastantes acontecimentos da história recente. Acontecimentos que, em certa medida, fazem com que a literatura francesa aparente uma vasta aventura ou um grande romance no qual as principais personagens são os escritores e o meio por onde transitam (BITTENCOURT, 2017, p. 71).).[114]

Nesse livro, quando faço uso da expressão vida literária, refiro-me a um método de mapeamento, como por exemplo, o realizado por Ruivo (2019), para analisar a obra do escritor Carlos

---

114 Traduçao de Bittencourt.

Heitor Cony. A pesquisadora (2019, p. 61) afirma que defendeu a possibilidade de fazer uso

> do procedimento usado por Brito Broca em seu livro *Vida literária no Brasil: 1900*, no qual o crítico persegue as várias atuações dos escritores brasileiros entre o final do XIX e o início do XX, passando pela política, pela boemia, pelos jornais, cafés, livrarias etc., mostrando-nos como era o ambiente literário da época, um aspecto que não transparece da leitura das obras dos mesmos autores por ele enfocados (RUIVO, 2019, p. 61).

Para Bittencourt (2017), o interessante das obras de vida literária é que eles trazem para o "conceito de vida literária" algumas categorias de como se dão as relações entre:

— As instituições literárias que compreendem as academias de letras;

— As universidades, as redações dos jornais, as editoras, os cenáculos;

— As estruturas de acolhimento representadas pelos cafés e salões, os clubes literários, os estúdios de rádio e televisão, as salas de teatros, os jornais e as revistas;

— os homens de letras como escritores, críticos, editores, atores e dramaturgos;

— E os *temps forts*, para descrever os acontecimentos que movimentaram a vida literária por um momento, como eleições acadêmicas, concursos literários, programas de rádio ou televisão, festivais ou congressos de escritores e salões do livro.

Para o Grupo de Pesquisa em Literatura Brasileira Contemporânea, da UnB – Universidade de Brasília, um estudo na perspectiva da vida literária aborda "os diferentes fatores que intervêm no campo literário brasileiro contemporâneo, observando-se os movimentos e as negociações de seus agentes – autores, leitores, editores, críticos, tradutores, livreiros etc. – e levando em conta o lugar e a produção de cada um(a) deles(as) no contexto cultural brasileiro e as disputas pela concepção de literatura no presente. Ou seja, um estudo que busca inter-relacionar a investigação sobre as condições de formação e funcionamento do campo literário atual a uma possível refuncionalização do literário". A partir desta citação, observa-se que o Grupo de Pesquisa faz uma distinção entre vida literária e campo literário. Segundo estes pesquisadores, a vida literária "intervém no campo literário".

Outro exemplo do estabelecimento de categorizações para descrever a vida literária de um período e/ou região é a obra *Vida literária em Quebec*[115] (tradução minha), uma coleção de livros com o objetivo de realizar a reconstrução da história literária de Quebec, de 1764 a 1947. O capítulo de introdução desta obra oferece mais elementos para composição de um método de análise do objeto pesquisado. Segundo Robert (2011), a coleção considerou observar diversos aspectos da vida literária, sendo eles:

— A disseminação educacional da literatura (livros de preços, bibliotecas), mas também a subordinação da publicação literária ao mercado de livros escolares e, ao contrário, as condições para a existência de uma indústria "livre" (editoras independentes e livrarias);

---

[115] ROBERT, Lucie. De la vie littéraire à la vie culturelle. "Vie", avez-vous dit? *Revue de d'histoire littéraire de la France*. Presses Universitaires de France, Paris. v. 111. 2011. p. 89-105.

— O estudo de programas e livros didáticos, estabelecimento da lista de autores canônicos, associações e grupos que não são especificamente literários, mas que têm impacto na literatura: parlamento, câmara de assembleia, associações nacionais, grupos literários, escolas, movimentos e conselhos editoriais de periódicos, os meios de consagração ou legitimação de uma obra pela formação de comitês e júris ou por eleições para empresas e órgãos de reconhecimento.

Bittencourt (2017) contribui para a formulação de um conceito para a estrutura constitutiva da vida literária, a qual, segundo o autor, torna-se autônoma e reconfigura-se constantemente ao longo dos séculos XIX e XX. Este conceito trata não só do que é interpretável em termos de sociabilidade, *habitus, ethos,* como também oferece um parâmetro narrativo desmistificador das performances individuais, refundando narrativas através de aspectos coexistentes: a ideia de grupo – os cenáculos, os apadrinhamentos e as "fraternidades artísticas" ("igrejinhas" na denominação de Brito Broca) –, ou uma comensalidade tanto concreta quanto idealizada que vai das mesas dos cafés e dos jantares aos acirrados debates pelos jornais, nos quais a luta estética também é uma encenação.

Considera-se que, a partir do exposto, pode-se fazer uma formulação especulativa de um conceito de vida literária, como: ambiência em que se articulam as redes estabelecidas por autores e por suas publicações com as diversas áreas, coletivos e indivíduos que compõem a diversidade de movimentações que trazem vida ao texto literário, incluindo produtores (autores), promotores (governo, empresas, eventos, prêmios, escolas e outras instituições culturais e educacionais), mediadores diversos (professores, associações, leitores, artistas, redes sociais, mídia) e receptores (leitores, avaliadores, críticos) e todas as sociabilidades afetivas que esta ambiência faz suscitar.

Outro aspecto definidor da vida literária como um conceito de observação da literatura é o tipo de texto para narrar o mapeamento desta ambiência, pois considera-se um estilo mais próximo da crônica, por ser um texto que se aproxima de uma conversa com o leitor.

Em termos de perspectivas de análise, os processos históricos e sociais, as influências que eles exercem na literatura e, principalmente, todo o ponto de conexão nesta ambiência são consideráveis e podem servir de objeto de estudo, se postos em relação com outro ponto de conexão.

Como exemplo, menciono a frase já citada neste estudo, em que a escritora Conceição Evaristo comenta sobre a recepção do seu texto. Embora os encontros dos movimentos negros onde seus textos tiveram sua primeira recepção não tenham sido considerados nos estudos literários, para uma análise em uma perspectiva conceitual de vida literária, eles poderiam ser descritos. Da mesma forma, esses encontros dos movimentos negros tornaram-se mais possíveis após o fim da ditadura civil-militar[116] no Brasil; então, este fato histórico também pode ser considerado como um ponto de análise da vida literária de autores negros.

Dois modelos são predominantes nas análises das relações entre literatura e sociedade no Brasil: o de literatura como sistema,

---

[116] As lutas dos movimentos negros foram consideradas subversivas pela ditadura militar.

elaborado por Antonio Candido, e o de campo literário, desenvolvido por Pierre Bourdieu.

Candido (1959) afirma que convém principiar uma análise literária distinguindo manifestações literárias de literatura propriamente dita, que é considerada pelo autor como um sistema de obras ligadas por denominadores comuns, que permitem reconhecer as notas dominantes de uma fase. Estes denominadores são, além das características internas (língua, temas, imagens), certos elementos de natureza social e psíquica, literariamente organizados, que se manifestam historicamente e fazem da literatura um aspecto orgânico da civilização.

Segundo Candido (1959), entre estes denominadores distinguem-se: a existência de um conjunto de produtores literários; um conjunto de receptores, formando diferentes tipos de público; um mecanismo transmissor (de modo geral, uma linguagem, traduzida em estilos), que liga uns aos outros. O autor afirma que o conjunto desses três elementos dá lugar a um tipo de comunicação inter-humana, a literatura, que aparece sob este ângulo como sistema simbólico. Quando escritores de um dado período integram-se nesse sistema, ocorre a formação da continuidade literária que, para Candido (1959), é uma tradição, no sentido completo do termo – a transmissão de algo entre os homens, o conjunto de elementos transmitidos, formando padrões que se impõem ao pensamento ou ao comportamento, e aos quais somos obrigados a nos referir, para aceitar ou rejeitar. Sem essa tradição, não há literatura.

As asserções de Candido (1959), principalmente quando ele se refere à necessidade de escritores de um dado período integrarem-se ao sistema literário, para que haja a formação da continuidade literária, contribuem para se elaborar alguns questionamentos. Como podemos refletir às literaturas marginalizadas nesse sistema literário? Em que medida elas poderão constituir uma formação da continuidade literária? Até que ponto os denominadores do sistema literário precisam ser ajustados de forma que integrem novos elementos produtores também de literatura?

Infere-se que a grande movimentação produzida por pequenas editoras, coletivos, autores independentes, voltada para as temáticas que interessam às minorias sociais, provoca este sistema e anuncia um novo cenário que merece ser estudado, apropriado pela comunidade acadêmica, de forma a se constituírem novos denominadores para se pensar a literatura brasileira. Para Frota e Passiani (2009), talvez, a linha inaugurada por Candido já esteja mesmo precisando de um *upgrade* epistemológico, novas reflexões, retirando pelo menos alguns de seus excessos e redimensionando seus conceitos.

Para a análise realizada, não se trata de desconsiderar por completo a teoria produzida por Candido, que estabeleceu reflexões importantes entre a literatura e a vida social, e "ofereceu bases sócio-históricas nas quais se pode confiar para analisar a literatura brasileira" (FROTA, 2016, p. 28)[117].

Outro modelo de análise da literatura aplicável para se refletir sobre seus processos de exclusão é o de campo literário, desenvolvido por Bourdieu. A ideia de campo literário é utilizada por Dalcastagnè e por Oliveira, referências brasileiras relevantes para o tema.

---

117 Ver: FROTA, Wander Nunes. Sistema literário e campo de produção cultural: os entornos de Candido e Bourdieu. *Interdisciplinar*. Revista de estudos em língua e literatura, ano XI, v. 25, mai./ago. 2016.

Para Bourdieu (1979), o campo é uma rede de relações objetivas (de dominação ou de subordinação de complementaridade ou de antagonismo etc.). Cada posição é claramente definida por sua relação objetiva com outras posições. Todas as posições dependem, em sua própria existência e nas determinações que impõem aos seus ocupantes, de sua situação atual e potencial na estrutura do campo, ou seja, na estrutura da distribuição das espécies de capital (ou de poder), cuja posse comanda a obtenção dos lucros específicos (como prestígio literário) postos em jogo no campo. O campo literário é um campo de forças a agir sobre todos aqueles que entram nele, e de maneira diferencial, segundo a posição que ocupam.

O campo literário, segundo Bourdieu (1979), possui um baixo grau de codificação e ocupa uma posição dominada no campo do poder. O campo de poder é o espaço das relações de forças entre agentes e instituições. O campo literário caracteriza-se pela extrema permeabilidade de suas fronteiras e pela grande diversidade das definições dos postos que oferecem e dos princípios de legitimidade que ali se defrontam.

Este campo, segundo Bourdieu (1979), é relativamente autônomo em relação a outros campos, como o político e econômico, mas, dentro da dinâmica da sociedade, está em relação com eles. A definição de Bourdieu aproxima-se dos interesses de análise do objeto de pesquisa aqui apresentado. Maingueneau (2010, p. 58) afirma que "a concepção de campo que predomina no século XIX e que domina ainda hoje os espíritos deve ser fortemente flexibilizada para ser operacional", reconhecendo a instabilidade dos modos de concorrência literária.

Importante destacar que, para Bourdieu (1979), o campo literário estrutura-se em constantes tensões e disputas. Para exemplificar, destaca-se um trecho em que o autor comenta sobre a crise naturalismo:

> Assim como o sucesso do naturalismo, a reviravolta que se opera em seu desfavor nos anos 1880 não pode ser compreendida como um efeito direto das mudanças externas, econômicas ou políticas. A "crise do naturalismo" é correlativa a uma crise do mercado literário, ou seja, mais precisamente, ao desaparecimento das condições que, na época precedente, haviam favorecido o acesso de novas categorias sociais ao consumo e, paralelamente, à produção. E a situação política (multiplicação das bolsas do trabalho, desenvolvimento da CGT e do movimento socialista, Anzin, Fourmies etc.), que não deixa de ter ligação com a renovação espiritualista na burguesia (e com as numerosíssimas conversões de escritores), pode apenas encorajar aqueles que, levados pela lógica interna da luta de concorrência, erguem-se, no seio do campo, contra os naturalistas (e, através deles, contra as pretensões culturais das frações em ascensão da pequena burguesia e da burguesia). A atmosfera de restauração espiritual contribui sem dúvida para favorecer o retorno a formas de arte que, como a poesia simbolista ou o romance psicológico, levam ao mais alto grau a denegação tranquilizadora do mundo social. (BOURDIEU, 1996, p. 149).

Mesmo considerando que as definições de campo literário e de sistema literário podem ser flexibilizadas – muitos pesquisadores já o fazem –, e que as estruturas de descrição que compõem a vida literária estão presentes no modelo de sistema literário e mais ainda no modelo de campo literário (que considera com mais ênfase as dinâmicas de poder e legitimação), possivelmente por ter sido elaborado em uma realidade mais complexa como a francesa, salienta-se que esta pesquisa focaliza-se muito mais em um estudo da vida literária e sua descrição pôr à prova algum modelo teórico.

É interessante destacar que André Billy, Brito Broca, Antonio Candido e Pierre Bourdieu foram contemporâneos. Quando, por exemplo, Sérgio Miceli, orientado no doutorado por Bourdieu, publica *Intelectuais e classe dirigente no Brasil,* o prefaciador é Antonio Candido. Candido também prefacia uma coletânea de textos de Brito Broca. A relação entre literatura e sociedade vai aparecer em outros pesquisadores que também lhes são contemporâneos.

Ao observar as três estruturas, sistema literário, campo literário e vida literária (da qual, pela pesquisa realizada até então, encontrou-se pouca teorização), o que ganha nitidez é que há um caráter mais descritivo e menos analítico na *composição* de vida literária. E, neste sentido, a palavra inscrição – que já vem sendo usada, ganha mais sentido por inserir nesta paisagem que a vida literária compõe o que, por estar fora jogo, devido a apagamentos históricos que o racismo promove, esteve como impensável (inexistente).

Por sua característica independente, mais responsiva à situação de exclusão, pelas determinações do mercado no qual não esteve inserida, a literatura negra brasileira forja-se em uma localização, com determinações dos grupos que a elaboram. Estes escritores e escritoras negros exercitaram (com maior destaque para os primeiros anos dos *Cadernos Negros*) viver a vida literária em duas localizações simultâneas, um dentro e fora, algo possível de se elaborar, por exemplo, se comparadas com as experiências de incorporações do candomblé, em que se está e não está, ou nas experiências do racismo, em que se é para o outro o que se sabe que não se é. Se, por um lado, produziam uma literatura em um local de diferença, tencionando as instituições legitimadoras da literatura, por outro, criaram uma historiografia própria e práticas de circulação da literatura, não apenas ignorando o cânone, mas deslegitimando entre o grupo a própria prática de constituição de um cânone.

Logo, considera-se fazer uso, ao observar a vida literária, de algo elaborado nas redes de sociabilidades que permitem uma apreensão mais abrangente dos textos que circulam em outra localização, o que nomino de "território dentro do território", que é inteligível pelos que estão subjugados ao racismo – mesmo que em posição de combate e resistência. Neste território não captável, até então, pela experiência dos indivíduos brancos, dos teóricos brancos, as experiências de vida literária, as redes afetivas, as articulações marginais, não se conformam com as de campo e/ou do sistema literário. Não se conformam, mas dialogam, gingam com, em uma estratégia de lateralidade.

Estas duas posições, este dentro e fora da literatura negra brasileira, esta lateralidade, ocorreu, por exemplo, no lançamento do primeiro volume dos *Cadernos Negros*, pois aconteceu em uma ação do movimento negro, o I Feconezu – Festival Comunitário Negro Zumbi, com participação de 2 mil pessoas e em uma livraria prestigiada de São Paulo, com a presença de cerca de 50 pessoas.

Neste sentido, a fala da escritora Conceição Evaristo, quando afirma que o primeiro local de recepção dos seus textos foi o movimento social negro, destacando a atuação das mulheres nesta mediação e divulgação literária, ilustra esse "território dentro do território", um território que é físico, mas, principalmente simbólico, uma ambiência e paisagem pouco definidas nas elaborações de sistema e de campo.

Diante do exposto, proponho que a formulação e apropriação de um conceito de vida literária, pela sua ampla abrangência de observação e liberdade de análises, possam trazer novas possibilidades de olhar para a atuação de escritore(a)s negro(a)s, uma inserção na cena.

Dessa forma, considera-se que, ao observar a vida literária de escritore(a)s e negro(a)s, a experiência de vida, que, como em toda a literatura, pode fazer suscitar uma prática literária, serve de importante objeto de análise, quando se compreende que as experiências desses escritores e escritoras igualam-se em totalidade em apenas um fato: todos são afetados pelo racismo. Logo, as probabilidades são grandes de esta experiência unificadora, moldada pelo racismo, aparecer de formas diversas como material literário e entende-se que analisar essas recorrências na produção da autoria negra possibilita uma reflexão mais ampliada sobre a vida literária de escritores e escritoras negros.

Ao informar que as experiências de vida de escritoras e escritores negros podem aparecer nas suas produções literárias, direciona-se para um entendimento parcialmente consensual na sociologia da literatura. Ou seja, olha-se para a vida em sua rede de sociabilidades e olha-se para um conjunto de textos. As duas direções levam à apreensão de como o racismo afeta a vida de escritoras e escritores negros e, como hipótese, há um entendimento de que esses dois caminhos podem ocupar este mesmo corpo-livro.

Neste sentido, considerando o conceito de vida literária, apresento fragmentos, falas de escritore(a)s negros sobre suas vidas literárias, priorizando o que elas trazem de específico, realizado em espaços de sociabilidade da população negra, do(a)s escritore(a)s negro(a)s. A seguir, destaco uma série de trechos, retirados de diferentes fontes, que demonstram os temas levantados até aqui neste capítulo.

> *A década de 1970 foi marcada por inúmeros encontros entre grupos negros de diversos lugares do Brasil. Nesses encontros a poesia sempre se fazia presente, quer em representações dramáticas, quer em simples declamações. Os autores preferidos em São Paulo eram Solano Trindade e Carlos de Assumpção. Esses encontros redundaram em contatos de autores novos e alguns da geração anterior. Em 1976, o Centro de Estudos Culturais Afro-brasileiro Zumbi (Santos-SP) publicou a* Coletânea de Poesia Negra *(mimeografada), em que se faziam presentes textos de autores negros da África e da América (incluindo brasileiros já publicados em livros). Por esse tempo, o jornal* Árvore das Palavras *corria de mão em mão. Era xerografado e apócrifo. Veiculava notícias das revoluções africanas nas então colônias portuguesas e trazia uma mensagem de consciência política do negro brasileiro. Surgia sem que se soubesse de onde. No ano de 1977, foi lançado no Rio de Janeiro o* Jornal Sinba *– órgão de divulgação da Sociedade de Intercâmbio Brasil-África, que reforçou ainda mais os contatos, estimulando as organizações dos grupos. Nesse mesmo ano (1977), em São Paulo, foi impressa em mimeógrafo a coletânea* Negrice I *– contendo textos de poetas negros contemporâneos, uns novatos, outros não.*

(CUTI, 2010, p. 54) — Cuti é um dos fundadores e idealizadores dos *Cadernos Negros*, figura central no movimento da literatura negra brasileira (negro-brasileira, segundo ele).

Os escritores negros também realizaram três edições do Encontro de Poetas e Ficcionistas Negros Brasileiros, *nas cidades de São Paulo, Rio de Janeiro e Petrópolis. Do primeiro, realizado em 1985, foi publicado o livro* Criação crioula, nu elefante branco *(1987). Do segundo encontro, em 1986, houve uma edição mimeografada, com o título* Corpo de negro rabo de brasileiro. *Importante para esta vida literária foram os eventos específicos, como seminários, conferências e palestras que, com o tempo, passaram também para o interior de algumas universidades.*

(CUTI, 2010, p. 55).

Além do grupo Quilombhoje, mais dois merecem destaque: Grupo Negrícia – Poesia e Arte de Crioulo, da cidade do Rio de Janeiro, contando, dentre outros, com Éle Semog, Hélio de Assis, Delei de Acari e Hermógenes de Almeida. Na cidade de Salvador, foi criado o GENS – Grupo de Escritores Negros de Salvador, tendo à frente Jônatas Conceição da Silva. A história desses grupos, ao ser escrita, comporá o mosaico que se formou da vida literária negra no Brasil, que, além de animar a criação de obras, promoveu durante certo período importante produção epistolar, em um tempo em que não havia e-mails e a carta era o privilegiado veículo de comunicação escrita interpessoal.

(CUTI, 2010, p. 55) — Neste trecho, Cuti, em 2010, já apontava algo que retomo agora em 2019-2023.

No ano de 1978 surgiram os Cadernos Negros. *A sociedade*

brasileira vivia um clima efervescente, os setores progressistas contestavam o Governo militar e exigiam liberdades democráticas. Havia greve no ABC, protestos estudantis. O Movimento Negro se rearticulava, com a criação do MNUCDR (Movimento Negro Unificado contra a Discriminação Racial, depois somente MNU), lançado com a realização de ato nas escadarias do Teatro Municipal, na cidade de São Paulo. Em São Paulo surgiu também o Feconezu (Festival Comunitário Negro Zumbi). No início da década o grupo Palmares, de Porto Alegre, havia proposto a celebração do dia 20 de novembro - data do desaparecimento de Zumbi - como o "Dia do Negro".

O primeiro volume dos Cadernos *era um livro em formato de bolso, reunindo oito poetas. Foi lançado no Feconezu, realizado nesse ano de 78 na cidade de Araraquara. Antes dos* Cadernos Negros *já haviam sido realizadas tentativas similares. Em 1977, o jornalista Hamilton Cardoso havia organizado a coletânea Negrice. Em 1976, uma entidade da cidade de Santos publicara uma* Coletânea de poesia negra.

Essas publicações tinham em comum o fato de serem mimeografadas e pertencerem a um movimento de imprensa negra que, assim como o movimento político, procurava se firmar: subversivo no seu conteúdo, falava de revolução e consciência. Um dos seus organizadores, Jamu Minka, costumava distribuir os jornais no Viaduto do Chá, ponto de encontro de jovens afro-paulistanos, muitos dos quais eram atraídos até aquele local por conta do movimento soul.

Cadernos Negros jamais recebeu qualquer tipo de subsídio. Nem de instituições negras nem de não negras. Os autores, até recentemente, foram os pilares mais sólidos dessa construção. A partir de 1994, uma editora de porte médio viria a se responsabilizar pela coedição dos livros.

Em 1980, reuniões e encontros que tinham a finalidade de discutir os livros da série e obras de autores individuais acabaram resultando na criação do Quilombhoje. A formação inicial do Quilombhoje era a seguinte: Abelardo Rodrigues, Cuti, Mário Jorge Lescano, Paulo Colina e Oswaldo de Camargo. As discussões ocorriam em bares e, nessa época, era Cuti quem organizava os Cadernos.

As reuniões do Quilombhoje, nessa segunda fase do grupo, começaram a ser realizadas na casa de Cuti, então morador da Rua dos Ingleses, na Bela Vista. Os mais constantes eram Esmeralda Ribeiro, Miriam Alves, Oubi Inaê Kibuko, Vera Alves e Márcio Barbosa. Varávamos a madrugada discutindo poesia, mergulhando em cada um dos textos trazidos pelos presentes, procurando refletir sobre a nossa condição de criadores negros numa sociedade racista. A tarefa da produção de livros e o ativismo literário impulsionaram-nos para outras atividades.

Organização era a palavra-chave. Todos nós queríamos ver o trabalho do Quilombhoje crescer. Resolvemos abrir mão de nossos finais de semana para nos dedicarmos ao grupo. Sim, porque ninguém tinha ilusão de que o grupo poderia garantir a sobrevivência de um único dos seus componentes. Durante a euforia do Plano Cruzado, foram dois livros de autor, rodas de poemas realizadas em eventos do Movimento Negro e em quadras de escolas de samba (como a da Mocidade Alegre).

Com relação aos lançamentos, durante uma certa época (por volta de 1990), parte do grupo resolveu que a organização desses eventos demandava um tempo que poderia ser dedicado a atividades ligadas ao ato de escrever. Ora, nessa época os lançamentos já haviam se tornado eventos anuais bastante aguardados. Isso se iniciara em 1982, quando a entrada de novos componentes deu ao Quilombhoje um empurrão em direção à popularização da literatura negra. Oubi e eu, tomados por essa ideia, oriundos do movimento soul e responsáveis pela publicidade do Cadernos *volume 6, iniciamos uma peregrinação por salões de bailes, escolas de samba e pontos de encontro do nosso povo. Panfletávamos e divulgávamos a nossa literatura.*

Década de 80: era uma época em que a maioria dos jovens negros ainda se conservava distante da discussão política a respeito da questão racial. Embora na década de 70 os movimentos Black Rio e Black São Paulo tivessem despertado nosso orgulho étnico, alguns anos depois se tornou quase uma heresia chegar nos salões e falar sobre negritude. Havia a preocupação dos empresários de bailes com a repressão. E, para a maioria das pessoas, o orgulho étnico não havia resultado em consciência política. A população ainda estava distante do Movimento Negro. Sobre esse distanciamento, é bom lembrar a análise que faz o historiador Clóvis Moura a respeito do universo afro-brasileiro.

Quando saíamos para panfletar (a partir de uma certa época e durante um curto período, todo o Quilombhoje passou a sair junto), o que encontrávamos era um certo interesse dos jovens negros e uma indiferença dos mais velhos. No entanto, nas ruas de samba da Barra Funda e da Bela Vista ou na porta dos salões de baile, a mensagem negra era, na maioria das vezes, recebida com ar de desconfiança e temor, como se tocássemos num ponto muito delicado, num problema que aquelas pessoas apaixonadas pelo Camisa Verde, pela Vai Vai, pela Nenê de Vila

Matilde - pessoas também produtoras e consumidoras de cultura afro-brasileira - fizessem questão de esquecer.

(BARBOSA, 1997, p. 207-219) — Márcio Barbosa é escritor e atualmente é, junto com a escritora Esmeralda Ribeiro, editor dos *Cadernos Negros*.

Eu me lembro que a gente ia às comunidades... Não gosto desse termo, que eu acho que você muda o termo, mas a realidade é a mesma, né? A gente ia às favelas, ia aos morros, ia aos presídios, fazer recital nos presídios. Fora outros lugares também, biblioteca pública, a gente se encontrava no [IPCN]... E era interessante porque, justamente, você lidava com uma poesia que era uma poesia também do cotidiano, das suas coisas, das suas causas, era uma poesia que trazia também uma marca desse discurso nosso, desse discurso negro, desse discurso de... emancipação. E foi um momento muito fértil, tanto de criação em si, quanto como militância. Realmente a gente... acreditava.

(EVARISTO, *apud* MACHADO, 2010, p. 243) — Conceição Evaristo participou do grupo Negrícia, organizado por Éle Semog. Além de Conceição, também frequentavam as reuniões Salgado Maranhão e Elisa Lucinda, entre outros. As reuniões aconteciam no IPCN – Instituto de Pesquisas da Cultura Negra, fundado em 1975, um espaço de organização política de combate ao racismo.

Como militante de poesia no grupo Negrícia, nós fomos a várias escolas no Rio de Janeiro. Nós fomos a vários eventos ligados à cultura negra, falar nossos poemas e debater com as pessoas. Depois, individualmente, eu fui também, e o Semog, a vários desses lugares para debater sobre poesia e cultura negra. E isso continua no Rio de Janeiro, cada um fazendo individualmente, mas continua fazendo. O Semog é um dos mais atuantes; o Hélio de Assis, o Deley de Acari, todos são muito atuantes. E eu da minha parte. No âmbito do debate da cultura negra, propriamente dito, eu participei em várias situações.

(MARANHÃO, apud CARVALHO, 2015, p. 124) — Salgado Maranhão participou das reuniões no IPCN; é também organizador da publicação Ebulição da escrivatura, uma das primeiras que inclui autores dessa geração.

Nesse momento a gente não sabia determinadas coisas, como, por exemplo, que em São Paulo havia um jornal clandestino, fotocopiado, intitulado A Árvore das Palavras, que saía sem assinatura e caracteriza bem esse período. Aqui em Porto Alegre o que nós fizemos foram reuniões informais. Foi acontecendo ao natural. Aqueles encontros na Rua da Praia, naquela área onde negros se encontravam, se reuniam e então formavam alguns grupinhos para conversas, um desses foi o nosso.

(SILVEIRA, 2004) - Oliveira Silveira, sobre o grupo Palmares[118].) — Um dos idealizadores do grupo Palmares em Porto Alegre, Oliveira Silveira é o idealizador do 20 de novembro como Dia da Consciência Negra.

Os escritores negros que já existiam, que já vinham dentro da geração mimeógrafo – a literatura marginal e tal –, nesse movimento, já tinham os escritores negros que escreviam seus mimeógrafos e distribuíam, principalmente no Viaduto do Chá, onde

---

118 "Fruto de reuniões informais na rua dos Andradas, o Grupo Palmares surgiu em 20 de julho de 1971, organizado como uma associação cultural, sem fins lucrativos e com duração indeterminada, segundo projeto de estatuto 12 redigido para o grupo. A proposta de ação apresentada era a de "promover estudos sobre história, artes e outros aspectos culturais, particularmente em relação ao negro e ao mestiço de origem negra" 13. A partir dos estudos, seriam realizadas apresentações e atividades públicas para atingir maior visibilidade junto ao espaço social" (CAMPOS, 2006, p. 54).

você via aquela reunião de negros em 1970 – a década de 70, ali era forrado e cheio de negros, era como se fosse um baile funk.

.(Miriam Alves em entrevista para o canal Bondelê) — Escritora que participou da primeira formação do Quilombhoje. Miram Alves também participou de diversas edições dos *Cadernos Negros*. É dela o poema "Mahin, amanhã", analisado neste livro.

Tenho dito que o primeiro lugar de recepção dos meus textos, ainda nos inícios dos anos 1990, foi o movimento negro e o movimento de mulheres negras. Foi a própria dinâmica do movimento social que primeiramente recepcionou a minha escrita. Lendo, divulgando, legitimando a minha escrita como uma voz de dentro.

(AMARO; SAMYN, 2023)[119] — A fala de Conceição Evaristo adequa-se perfeitamente à noção de "Vida literária" elaborada por Moriconi, ao mesmo tempo em que traz um dos motes deste livro, o de que essas sociabilidades, para a literatura negra brasileira, ocorreram em espaços alternativos ao que as instâncias do literário costumam legitimar como espaços de produção intelectual.

Naquela época (década de 1980) a coisa era de muito trabalho que eu tinha pra trazer alguma coisa para as pessoas verem, para as pessoas saberem, eu tinha um trabalho de acompanhar na imprensa, na mídia, eu ia às vezes nas casas das pessoas. Eu ia muito na casa do Clóvis Moura e ele me falou de uma editora chamada Conquista, em Vila Isabel (Rio de Janeiro), duas

---

[119] AMARO, Vagner; SAMYN, Henrique Marques. *Quando eu morrer a palavra*: entrevistas com Conceição Evarsito e guias de leitura das suas obras. Rio de Janeiro: Male, 2023.

irmãs negras. Abdias que tinha livros publicado pela Paz e Terra, Muniz Sodré, Carolina Maria de Jesus. Eu gostava de pesquisar de todos os jeitos. Era tudo muito difícil de achar, eu tinha o trabalho de reunir esses livros e levar para os encontros, aqueles encontros sofridos do Movimento negro, naquela época nem hotel a gente tinha, a gente se arrumava na hora para dormir. Nossa conversa no movimento negro era sobre a necessidade de ter livros que falassem de nós, que falassem das nossas histórias, que mostrassem os talentos dos nossos autores.

(Papa-Léguas, livreiro, 2021) — Um dos primeiros livreiros independentes da literatura negra brasileira, Papa-Léguas foi trabalhando no circuito de eventos do movimento negro, um trabalho seguido por muitos outros pequenos livreiros.

Gosto muito de ir na Fundação Casa. Quando a gente consegue sair desses espaços comuns da literatura para poder trocar com uma galera que precisa dessas referências, seu trabalho atinge outro patamar.

(Mel Duarte, poeta e *slammer*[120]) — Trago uma fala da escritora e *slammer* Mel Duarte como forma de indicar como as gerações posteriores continuam realizando mediações literárias em espaços alternativos. Mel publicou o primeiro livro em 2013.

Desde 2015 que atuo dentro do slam. Nesse ano, fui representante do Distrito Federal no campeonato nacional de poesia falada, Slam Br, e essa experiência mudou minha vida completamente. Antes de 2015 eu só atuava em sarau. Até 2017, coordenei o

---

[120] Com gingado e de rapper, Mel Duarte populariza batalhas de poesia. Disponível em: https://entretenimento.uol.com.br/noticias/redacao/2016/08/08/sucesso-na-net-mel-duarte-mostra-que-poesia-nao-e-coisa-de-gente-morta.htm.

Slam das Minas e o *Slam A Coisa Tá Preta*, que tinham propostas bem definidas e um objetivo específico.

O Slam Q'brada nasce do desejo de expandir a cultura slam no Distrito Federal. É um espaço de compartilhamento e valorização da palavra periférica. A batalha acontece de forma itinerante, em várias quebradas do DF, uma vez por mês. As regras básicas são as mesmas do slam clássico: poemas autorais, sem utilização de figurino ou acompanhamento musical e apresentações de no máximo três minutos. No Q'brada, além dessas regras, é proibida qualquer reprodução ou ato racista, machista, homofóbico, gordofóbico e de cunho preconceituoso e discriminatório. O espaço está aberto pra toda e qualquer pessoa desde que esses princípios sejam respeitados.

Eu não tinha intenção de publicar livro, não. Meu negócio era o sarau e a poesia falada. Decidi publicar o livro porque surgiu uma demanda. As pessoas começaram a cobrar e foi daí que comecei a organizar os poemas que eu declamava nos saraus. A princípio, a publicação seria independente. Estudei e pesquisei sobre diagramação, publicação independente, ISBN. Montei todo o livro. Durante esse processo me deparei com algumas questões que começaram a me fazer mudar de ideia sobre publicar de forma independente. Comecei a refletir sobre a importância de ser publicado quando se é um autor que aborda as temáticas que eu abordo e vindo de onde venho. Ter um livro publicado por uma editora dá respaldo e credibilidade pro trabalho do autor. Imagina uma autora jovem de Samambaia sendo publicada? Era um sonho. Enviei o original pra algumas editoras que eu conhecia e já curtia o trabalho e cruzei os dedos. A Malê é uma editora que publica autores importantes, com carreira já. Confesso que quando enviei o original do Um verso e mei *pra eles não tava com muita expectativa, não. Achei que demoraria um pouco pra ser publicada, visto a experiência de alguns outros autores. Acontece que eles me responderam prontamente e já de cara começamos a trabalhar na publicação do livro. Foi tudo muito tranquilo. Como o livro já estava bem estruturado, fizemos apenas alguns ajustes e a Malê mandou pra gráfica. Eles foram muito acolhedores comigo e toparam todas as minhas ideias. Foi uma gestação de livro tranquila e serena. O lançamento que foi "pipoco": um tipo de sarau/baile funk que virou a madrugada. Foi lindo! Sou muito grata a todo esse processo de escrita e publicação do Um verso e mei. Ele é meu primogênito. Meu primeiro livro-filho.*

(BASTOS, apud TORRES, 2020)[121] Agora apresento a fala da também escritora e slammer Meimei Bastos, Meimei é integrante do Slam das Minas:

Minha tomada de consciência, mais ou menos nesse período, foi com a chegada do movimento negro. Daí percebi o seguinte: eu escrevia numa perspectiva, mas a questão racial era secundária em relação ao papel da literatura. Então nesse período, na década de 1970, dentro da ditadura, com a reorganização do movimento negro, os escritores negros começaram a se falar. Nós não sabíamos que existíamos tantos. Não sabíamos que era possível instalar, constituir ou instituir uma literatura negra no Brasil. Eram sujeitos – Oswaldo de Camargo, Oliveira Silveira, Inaldete Pinheiro... – escritores negros pelo Brasil inteiro, e a gente ainda não tinha conseguido articular uma primeira costura. O que é diferente da presença do negro na literatura brasileira, porque autores negros sempre houve, desde Auta de Souza, Cruz e Souza...

---

[121] https://www.macabeaedicoes.com/post/meimei-bastos-permanece-a-alma-onde-o-coracao-habita-entrevista.

Esses autores, que no final da década de 1970 se reuniram através do movimento negro, começaram a produzir uma literatura que nós ousamos chamar de literatura negra. Então meu texto muda radicalmente, eu começo a fazer uma literatura negra de combate ao racismo – e falar de racismo dói, falar de racismo incomoda, racismo é angustiante, racismo faz sofrer, racismo é uma droga. E quando você bota isso dentro da literatura, que é o ethos da inteligência nacional, você está incomodando o pensamento da nação.

Daí começaram a produzir uma teoria literária sobre a nossa produção. E nós não nos convencemos. Começamos também a produzir, nós próprios, uma teoria literária sobre a nossa própria produção; nós começamos a produzir uma teoria literária sobre literatura negra. Evidentemente que a negação é total, eles não admitem. Assim como o Ferreira Gullar, por exemplo, que disse que não há uma literatura negra. Também não a admitem outros acadêmicos, não a admitem alguns professores. Só que nós conseguimos. Dessa primeira geração, a Conceição Evaristo está no grupo Negrícia, poesia e arte de crioulo, por exemplo. O Cuti é do grupo Quilombhoje; Oliveira Silveira, do Rio Grande do Sul, que criou o dia 20 de novembro como dia nacional de consciência negra, era desse grupo de escritores... E nós, para contrapor a essa ideia de que não existe literatura negra, de modo que a literatura negra podia ser interpretada a partir da visão acadêmica, principalmente pelo pessoal de literatura comparada, nós começamos a produzir uma teoria literária negra. Então é impossível que o sujeito faça de contas que, participando de encontros de escritores negros – e nós fizemos três nacionais – aquilo não levasse o texto dele à reflexão.

A negação é permanente e contínua. Na feira literária de Frankfurt de 2016[122], o governo brasileiro pagou passagem para

---

[122] É só isso mesmo a nota, a data a seguir? 2013

setenta escritores. Não brancos foram o Paulo Lins e um autor indígena. Aí quando a galera chiou – porque a gente não chia de nervoso, a gente chia politicamente, porque numa briga política você só resolve com atitude política, não adianta espernear, gritar, xingar o cara... É escrever e denunciar –, quando nós reclamamos da representatividade da comissão brasileira, a Marta Suplicy, de esquerda (ou pelo menos naquela época era [risos!]), então ministra de Cultura, disse que não existia literatura negra no Brasil. Que não era representatividade. Só que ela deu um azar: lá, no dia da abertura da feira, foi lançada mais uma edição de um livro de 1988, Schwarze poesie (Poesia Negra), publicado pela Edition Diá e organizado pela professora Moema Parente Augel, que reúne 16 autoras e autores negros brasileiros, com matérias em pelo menos dois jornais alemães. Olha que vergonha... Então, é um negócio muito sério essa negação, essa anulação da nossa história. E aí não havia mais como produzir uma literatura que não fosse posicionada. Eu faço uma literatura engajada e de combate ao racismo. Quando eu falo de amor, quando eu falo de carinho, quando eu debocho do mundo, quando eu ironizo, quando eu tenho medo, para além do escritor com as habilidades que tem que trabalhar as questões subjetivas, de estética, de argumentação, tem ali um sujeito que está fazendo literatura negra de combate ao racismo.
(SEMOG, apud UZÊDA, p. 15-18)

Ao planejar a Editora Malê, compreendi que uma das ações que a editora deveria realizar seriam os eventos literários. Naquele momento ainda não era tão comum o(a)s escritore(a)s negro(a)s serem convidados para todos os eventos literários de maior visibilidade. Com isso, criamos, ainda em 2016, a Festa da Literatura Negra. O primeiro evento ocorreu no Clube Bola Preta, no Centro do Rio de Janeiro; o segundo, na Casa França-Brasil; e o terceiro, na Biblioteca Leonel Brizola, em Duque de Caxias. Resolvi homenagear o escritor Éle Semog e propus a ele reeditar o livro *Arco-íris negro*, publicado em parceria com o poeta José Carlos Limeira, em 1978 — disponibilizar obras deste repertório da literatura negra brasileira que se encontrava fora de catálogo, também era o meu objetivo. Por questões de direitos autorais com familiares, tão comuns no nosso mercado editorial, não conseguimos colocar o projeto para frente. Então, sugeri a edição do livro *A Cor da demanda* estava fora de catálogo. Assim nos conhecemos. Alguns meses se passaram, eu estava na Lapa, em uma sexta-feira à noite, quando recebo a ligação do Semog. Ele, muito animado, disse que estava com um projeto editorial e foi falando. O projeto tratava da edição de um livro com os poemas dos escritores que participam do Grupo Negrícia. Eu tinha muito interesse na história do grupo, provavelmente devo ter feito muitas perguntas a ele sobre o tema quando nos conhecemos. Topei publicar pela Malê, naquele momento, ali ao telefone, na Lapa, numa sexta-feira à noite. Alegrias da vida de um editor. A proposta do Semóg, como organizador da publicação, foi juntar aos ex-participantes do Negrícia novo(a)s poetas. Fiquei bastante interessado em inserir imagens dos encontros, mas, com certa frustração, descobri que elas se reduziam a um cartaz. Semóg não tinha fotos dos encontros, não era comum na década de 1980 fotografar tudo como fazemos agora. Pesquisei em matérias antigas, mas nada encontrei. Semóg deu ao livro o título de *Amor e outras revoluções. Grupo Negrícia: antologia poética*. O lançamento ocorreu no Centro Cultural da Justiça Federal, o mesmo local de lançamento da Editora Malê, e lá pudemos registrar a foto dos autores que puderam comparecer ao lançamento. O prefácio do livro é do pesquisador Eduardo de Assis Duarte, onde afirma:

> Fundado 1982, no contexto da abertura "lenta, gradual e segura", que marcou o fim da ditadura militar, o coletivo de escritores Negrícia - Poesia e Arte de Crioulo abrigou em seu seio poetas e ficcionistas empenhados em tomar a palavra e interferir na arena discursiva onde se construíam tanto as narrativas do passado, quanto as da futura nação democrática sonhada pelos brasileiros. *Amor e outras revoluções* revela ao leitor a forma múltipla e, talvez por isto mesmo, inquietante, da poesia negra contemporânea. Com efeito, ao reunir a poesia de quinze vozes negras contemporâneas, *Amor e outras revoluções* demonstra o vigor criativo do Grupo Negrícia e da escrita afro-brasileira contemporânea (DUARTE, 2019, p. 15).

Na apresentação do livro, Éle Semog informa:

> Em meados de 2018, conversando com Hélio de Assis e Deley de Acari, num recital em Copacabana surgiu, mais uma vez em 37 anos, a ideia de publicação de uma antologia do Grupo Negrícia Poesia e Arte de Crioulo, redivivo (e remoçado) em todos nós, vivos. Conversei então com o Vagner Amaro, editor da Editora Malê, que imediatamente abraçou a proposta. Nossas discussões evoluíram para uma publicação que expresse não apenas a literatura afro-brasileira que impusemos na cena literária para combater o racismo brasileiro, mas também a literatura de resistência política que começou a ser produzida por jovens escritores naqueles idos dos anos de 1970, quando enfrentávamos a ditadura militar. Fazíamos uma escrita

ousada, de qualidade e impertinente que de certa forma mantém o seu papel - agora também com novos poetas, de expressar por meio do poema a síntese do ser humano em todas as suas complexidades (SEMOG, 2019, p. 14).

No próximo capítulo, *A marca do editor: literatura negra brasileira, vida e vida literária,* discorro sobre os pontos apresentados e sobre a afirmação da vida na literatura e da literatura na vida do(a)s escritore(a)s negro(a)s.

A MARCA DO EDITOR: LITERATURA NEGRA BRASILEIRA, VIDA E VIDA LITERÁRIA

Publicado em 2020, no Brasil, o livro *A marca do editor*, de Roberto Calasso — profissional à frente da Adelphi, fundada em Milão, em 1962 —, traz reflexões sobre o papel do editor na contemporaneidade, diante dos recursos tecnológicos de publicação e divulgação dos livros e de figuras como o manager editorial: "representante de uma doutrina editorial que se aplica a tudo e cujos resultados são avaliados com base em números, que aparecem no final de certas colunas de outros números" (CALASSO, 2020, p. 166). Calasso defende a figura de um editor que pensa a produção literária e a publicação de uma obra com seu vínculo direto com a sociedade e a edição como um gênero literário:

> Se perguntarmos a alguém, o que é uma editora? A resposta habitual, e a mais razoável, é a seguinte: trata-se de um ramo secundário da indústria no qual se tenta fazer dinheiro publicando livros. E o que deveria ser uma boa editora? Uma boa editora seria — se não me permitem a tautologia — aquela que publique, na medida do possível, apenas bons livros. Assim, para usar uma definição rápida, livros dos quais o editor tende a sentir orgulho, em vez de vergonha. Desse ponto de vista, uma editora

comum como essa, dificilmente poderia se revelar de particular interesse em termos econômicos. Publicar bons livros nunca deixou ninguém milionário. Ou, pelo menos, não em uma medida comparável aquilo que pode acontecer fornecendo ao mercado água mineral, computadores ou sacolas plásticas. Afinal, aparentemente, uma empresa editorial pode produzir ganhos consideráveis apenas com condição de que os bons livros estejam submersos entre muitas coisas de qualidade muito diferentes. E quando se está submerso, pode facilmente acontecer de se afogar — e assim desaparecer por completo (CALASSO, 2020).

Calasso (2020), em sua defesa da figura do editor, informa que a edição é uma arte, que se traduz em uma unidade na pluralidade de livros, como se eles fossem os capítulos de um único livro. O editor é quem desenha o perfil de uma editora e, acima de tudo, é pelas virtudes e pelos defeitos desse perfil que deve ser julgado e recordado. Todo verdadeiro editor compõe, sabendo ou não, um único livro formado por todos os livros que publica e isso, creio, é o que cria a unidade que dá forma a uma editora.

Trago as afirmações de Roberto Calasso para refletir sobre o catálogo da Editora Malê com o mesmo caráter de unidade na pluralidade (de gêneros, de temas, de estilos...), mas uma unidade que diz respeito ao que desenvolvi até aqui como uma definição da literatura negra brasileira. Os livros publicados pela editora, sejam ensaios, ou ficções, falem de amor ou de religiosidade, afirmam que *Vidas negras importam,* contrapõem-se ao epistemicídio direcionado para a cultura e para a intelectualidade negra e trouxeram, até então, vida para o mercado editorial brasileiro, para a cena literária brasileira, trazem uma vida que reivindicava presença, e que, uma vez presente, em eventos e em livros, estabelece uma conexão com um grupo enorme de leitores (não apenas negros) que não se viam representados na literatura. Como afirma Evaristo (2020), a maioria das personagens que construo se apresenta a partir de espaços de exclusão por vários motivos. Pessoas que experimentam condições de exclusão tendem a se identificar e se comover com essas personagens.

A escritora Tony Morisson, citada por Ipikin (2009), em seu ensaio *Playing in the dark: whitness and literary imagination* cria os termos *blackness e whiteness*. A autora descreve como a literatura canônica, escrita em sua grande maioria por escritores brancos dos Estados Unidos, inferioriza e desvaloriza pessoas negras e sua cultura por meio de técnicas retóricas narrativas, estilísticas e simbólicas, criando uma rede de imagens e sentidos de *blackness*. Do mesmo modo, a autora conceitua e analisa *whiteness*, que promove valoriza a beleza, as pessoas a cultura a religião e os costumes forjados como sendo brancos ou dos brancos. O empenho de teorização de Morisson alinha-se ao de escritore(a)s negro(a)s brasileiro(a)s, como Oswaldo de Camargo — *O negro escrito*, de 1987, Cuti — *Literatura negro-brasileira*, de 2010, Miriam Alves — *Brasilafro autorrevelado*, de 2010, Edmilson Almeida Pereira — *Entre Orfe(x)u e Exunouveau: análise de uma estética de base afrodiaspórica na literatura brasileira*, de 2022 e Conceição Evaristo — *Escrevivências: a escrita de nós*, de 2020, pois, diante, de uma literatura da qual a formulação do cânone esteve alheio, e que, quando estudada por pesquisadores brancos, tradicionalmente, as formulações sobre os negros estiveram carregadas de estereótipos, é preciso se desenvolver, também, uma teoria crítica literária de autoria negra, que opere o desmonte dos clichês da crítica legitimada.

Neste sentido, cabe também destacar, dentro da vida literária da literatura negra brasileira, o trabalho de pesquisadoras negras que estão na academia operando conceitos, subvertendo e criando formas de ler, analisar, comparar a literatura negra brasileira. Destaco as teses: de Fernanda Miranda — *Silêncios prEscritos: estudo de romances de autoras negras brasileiras (1859-2006)*, de 2019; de Mirian Cristiana dos Santos — *Intelectuais negras: prosa negro-brasileira contemporânea*, de 2018; de Heleine Fernandes — *A poesia negra-feminina de Conceição Evaristo, Lívia Natália e Tatiana Nascimento*, de 2020; de Calila das Mercês — *Movimentos e (re)mapeamentos de mulheres negras na literatura brasileira contemporânea*, de 2021 e de Amanda Crispim — *Carolina Maria de Jesus: um estudo de seu projeto estético, de suas temáticas e de sua natureza quilombola*, de 2021. São obras que, com outros estudos não citados neste momento, vão gerando uma fortuna crítica essencial para a literatura negra brasileira. E, se dentro dos espaços de sociabilidades da vida literária a academia é um local privilegiado, onde a crítica literária ainda é realizada, a presença de intelectuais negro(a)s é essencial para a transformação da própria vida literária. Uma transformação só possível com presença, ocupação e a ampliação da diversidade.

Dentro dos segmentos da vida literária outros dois operadores são de grande importância: as editoras e as livrarias. Informei sobre a livraria Ebó, em São Paulo; trouxe também uma fala do Papa léguas, livreiro antigo e bastante conhecido pelos escritores negros. Atualmente, em São Paulo, a bibliotecária Ketty Venâncio criou a livraria Africanidades. No Rio Janeiro, há mais de 15 anos, a professora universitária Fernanda Felisberto é proprietária da livraria Kitabu — que, nos últimos anos começou também a publicar livros. Em Salvador, a Katuka africanidades é um espaço de vivências negras, comandado pelo estilista Renato Carneiro, e realiza venda e lançamento de livros. As livrarias são espaços de encontro, da vivência presencial que animam a literatura, animam no sentido de trazer vigor para a vida. Desde o lançamento da primeira edição dos *Cadernos Negros* elas foram consideradas fundamentais, dentro desta dinâmica de presença no espaço legitimado, ao mesmo tempo em que se articula ao "quilombo cultural".

Quilombos editoriais é termo cunhado pelo pesquisador Luiz Henrique Oliveira para as editoras negras. Para Oliveira (2018) os quilombos editoriais são

> um conjunto de iniciativas no campo editorial comprometidas com a difusão de temas especificamente ligados ao universo afrodescendente, com claro propósito de alteração das configurações do imaginário social hegemônico. Essas iniciativas possuem caráter deliberadamente independente e seus autores são, preferencialmente, negros ou, em alguns casos, não negros comprometidos com o combate ao racismo em todas as suas formas. O catálogo é vasto e diverso, com ênfase em ciências humanas, cultura, artes e literatura. Possuem nítido projeto de intervenção político-intelectual a fim de criar debates e formar continuamente leitores sensíveis à diversidade em sentido amplo. Para além de casas de publicação, operam como territórios de ação e resistência ao bloqueio tácito no campo editorial brasileiro (OLIVEIRA, 2018, p. 157).

Francisco de Paula Brito (1809-1861) é a figura mais emblemática como editor negro no Brasil. Na sua oficina tipográfica, trabalhou o escritor Machado de Assis, que ali publicou o seu primeiro texto. Paula Brito foi editor do jornal quinzenal *O homem de cor* e merece que se realizem mais pesquisas sobre a sua vasta atuação como um articulador cultural do seu tempo.

Assim como Paula Brito, outros homens negros trabalhavam nas edições de jornais abolicionistas no XIX e na imprensa negra das primeiras décadas do século XX. Já dentro do recorte temporal, destaco o trabalho do Cuti como o primeiro editor dos *Cadernos Negros*. Embora a publicação siga, em certo modo, um padrão das antologias que escritores negros vinham realizando na segunda metade dos 1970, foi o formato dos *Cadernos Negros*, muito pela liderança de Cuti, que se impôs como uma publicação que ganhou perenidade. Destaco também o trabalho como editores de Esmeralda Ribeiro e Márcio Barbosa, que há décadas editam os *Cadernos Negros*. Na década de 1980, o destaque é o trabalho de Maria Mazzarelo, que fundou Mazza Edições, primeira editora no gênero no Brasil.

> *Eu sabia que grande eu não iria ser, especialmente pela linha que eu resolvi trabalhar. Foi muito difícil porque, na verdade, o Brasil até hoje, não admite que é um país racista. A dificuldade, na verdade, como pequena editora foi desde o princípio para chegar a conseguir publicar. E ilustrador? Não tinha ilustrador negro ou ilustradora que trabalhava com a questão da negritude! Esse foi um trabalho que a Mazza Edições fez, eu fiz muito. Acabou que a Mazza Edições chegou na frente, em termos de ser a primeira editora brasileira, realmente, a encarar a temática, a trabalhar na temática, isso, nacionalmente, o pessoal reconhece que foi a*

Mazza Edições que topou essa empreitada (MAZARELLO *apud* GOMES; SILVA, 2020, p. 112).

Vinte anos depois da Editora Mazza, surgiu a editora Nandyala, fundada por Iris Amâncio. A partir de 2009, com a criação da Editora Ciclo Contínuo Editorial, em São Paulo, surgiram outras editoras com editores negros e voltadas para a publicação da autoria negra. Editoras que, até este ano de 2023, infelizmente, com exceção da Editora Mazza e da Malê, ainda possuem um catálogo muito reduzido, com menos de 50 títulos. As editoras acima citadas fomentaram algumas transformações importantes no mercado editorial brasileiro, pois possibilitaram a formação de leitores para as obras da literatura negra brasileira. Quando, em 2020, por um direcionamento desse mesmo mercado, médias e grandes editoras resolveram investir em obras da literatura negra brasileira, um trabalho de mediação, circulação e divulgação de 40 anos já havia sido desenvolvido por escritore(a)s independentes e por editore(a)s.

Sobre o direcionamento no mercado, cabe avaliar que há um entendimento em diversos países da Europa e dos Estados Unidos sobre a importância de se implementarem políticas e ações voltadas para a diversidade. Essa é uma das marcas culturais desse início de século: as lutas e inserções no debate público dos grupos menorizados socialmente/minorias sociais.

Margot Atwell, diretora de publicações da *startup* Kickstarter, plataforma global de financiamento coletivo que, em 2019, tinha mais de 45 mil projetos ativos na área de publicações, em evento na Feira do Livro de Londres, já informava que nos próximos cinco anos a indústria do livro iria ficar mais diversa tanto nas publicações, quanto na força de trabalho.

Então, antes de 2020, com a virada no mercado, levando a um maior número de publicações de autores negros, devido a abrangência do movimento *Vidas negras importam*[123], um entendimento já vinha sendo estabelecido no mercado editorial, voltando-se para a diversidade.

O assassinato brutal e transmitido ao vivo de George Floyd desvelou uma realidade em uma crueza percebida pela população negra, mas passível de descaso e/ou desatenção pelos brancos. Pelo caminho percorrido até aqui, uma das primeiras conclusões que apresento é a de que a literatura (criação e difusão) ainda (mesmo que dividindo esse *status* com outras formas de representação) trata-se de um meio de controlar o imaginário sobre o outro e, ao exercer esse controle, é possível criar estereótipos, "ideias de", que afetam as atitudes.

Neste sentido, as ações de escritore(a)s, editore(a)s e livreiro(a)s independentes, que desenvolveram formas de fazer circular os seus textos, produziram um contradiscurso essencial para que em 2023 possamos ter maior representatividade negra no mercado editorial.

> Trata-se de literatura? perguntarão.
> De especulação intelectual?
> Sem dúvida alguma. Mas nem a literatura nem a especulação intelectual são inocentes ou inofensivas.
> (CÉSAIRE, 2020, p. 218)

---

[123] Vale citar que, em 2024, nos Estados Unidos, integrantes negros do mercado editorial já analisam a reversão de avanços inclusivos ocorridos nesse mercado após a intensificação do movimento *Vidas negras importam*.

Alguns teóricos brasileiros da literatura e da leitura desenvolveram textos em defesa da leitura literária, sendo o "Direito à literatura", de Antonio Candido, um dos mais citados. Candido afirma que "a literatura desenvolve em nós a quota de humanidade na medida em que nos torna mais compreensivos e abertos para a natureza, a sociedade e o semelhante (CANDIDO, 2011)"[124]. No entanto, como pensar em um desenvolvimento de uma quota de humanidade, quando a literatura retira as possibilidades de uma diversidade de vozes participarem ativamente da vida literária que dela se ramifica? Ou quando personagens são apresentados de maneira desqualificadora, como apontado por Brookshaw (1956), ou por Morisson (1993).

> As negras do meu avô, mesmo depois da abolição, ficaram todas no engenho, não deixaram a rua, como elas chamavam a senzala. E ali foram morrendo de velhas. Conheci umas quatro: Maria Gorda, Generosa, Galdina e Romana. O meu avô continuava a dar-lhes de comer e vestir. E elas a trabalharem de graça, com a mesma alegria da escravidão. As suas filhas e netas iam-lhes sucedendo na servidão, com o mesmo amor à casa-grande e a mesma passividade de bons animais domésticos (REGO, 2023, p. 49).

> Dias e dias correram. A bordo todos o estimavam como na fortaleza, e a primeira vez que o viram, nu, uma bela manhã, depois da baldeação, refestelando-se num banho salgado — foi um clamor! Não havia osso naquele corpo de gigante: o peito largo e rijo, os braços, o ventre, os quadris, as pernas, formavam um conjunto respeitável

---

[124] CANDIDO, Antonio. O direito à literatura. In: *Vários escritos*. Rio de Janeiro: Ouro sobre azul, 2011.

> de músculos, dando uma ideia de força física sobre-humana, dominando a maruja, que sorria boquiaberta diante do negro. Desde então Bom-Crioulo passou a ser considerado um "homem perigoso" exercendo uma influência decisiva no espírito daquela gente, impondo-se incondicionalmente, absolutamente, como o braço mais forte, o peito mais robusto de bordo. Os grandes pesos era ele quem levantava, para tudo aí vinha Bom-Crioulo com seu pulso de ferro, com a sua força de oitenta quilos, mostrar como se alava um braço grande, como se abafava uma vela em temporal, como se trabalhava com gosto. Entretanto, o seu nome ia ganhando fama em todos os navios. — Um pedaço de bruto, aquele Bom-Crioulo! diziam os marinheiros. — Um animal inteiro é o que ele era! (CAMINHA, 1995, p. 35).

Não irei me deter muito em exemplos de como autores brancos da literatura brasileira representaram a população negra, pois a tradição literária tratou de divulgar essas obras e formar leitores desses livros. No primeiro exemplo, temos um romance regionalista de José Lins do Rêgo e podemos refletir, compreensivos de que a perspectiva apresentada seja a do narrador, ou que o romance tenha sido escrito pensando nos leitores que o leriam em 1932. No entanto, não seria forçoso pensar que alguma percepção da realidade elaborada pelo autor transborde para o seu texto. No caso de *Bom-crioulo*, de Adolfo Caminha, um romance naturalista, um fato se impõe, que é característica do naturalismo: a zoomorfização – embora, no romance, é o personagem Bom-crioulo que recebe a caracterização de um ser animalesco de puro instinto.

Por um convite da Revista *Philos*, escrevi, em 2019, um conto que dialoga com o romance *Bom-crioulo*. No conto, os personagens são dois homens negros, um é professor de literatura e o outro, um pai preocupado com a educação do filho. Posteriormente, o conto foi publicado em 2023, no livro de contos Deixe que eu sinta teu corpo. Destaco dois trechos:

> Ninguém se importava com o 'o outro', com o negro, que ia lá, rua abaixo, triste e desolado, entre as baionetas, à luz quente da manhã: todos, porém, queriam ver o cadáver", analisar o ferimento, meter o nariz na chaga..., mas, um carro rodou, todo lúgubre, todo fechado, e a onda dos curiosos foi se espalhando, se espalhando, até cair tudo na monotonia habitual, no eterno vaivém." — Caio fechou o livro e por uns instantes as palavras finais do romance ficaram circulando em torno dele. Bom-Crioulo seguindo pelo ermo da vida, vazio de si e do amor. Lembrou de Jumárcio, meses que não se falavam, tudo havia sido tão corrido, tão intenso. Ainda usava as roupas que o ex-namorado havia deixado no seu apartamento e, quando a saudade doía no peito, preparava, entre lágrimas, as comidas que o seu homem gostava de comer. Se conheceram em um samba. Jumárcio curtia animado com o filho (AMARO, 2019, p. 69)

[...]

Terminado o tempo do velório, chegou a hora de levar o caixão para ser lacrado em uma estrutura de cimento. De tanto chorar, Jumárcio atingiu uma calma inusitada, recebeu um abraço cúmplice da sua ex-esposa, dividiam a mesma dor de perder um filho assassinado. Rosana perguntou um tanto confusa porque tiraram a barba do menino, Jumárcio não conseguia falar, responder. Ela disse um obrigado por ter cuidado de tudo, ele não conseguiu retribuir, sentia-se frágil, por dentro do seu corpo só o vazio, os olhos de jabuticaba pareciam acinzentados, também vazios. Segurava o caixão com a mão esquerda, o cortejo com o caixão estava mais lento que o esperado por ele, por vezes parecia que seu corpo tombaria, um sol muito forte tornava o momento mais delirante. Jumárcio fechou os olhos, seguiu andando, e por instantes, era como se tudo aquilo não estivesse acontecendo (AMARO, 2019, p. 71).

Neste conto, temos a introdução de personagens que não costumam habitar o universo ficcional da literatura brasileira. Dois homens negros gays que se amam. Apresento também um pai, homem negro, preocupado com o seu filho, jovem negro assassinado pela polícia. A criação e inserção desses personagens é movimento de que *Vidas negras importam*. Considero que o direito à literatura é também o direito de fazer habitar no universo ficcional personagens como Caio e Jumárcio.

Sobre o "Direito à literatura", de Candido, Zin (2022) afirma que em um contexto multicultural como o brasileiro, que é marcado por desigualdades profundas de ordem material e simbólica e que estruturam as relações sociais do modo como estão dadas, as perspectivas como a que Antônio Cândido defende, ainda que não seja essa sua intenção, limitam um direito à literatura apenas como um direito ao acesso e a fruição das obras literárias ditas eruditas, deixando de considerar demais aspectos fundamentais do nosso ordenamento jurídico, tais como o direito ao reconhecimento da diversidade e do valor estético das mais variadas formas de expressão literária produzidas no Brasil, como as manifestações de cunho oral provenientes do rico acervo civilizatório de matizes indígenas e africanas, o reconhecimento do direito de enunciar-se literariamente a identidade e as memórias dos diversos segmentos sociais brasileiros vivos, o acesso às condições de produção e de circulação das obras por autores e narrativas divergentes das consideradas canônicas, além do lugar de prestígio que a literatura ocupa nas políticas públicas de promoção da igualdade racial (ZIN, 2022, p. 29).

Zin comenta sobre o direito de enunciar-se literariamente. No processo de leitura dos textos sobre literatura negra brasileira, nas trajetórias dos escritores, algo em comum aparece como recorrência: o despertar para a escrita desde muito novo, ainda na pré-adolescência. Comigo não ocorreu de maneira diferente: com 9-10 anos já escrevia literatura, é claro, com os instrumentos que uma criança tem para criar histórias. Na adolescência, enviei textos para análise de editoras, e qual foi a minha surpresa, estando na casa da minha mãe, durante a pandemia, ao descobrir cartas de aceite da Editora Literis, do Rio de Janeiro.

Para participar das coletâneas das quais os meus textos foram selecionados era necessário pagar uma quantia, que evidentemente não tínhamos na época. Com o tempo, fui entendendo que escrever literatura, para mim, estaria em um lugar de intimidade, algo que compartilharia com poucos amigos. Desistir aos dezessete anos de ser escritor não fez com que eu deixasse de escrever. Como citei, nas falas de Mirian Alves e Allan da Rosa, escreve-se porque não há outra opção. Esse período que eu cito é anterior a Internet mudar as formas de produção e circulação de textos literários, antes dos *blogs* e das redes sociais. Como apontado por Moriconi (2020), o início dos anos 2000 marcam essa aproximação do escritor com o leitor, e uma aproximação entre escritores, o que ele determina como uma migração da vida literária.

Nas décadas de 1980 e 1990, referências tínhamos poucas, o Machado de Assis ainda era branco. O comercial da Caixa Econômica com um Machado de Assis branco é de 2011. Por uma pressão social, o comercial parou de ser veiculado. Esses fatos delineiam a minha marca como editor, este 'livro único' que venho compondo. Um livro que comunica: Vidas negras importam.

Quando a Universidade Zumbi dos Palmares lançou a campanha Machado de Assis real, com uma figura do Machado de Assis negro, organizei, pela Malê, uma coletânea de contos e fomos a primeira editora a lançar um livro com a imagem que a campanha disponibilizava. Da mesma forma, o livro *Machado de Assis: afrodescendente* teve acolhida na Malê, assim como o infantil *Machado de Assis menino*, de Henrique Rodrigues, que conta um pouco da infância do escritor. Essas obras dialogam nesse 'livro único' e constituem essa marca do editor.

A obra do Lima Barreto eu conheci no Ensino Médio e me apaixonei, como ainda sou apaixonado, assim como pela sua figura – o mesmo ocorre também com Cruz e Sousa. Então, eu, um leitor de literatura brasileira, terminei o Ensino Médio com apenas dois escritores negros na bagagem, Lima Barreto e Cruz e Sousa, e por mais que especulações soem banais, que pessoa eu teria sido naquela época se tivesse conhecido as obras de Maria Firmina dos Reis, Luís Gama, Ruth Guimarães, Carolina Maria de Jesus, Conceição Evaristo, Geni Guimarães, Cuti, e tantos outros e outras?

Parece-me que essa "forma social" que Muniz Sodré nos

apresenta não interdita apenas a produção e circulação da literatura negra brasileira. Durante muito tempo, ela interditou que as comunidades que foram formadas em torno dessa literatura fossem mais amplas – é o que percebemos no depoimento de Márcio Barbosa sobre a panfletagem dos *Cadernos Negros*. E esse dado só amplia a importância da atuação vibrante dos que, por força de acasos e muita persistência, construíram essa história. Sobre a literatura negra brasileira, Dalcastagnè (2014) afirma que são essas vozes, que se encontram nas margens do campo literário e essas vozes cuja legitimidade para produzir literatura é permanentemente posta em questão, que tencionam, com a sua presença, nosso entendimento do que é ou deve ser o literário. É preciso aproveitar esse momento para refletir sobre nossos critérios de valoração, entender de onde eles vêm e porque se mantêm de pé aqui e a quem servem. Afinal o significado do texto literário se estabelece num fluxo em que tradições são seguidas, quebradas ou reconquistadas e as formas de interpretação e apropriação do que se fala permanecem em aberto. Ignorar essa abertura é reforçar o papel da literatura como mecanismo de distinção e de hierarquização social, deixando de lado suas potencialidades como um discurso desestabilizador e contraditório. Com isso, a herança da literatura Brasileira pode talvez contribuir para uma visão mais plural e mais crítica do próprio país (DALCASTAGNÈ, 2014, p. 68)..

As afirmações da Regina Dalcastagnè sobre "os critérios de valoração, de onde vem e porque se mantêm de pé" estão alinhadas com as minhas reflexões. Ainda no capítulo 2, transcrevo uma fala da ministra Marta Suplicy onde ela afirma que um dos critérios para a seleção dos escritores convidados para a Feira do Livro de Frankfurt foi a qualidade.

A que qualidade ela se refere? Pensando nas reflexões de Regina Dalcastagnè, como também nas de Edmilson de Almeida Pereira, até aqui apresentadas, dialogo com Ianni (2014, p. 184), quando ele afirma que "talvez Machado de Assis, Cruz e Sousa e Lima Barreto criaram famílias literárias fundamentais da literatura negra". Para Ianni, "as suas obras permaneceriam inexplicadas se não se desvendasse a sua relação com o sistema literário que se configura na literatura negra, isso sem prejuízo da sua posição brasileira". Para Ianni (2014, p. 185), Luiz Gama, Lima Barreto, Solano Trindade e muitos outros, principalmente no século XX, demarcam algumas linhas fundamentais dessa literatura, como tema e sistema.

Neste sentido, trago a colocação de Pereira (2022), para quem a literatura negra brasileira pode ser entendida como uma literatura de fundação, já que os temas e as atitudes que a constituem apontam para a gênese, o desenvolvimento e a consolidação histórica e literária dos afrodescendentes no Brasil. Pereira (2022) afirma que sobre o impacto da consciência histórica que anima as literaturas de fundação, vale notar que a literatura negra e/ou afro-brasileira consiste numa resposta às circunstâncias históricas e sociais marcadas pela necessidade de afirmação de uma lógica identitária em contraste com outra. Em termos de fundação de uma literatura nacional, pode-se pensar na oposição entre uma literatura que é articulada por oposição a um modelo colonial imposto em termos de engajamento político. A literatura negra e/ou afro-brasileira funda-se por uma oposição a um modelo literário eurocêntrico. Daí é possível notar que o corpus da literatura negra e/ou afro-brasileira se define a partir de uma tensão com o corpus da literatura nacional brasileira. Pois espera-se que este último se mostre suficientemente dialético para incluir em seu campo as demandas dos vários grupos sociais que conformam a nação Brasileira de modo específico. Fala-se aqui, portanto, de uma literatura nacional brasileira que se articule, também, não somente, a partir das textualidades africanas e afrodiaspóricas (PEREIRA, 2022, p. 58).

Considero relevante a definição de Ianni (2014, p. 183) para a literatura negra, quando a percebe como "um imaginário que se forma, articula e transforma no curso do tempo. Um imaginário que se articula aqui e ali, conforme o diálogo de autores, obras, temas e invenções literárias. Um movimento e um devir, no sentido de que se forma e se transforma", embora me pareça um tanto presa a uma ideia de sistema literário de Candido e de tentar enquadrar a literatura negra brasileira dentro da estrutura desse sistema, mesmo que para apresentá-la como um sistema paralelo. Acredito que, nessa perspectiva, é possível dialogar com a minha proposta de se pensar esses escritore(a)s, suas obras e sociabilidades para dar vida à literatura que produzem dentro de uma categoria que denomino de ancestralidade. Penso em Leda Maria Martins, para quem "a ancestralidade, em muitas, culturas, é um conceito fundador, espargido e imbuído em todas as práticas sociais, exprimindo uma apreensão do sujeito e do cosmos, em todos os seus âmbitos, desde as relações familiares mais íntimas até as práticas e expressões sociais e comunais mais amplas e mais diversificadas" (MARTINS, 2021, p. 23).

É a partir da ancestralidade que posso relacionar um romance da escritora Ana Maria Gonçalves ao romance *Úrsula*, de Maria Firmina dos Reis, pois, dentro de uma cosmovisão de culturas africanas, a tradição é dialética, ela está em movimento e o tempo é espiralar. Tempo espiralar no entendimento de Leda Maria Martins (2021, p. 23) é a ideia de que o tempo pode ser experimentado como movimentos de reversibilidade, dilatação e contenção, não-linearidade, descontinuidade, contração, descontração, simultaneidade das instâncias presente, passado, futuro, como experiências ontológicas e cosmológica que têm como princípio básico do corpo o movimento. Nas temporalidades curvas, tempo e memória são imagens que se refletem.

Nesta concepção de ancestralidade, uma ideia de tradição literária, de acordo com uma linearidade, não faz sentido. A ideia de um comum partilhado adequa-se mais. O comum dentro do conceito de literatura negra brasileira, no sentido de que o que é comum a todos e todas, é a experiência *afro-negro-descendente,* um passado comum que nos conecta e que se reanima, negativamente, devido a uma forma social presente nas sociabilidades das sociedades racistas - "viemos da mesma dor", afirmou o poeta Carlos de Assumpção, "Nossa certidão de óbito veio lavrada desde os negreiros", versa Conceição Evaristo. Esse passado-presente do qual não nos desvinculamos ao fazer literatura, essa escrevivência.

Da mesma forma, uma consciência ancestral é matéria de força, resistência e luta. É o que movimenta uma população a sair pelas ruas a gritar que *Vidas negras importam*; é o que acende os movimentos sociais negros, o que leva negros e negras a candidatarem-se a cargos políticos. Essa consciência, mesmo que não nítida em todos os negros, se posta, em algum lugar do ser, pronta para despertar – "é aminhã, é aminhã, Mahin falou", como no poema de Miriam Alves. Ora, não é a ancestralidade que coloca em contato

Oliveira Silveira, em Porto Alegre, Cuti, em São Paulo, com escritores do grupo Gens, em Salvador?

O senso de ancestralidade possibilitou a formação das redes de sociabilidades da vida literária da literatura negra no período entre 1978 e 2020, a mesma dor e o mesmo senso de luta pela vida. Em 1978, no Brasil, a ditadura militar prendeu, torturou e assassinou o feirante Robson Silveira da Luz, acusado de roubar frutas no seu lugar de trabalho. No mesmo ano, surgiu o *Movimento Negro Unificado*. Em 2020, nos Estados Unidos, a polícia torturou até a morte George Floyd e o movimento *Vidas negras importam* ampliou sua dimensão internacional. Todo movimento precisa de um disparador, ensina-nos Keeanga-Yamahtta Taylor, no **livro *#vidas negras importam e libertação negra***. Do MNU surgem os *Cadernos Negros*, como uma frente literária do movimento. Mais que uma publicação periódica, os *Cadernos* são uma escola de formação em literatura negra brasileira. Pelas suas publicações, pelos textos que são selecionados e avaliados, outros escritores negros aprendem o que é e como é essa literatura. Ponto de transmissão de saber e de conexão de uma ancestralidade, um dos pontos centrais irradiadores da vida literária da literatura negra brasileira. Os *Cadernos Negros*, o portal literafro, as livrarias citadas neste trabalho, os eventos, como a Festa Literária do Renascença – Clube negro tradicional do Rio de Janeiro, a FliPortela – na quadra de samba da Escola, a Festa Literária negra da Baixada Fluminense e, a Casa Escrevivência, de Conceição Evaristo, a Casa Malê na Flip e vários outros espaços são esses pontos de conexão.

No livro *Filosofias Africanas* (2020, p. 27), Nei Lopes e Luiz Antonio Simas explicam que a expressão "força vital" sempre esteve presente nas teorizações sobre filosofias africanas. Ela designa o fenômeno responsável pela vida existente no universo visível e invisível e pela sua manutenção. Todos os seres do universo possuem sua própria força vital e ela é o valor supremo da existência. Possuir maior força vital é a melhor maneira de possuir felicidade e bem-estar. Da mesma forma, a morte é consequência da diminuição de força vital, causada por um agente externo dotado de força vital superior. O remédio contra a morte é, portanto, reforçar a energia vital, para resistir às forças nocivas externas e afirmar a alegria da vida.

O movimento da literatura negra brasileira, para os escritores que se alinham a ele, é esse elemento de reforço da energia vital, da vida com literatura e da vida literária. Pelo que foi apresentado até aqui, não considero necessário elencar uma categorização pessoal de características da literatura negra brasileira, pois a compreendo flexível e em transformação com o externo A luta pelas vidas negras, mesmo que essa luta seja a do escritor ou escritora pela própria vida, é um atravessamento constitutivo, assim como a conexão ancestral e a desconstrução do epistemicídio antinegro.

No mais, considero que vale o registro que o processo de escrita da tese que originou esse livro foi realizado em um período muito atípico, em que nós, da cultura, da ciência, da educação, da literatura, sofremos ataques constantes, em que a população negra foi atacada por políticos e até mesmo pelo presidente, de diversas formas, período em que a necropolítica alcançou seu estágio mais aparente a atuante. Um governo de morte, acentuado pela pandemia do COVID-19, que também, no Brasil, teve seus efeitos mais graves na população negra. A pesquisa seria outra se não tivesse sido atravessada por esse momento. Passamos dois anos isolados, sem encontros acadêmicos presenciais, apenas com aulas e reuniões mediadas pelas exaustivas telas. Apenas trago esse relato, pelo fato de o livro tratar de vidas negras e não me desvencilho da vida ao escrever. Sou eu, homem negro, afetado pelo racismo antinegro, que me propus enfrentar este tema — em muitos momentos, difíceis de ler e sentir, pelo fato de que, em muitos momentos, ler a bibliografia necessária pareceu uma reiteração de que "o que os livros afirmam, sinto na pele todos os dias". A hostilidade e desqualificação em relação aos indivíduos negros não desgruda em nenhum momento da minha existência e isso é vivência, objeto de pesquisa e tema literário.

Não devemos jogar o trauma para debaixo do tapete e, por isso, o registro na conclusão desse livro, a precariedade que nesse processo percebo, diante do que poderia ser, assim como o conteúdo dessa pesquisa, também como a vida: não linear, imprevisível, repleta de ruas sem saída e de caminhos abertos.

Pego uma dessas vias abertas no pensamento, e imagino as tantas pesquisas que podem surgir a partir deste livro. Deixo-as aqui como sugestões centrais:

— o adensamento do conceito de literatura negra brasileira, considerando as histórias da literatura negra na diáspora e as literaturas africanas pós-coloniais;

— um projeto, com muitos pesquisadores, de mapeamento da vida literária negra, década por década (produções independentes, espaços de encontros, locais de publicações, apoios para publicações, repercussão na imprensa, prêmios, celebrações, ações sociais de mediações de leitura e biografias, literatura oral dos terreiros, o trabalho nas universidades, os editais específicos para essa literatura, os títulos que participaram de editais do governo, como

PNLL, as editoras e livrarias e livreiros independentes...), enfim, vários volumes que teria grande prazer de publicar.

Nossos passos vêm de longe[125]. Muito já caminhamos e o que mantém a força vital da vida literária negra brasileira, o axé, é a certeza do movimento, a certeza de que, como disse o poeta[126] "mesmo que voltem as costas, às nossas palavras de fogo, não pararemos de gritar".

---

125 Frase de autoral de Jurema Werneck.
126 Carlos de Assumpção

Referências Bibliográficas

ABREU, Márcia. **Cultura letrada**: literatura e leitura. São Paulo: Editora da Unesp, 2006

AGUSTONI, Prisca. **O Atlântico em movimento**: travessia, trânsito e transferência de signos entre África e Brasil na poesia contemporânea em língua portuguesa. 2007. Tese (Doutorado em Letras). — Faculdade de Letras, Pontifícia Universidade Católica de Minas Gerais, Belo Horizonte, 2007.

ALEIXO, Ricardo. **Pesado demais para ventania**. São Paulo: Todavia, 2018.

ALEIXO, Ricardo. **Na noite Calunga do bairro Cabula**. Disponível em: http://www.omenelick2ato.com/artes-literarias/na-noite-calunga-do-bairro-cabula

ALMEIDA, Silvio. **Racismo estrutural**. São Paulo: Pólen livros, 2019.

ALVES, Miriam. **BrasilAfro Autorrevelado**: literatura brasileira contemporânea. Belo Horizonte: Nandyala, 2010.

ARAÚJO, Francileide. Após cinco anos do assassinato de Luana Barbosa, mulher negra, lésbica e periférica, caso segue sem resolução. Notícia Preta,

Rio de Janeiro, abr. 2021. Disponível em: https://noticiapreta.com.br/5-anos-sem-justica-para-luana-barbosa/ Acesso em: 20 fev. 2023.

ASSUMPÇÃO, Carlos. Não pararei de gritar: poemas reunidos. São Paulo: Companhia das Letras, 2020.

AUGEL, Moema. "E Agora Falamos Nós": Literatura Feminina Afro-Brasileira. **literafro**, Belo Horizonte, jul. 2021. Disponível: http://www.letras.ufmg.br/literafro/artigos/artigos-teorico-conceituais/157-moema-parente-augel-e-agora-falamos-nos Acesso em: 20 fev. 2023.

BARTHES, Roland. **La aventura semiológica**. Barcelona: Paidos, 1993.

BASTIDE, Roger. **A poesia afro-brasileira**. São Paulo: Martins, 1943

BARBOSA, Francisco Assis. Um Dom Quixote das letras. In: BROCA, Brito. **A vida literária no Brasil – 1900**. Rio de Janeiro: ABL, 2005.

BENTES, Ivana. Sertões e favelas no cinema brasileiro contemporâneo: estética e cosmética da fome. **Alceu**, Rio de janeiro, v. 8, n. 15, p. 242-255, jul./dez. 2007.

BITTENCOURT, João Fábio. **A vida literária no Brasil – época modernista: um projeto de Brito Broca e Alexandre Eulálio**. Campinas, 2017. Tese (doutorado) – Universidade Estadual de Campinas, Instituto de Estudos da Linguagem.

BOSI, Alfredo. **Figuras do eu nas recordações de Isaías Caminha**. In: Literatura e resistência. São Paulo: Companhia das Letras, 2002.

BOURDIEU, Pierre. **As regras da arte**: gênese e estrutura do campo literário. Trad. Maria Lúcia Machado. São Paulo: Companhia das Letras, 1996.

BRASIL. Constituição Federal (Texto promulgado em 05 de outubro de 1988). Brasília, DF: Senado Federal. Disponível em: <http://www.senado.leg.br/atividade/const/con1988/CON1988_05.10.1988/ind.asp>.

BENTO, Cida. **O pacto da branquitude**. São Paulo: Companhia das Letras, 2022.

BERND, Zilá. **Introdução à literatura negra**. São Paulo: Brasiliense, 1988.

BORGES, Rosane. **Escrevivência em Conceição Evaristo**: armazenamento e circulação de saberes silenciados. In: DUARTE, Constância Lima; NUNES, Isabela Rosado. Escrevivência: a escrita de nós: reflexões sobre a obra de Conceição Evaristo. Rio de Janeiro: Mina Comunicação e Arte, 2020.

BROCA, Brito. **A vida literária no Brasil – 1900**. Rio de Janeiro: ABL, 2005.

BROOKSHAW, David. **Raça e cor na literatura brasileira**. Porto Alegre: Mercado Aberto, 1983.

CAMINHA, Adolfo. **Bom-crioulo**. Rio de Janeiro: Ática, 2016.

CANDIDO, Antonio. **Formação da literatura brasileira**: momentos decisivos. São Paulo: Martins, 1975.

CANDIDO, Antonio. **O direito à literatura**. In: ____. Vários escritos. Rio de Janeiro: Ouro sobre azul, 2011

_____. **Literatura e sociedade**. Rio de Janeiro: Ouro azul, 2006.

_____. Prefácio. In: BROCA, Brito **Ensaios da mão canhestra**. São Paulo: Polis, 1981.

CANDIDO, Marcia Rangel; FERES, Júnior João. Representação e estereótipos de mulheres negras no cinema brasileiro. **Revista Estudos Feministas**, Florianópolis. v. 27, núm. 2, 2019.

CALASSO, Roberto. **A marca do editor**. [s.l]: Âyiné, [s.d].

CAMARGO, Raquel Peixoto do Amaral. **Vida e mortes no poema Na noite Calunga, no bairro Cabula, de Ricardo Aleixo**. Revista de Letras da Universidade do Estado do Pará. num. 18. jul. set. 2019

CAMPOS, Deivison Moacir Cezar de. **O grupo Palmares** (1971-1978): um movimento negro de subversão e resistência pela construção de um novo espaço social e simbólico. 2006. 196 f. Dissertação (Mestrado em História) - Pontifícia Universidade Católica do Rio Grande do Sul, Porto Alegre, 2006.

CARNEIRO, Sueli. **A construção do outro como não-ser como fundamento do ser.** Tese (Doutorado em educação). Universidade de São Paulo, São Paulo, 2005.

CARNEIRO, Sueli. **Dispositivo de racialidade:** a construção do outro como não ser como fundamento do ser. Rio de Janeiro: Zahar, 2023.

CÉSAIRE, Aimé. **Textos escolhidos.** Rio de Janeiro: Cobogó, 2022.

CRUZ JÚNIOR, Dílson Ferreira da. **O ethos do enunciador dos romances de Machado de Assis:** uma abordagem semiótica. Tese (Doutorado em linguística). Faculdade de Filosofia, Letras e Ciências Humanas, Universidade de São Paulo, São Paulo, 2006.

CUTI. **Literatura negro-brasileira.** São Paulo: Selo Negro, 2010.

_____. **A pupila é preta.** Rio de janeiro: Malê, 2020.

DALCASTAGNÈ, Regina. A personagem do romance brasileiro contemporâneo. **Estudos de Literatura Brasileira Contemporânea**, Brasília, n. 26, p. 13-71. 2011. Disponível em: <http://periodicos.unb.br/index.php/estudos/article/view/9077>.

_____. **Literatura brasileira contemporânea**: um território contestado. Rio de Janeiro: Editora da UERJ, 2012.

_____. Por que precisamos de escritoras e escritores negros? In: SILVA, Cidinha da (org.). **Africanidades e relações raciais**: insumos para políticas públicas na área do livro, leitura, literatura e bibliotecas no Brasil. Brasília: Fundação Cultural Palmares, 2014.

_____. **Literatura brasileira contemporânea**: um território contestado. Rio de Janeiro: Horizonte, 2012. p. 6.

DIVERSIDADE na Companhia das Letras. Blog da Companhia. Disponível em: <https://www.blogdacompanhia.com.br/conteudos/visualizar/Diversidade-na-Companhia-das-Letras>.

DUARTE, Constância Lima; NUNES, Isabela Rosado (Orgs.). **Escrevivência**: a escrita de nós: reflexões sobre a obra de Conceição Evaristo. São Paulo: Mina Comunicação e Arte, 2020.

DUARTE, Constância Lima. **Canção para ninar menino grande**: o homem na berlinda da Escrevivência. In: Escrevivência: a escrita de nós: reflexões sobre a obra de Conceição Evaristo. São Paulo: Mina Comunicação e Arte, 2020.

DUARTE, Eduardo de Assis. **Machado de Assis afrodescendente**: antologia e crítica. Rio de Janeiro: Malê, 2019.

DUARTE, Eduardo de Assis. **Escrevivência, Quilombismo e a tradição da escrita afrodiaspórica**. In: Escrevivência: a escrita de nós: reflexões sobre a obra de Conceição Evaristo. São Paulo: Mina Comunicação e Arte, 2020.

DUARTE, Eduardo de Assis. Por um conceito de literatura afro-brasileira. In: DUARTE, Eduardo de Assis, FONSECA, Maria Nazareth Soares. **Literatura e afrodescendência no Brasil:** antologia crítica. Belo Horizonte: UFMG, 2014. v. 4. p.375-403.

DUDA, Maria. **Navio negreiro**. Rio de janeiro: Editora Malê, 2019.

DUKE, Dawn (Org.). **A escrita afro-brasileira**: ativismo e arte literária. Nandyala: Belo Horizonte, 2016.

EVARISTO, Conceição. Literatura negra: uma poética de nossa afro-brasilidade. **Scripta**, Belo Horizonte, v. 13, n. 25, p. 17-31, 2º sem. 2009.

_____. **Escrevivência**: a escrita de nós; reflexões sobre a obra de Conceição Evaristo. Rio de Janeiro: Mina Comunicação e Arte, 2020.

_____. **Olhos d'água**. Rio de Janeiro: Pallas, 2014.

_____. **Histórias de leves enganos e parecenças**. Rio de Janeiro: Malê, 2016.

_____. **Poemas da recordação e outros movimentos**. Rio de Janeiro: Malê, 2017.

FERNANDES, Florestan. **O Negro no mundo dos brancos**. São Paulo: Difusão Europeia do Livro, 1972.

FERNANDES, Heleine. **A poesia negra-brasileira de Conceição**

Evaristo, Lívia Natália e Tatiana Nascimento. Rio de Janeiro: Malê, 2020.

FERREIRA, Lígia Fonseca. "Negritude", "negridade", "negrícia": história e sentidos de Três conceitos viajantes. **Via Atlântica**, São Paulo, 2006.

FIORIN, J. L. Dialogismo e estilo. In: BASTOS, N. B. (Org.). **Língua portuguesa em calidoscópio**. São Paulo: Educ, 2004.

FOUCAULT, M. **Em defesa da sociedade**: curso no Collège de France (1975-1976). São Paulo: Martins Fontes, 1999.

FONSECA, Maria Nazareth Soares. **Escrevivência: sentidos em construção**. In: Escrevivência: a escrita de nós; reflexões sobre a obra de Conceição Evaristo. Rio de Janeiro: Mina Comunicação e Arte, 2020.

FROTA, Wander Nunes. Sistema literário e campo de produção cultural: os entornos de Candido e Bourdieu. **Interdisciplinar**, Revista de estudos em língua e literatura, ano XI, v. 25, mai./ago. 2016. Disponível em: <https://seer.ufs.br/index.php/interdisciplinar/article/view/5745>.

_____; PASSIANI, Enio. Entre caminhos e fronteiras: a gênese do conceito de "campo literário" em Pierre Bourdieu e sua recepção no Brasil. **Estudos de Literatura Brasileira Contemporânea**, Brasília, n. 34, jul./dez. 2009, p. 11-41. Disponível em: < https://periodicos.unb.br/index.php/estudos/article/view/9634>.

GREIMAS, A. J.; COURTÉS, J. [s/d]. **Dicionário de Semiótica**. 7. ed. São Paulo: Contexto, 2008.

HALL, Stuart. **Cultura e representação**. Rio de Janeiro: PUC-Rio, 2016.

HOLLANDA, Heloísa Buarque. **26 poetas hoje**: antologia. 6. ed. Rio de Janeiro: Aeroplano, 2007.

IANNI, Octavio. Literatura e consciência. In: DUARTE, Eduardo de Assis; FONSECA, Maria Nazareth Soares. **Literatura e afrodescendência no Brasil**: antologia crítica. Belo Horizonte: UFMG, 2014. v. 4. p.184-197

IPEA. Instituto de Pesquisa Econômica Aplicada. Atlas da violência. Disponível em: <https://www.ipea.gov.br/atlasviolencia/>.

INKPIN, Sally Cheryl. **Negrura, brancura e mestiçagem no imaginário literário brasileiro**. Brasília: Eduneb, 2019.

KELLNER, Douglas. **A cultura da mídia**. Bauru: EDUSC, 2002.

LOPES, Nei. **Luxuosos transatlânticos**. São Paulo: SESC SP, 2000.

LOPES, Nei; SIMAS, Luiz Antonio. **Filosofias africanas:** uma introdução. Rio de Janeiro: Civilização Brasileira, 2020.

LUCENA, Bruna Paiva. Novas dicções no campo literário brasileiro: Patativa do Assaré e Carolina Maria de Jesus. **Estudos de Literatura Brasileira Contemporânea**, Brasília, n. 34, jul./dez. 2009, p. 73-93.

MACHADO, Ubiratan. **A vida literária no Brasil Colônia**. Cutia: Ateliê Editorial, 2022.

MAINGUENEAU, D. **Discurso Literário**. São Paulo: Editora Contexto, 2009.

_____. **Doze conceitos em análise do discurso**. São Paulo: Parábola, 2010.

MARQUES, José Geraldo. Ethos, discurso poético e amorosidade em Solano Trindade. **Revista do Sell**. v. 4, n. 1. 2014.

MARTINS, Leda. **Performances do tempo espiralar**: poéticas do corpo-tela. Rio de Janeiro: Cobogó, 2021.

MELO, Maria Elisabeth Chaves de. Sílvio Romero vs. Machado de Assis: crítica literária vs. literatura crítica. **Revista da Anpoll**, v. 1, p. 179-197, 2008.

MIRANDA, Fernanda. Silêncios prescritos: **Estudo de romances de autoras negras brasileiras**. 1959-2006. Rio de Janeiro: Malê, 2019.

MBEMBE, Achille. **Necropolítica**: biopoder, soberania, estado de exceção, política de morte. São Paulo: N-1 edições, 2018, 80p.

MORICONI, Ítalo. **Circuitos contemporâneos do literário**. **Gragoatá**, Niterói, n. 20, p. 147-163. 2006.

MORICONI, Ítalo. **Literatura, meu fetiche**. Recife: Cepe, 2020.

NASCIMENTO, Abdias do. **O genocídio do negro brasileiro**: processo de um racismo mascarado. São Paulo: Perspectiva, 1978.

NUNES, Davi. **Zanga**. Salvador: Segundo selo, 2018.

OGUM'S toques negros: coletânea poética. Salvador: Ogum's Toques Negros, 2014.

OLIVEIRA, Felipe Alves. **Nosso imperativo histórico é a luta**: intelectuais negros/as insurgentes e a questão da democracia racial em São Paulo (1945-1964). Rio de Janeiro: Malê, 2021.

OLIVEIRA, Luiz Henrique Silva de; RODRIGUES, Fabiane Cristine. Panorama editorial da literatura afro-brasileira através dos gêneros romance e conto. **Em Tese**. Belo Horizonte. v. 22, n. 3, set./dez. 2016. p. 90-107.

OLIVEIRA, Luiz Henrique Silva de; RODRIGUES, Fabiane Cristine. **Trajetórias editoriais da literatura de autoria negra brasileira: poesia, conto, romance e não ficção: poesia, conto, romance e não ficção**. Rio de Janeiro: Editora Malê, 2022.

OLIVEIRA, Luiz Henrique Silva de. **Negrismo: percursos e configurações em romances brasileiros do século XX (1928-1984).** Belo Horizonte: Mazza, 2014.

OLIVEIRA, Luiz Henrique Silva. Os quilombos editoriais como iniciativas independentes. **Aletria**: Revista De Estudos De Literatura, 28(4), 155–170.

PEREIRA, Edimilson de Almeida. **Panorama da literatura afro-brasileira**. In: Callaloo. v. 18. n. 4. John Hopkins University Press, 1995.

PEREIRA, Edmilson de Almeida. **Entre Orfe(x)u e Exunouveau**: análise de uma estética de base afrodiaspórica na literatura brasileira. São Paulo: Fósforo, 2022.

PETIT, Sandra Haydée; CRUZ, Norval Batista. **Arkhé**: corpo, simbologia e ancestralidade como canais de ensinamento na educação. Anped. 2008. Disponível em: <https://www.anped.org.br/biblioteca/item/arkhe-corpo-simbologia-e-ancestralidade-como-canais-de-ensinamento-na-educacao>.

PINTO, Ana Flávia Magalhães. **Escritos de liberdade**. Campinas: Unicamp, 2018.

POLICIAIS deram mais de 100 tiros em carros de jovens mortos no Rio. **G1**. Rio de Janeiro, dez, 2015. Disponível em: https://g1.globo.com/rio-de-janeiro/noticia/2015/12/mais-de-100-tiros-foram-disparados-por-pms-envolvidos-em-mortes-no-rio.html Acesso em: 20 fev. 2023.

PRATES, Lubi. **Um corpo negro**. São Paulo: Nosotros, 2018.

PROENÇA FILHO, Domício. A trajetória do negro na literatura brasileira. **Estudos avançados**, São Paulo. n.18, v. 50, 2004.

RABASSA, Gregory. **O negro na ficção brasileira**: meio século de história literária. Rio de Janeiro: Edições tempo brasileiro, 1965.

REGO, José Lins. **O menino do engenho**. Rio de Janeiro: Global, 2020.

REZENDE, Beatriz. Possibilidades da nova escrita literária no Brasil. Rio de Janeiro: Revan, 2014. Disponível em: https://iedamagri.files.wordpress.com/2015/08/possibilidades-da-nova-escrita-literc3a1ria-no-brasil.pdf Acesso em fev. 2023.

RIBEIRO, Djamila. **Lugar de fala**. São Paulo: Pólen, 2019.

ROBERT, Lucie. De La Vie littéraire à La Vie culturelle. « Vie », avez-vous dit? **Revue d'histoire littéraire de la France**. Presses Universitaires de France, Paris. v. 111. 2011. p. 89-105.

RODRIGUES, Felipe Faunel Xavier. Tradições africanas recriadas em prosa e verso. **Numen: revista de estudos e pesquisa da religião**, Juiz de Fora, v. 22, n1, jan./jun. 2019, p. 147-162. Disponível em: https://periodicos.ujff.br/index.php/numen/article/view/29612

RODRIGUES, Nelson. Abdias: o negro autêntico. Rio de Janeiro: Última hora. In: **Teatro Experimental do Negro – Testemunhos**. Rio de Janeiro: GRD, 1966.

RONCADOR, S. (2011). O mito da mãe preta no imaginário literário de raça e mestiçagem cultural. **Estudos de Literatura Brasileira**

Contemporânea, (31), 129–152. Recuperado de https://periodicos.unb.br/index.php/estudos/article/view/9437

RUIVO, Marina Silva. Carlos Heitor Cony e a vida literária brasileira: uma pesquisa no arquivo do escritor. **Légua & Meia**, Brasil, n. 1, v. 10, p. 50-66, 2019.

SANTOS, Joel Rufino dos. **Saber do negro**. Rio de Janeiro: Pallas, Biblioteca Nacional, 2015.

SANTOS, Juana Elbein dos. **Os Nagô e a morte**: Pàde, Àsèsè e o culto Égun na Bahia. Traduzido pela Universidade Federal da Bahia. Petrópolis: Vozes, 1976.

SANTOS, Ynaê Lopes dos. **Racismo brasileiro**: uma história da formação do país. São Paulo: Todavia, 2020.

SCH0LLHAMMER, Karl Erik. **Ficção brasileira contemporânea**. Rio de Janeiro: Civilização Brasileira, 2010.

SCHUCMAN, Lia Vainer. **Entre o encardido, o branco e o branquíssimo**: branquitude, hierarquia e poder na cidade de São Paulo. São Paulo: Veneta, 2020.

SECCHIN, Antonio Carlos. Prefácio. In: BROCA, Brito. **A vida literária no Brasil — 1900**. Rio de Janeiro: ABL, 2005. p. 3

SÉMOG, Ele (Org). **Amor e outras revoluções**: Grupo Negrícia — antologia poética. Rio de Janeiro: Malê, 2019.

SILVA, Cidinha da. **Sobre-viventes**. Rio de Janeiro: Pallas, 2017.

SILVA, Cidinha (Org.). **Africanidades e relações raciais: insumos para políticas públicas do livro, leitura, literatura e bibliotecas no Brasil**. Brasília: Fundação Cultural Palmares, 2014.

SILVA, Assunção de Maria Souza**. Escrevivência: itinerário de vidas e de palavras**. In: Escrevivência: a escrita de nós: reflexões sobre a obra de Conceição Evaristo. São Paulo: Mina Comunicação e Arte, 2020.

SILVA, Marcos Fabrício Lopes da. Oralitura. In: **Africanidades e relações raciais: insumos para políticas públicas do livro, leitura,**

literatura e bibliotecas no Brasil. Brasília: Fundação Cultural Palmares, 2014. p. 44-45

SILVA, Mário Augusto Medeiros da. **A descoberta do insólito**: literatura negra e literatura periférica no Brasil (1960-2000). 2011. 448 p. Tese (doutorado) – Universidade Estadual de Campinas, Instituto de Filosofia e Ciências Humanas, Campinas, SP. Disponível em: <http://www.repositorio.unicamp.br/handle/REPOSIP/280297>.

SILVEIRA, Oliveira. Oliveira Silveira: a face poética da luta. **Revista do Instituto Umanitas Unisinos**, São Leopoldo, 2015.

SOBRAL, Cristiane. **Terra negra**. Rio de Janeiro: Malê, 2018.

SODRÉ, Muniz. **Claros e escuros**: identidade, povo e mídia no Brasil. Petrópolis: Vozes, 1999.

SODRÉ, Muniz. **O fascismo da cor**: uma radiografia do racismo nacional. Petrópolis: Vozes, 2023.

SOUZA, Acízelo Roberto. **Introdução a historiografia da literatura brasileira.** Rio de Janeiro: EDUERJ, 2007.

SPERBER, Suzi Frankl. Vida literária. **Remate de males**, Campinas. v. 11, p. 47-55, 1991. Disponível em: <https://periodicos.sbu.unicamp.br/ojs/index.php/remate/article/view/8635950>.

SUSSEKIND, Flora. **Literatura e vida literária**: polêmicas, diários & retratos. Rio de Janeiro: Jorge Zahar, 1985

TANUS, Gustavo; TANUS, Gabrielle Francinne de Souza Carvalho. Onde estão os autores e autoras negras? A literatura afro-brasileira nos acervos das bibliotecas públicas brasileiras. **Diacrítica**. v. 34, n. 2. 2020. p. 249–263. Disponível em: <http://eprints.rclis.org/40314/>.

TAYLOR, Keeanga-Yamantta. **#Vidas negras importam e libertação negra**. São Paulo: Elefante, 2020.

TENÓRIO, Jeferson. **O avesso da pele**. São Paulo: Companhia das Letras, 2020.

UZÊDA, André Luís Mourão de. Entrevista: Eliana Alves Cruz e Éle Semog.

Revista Perspectivas em educação básica, Rio de Janeiro. n. 2, dez. 2018.

VARELA, Sérgio Natureza *et al*. *Ebulição da escrivatura*: treze poetas impossíveis. Rio de Janeiro: Civilização Brasileira, 1978.

VASCONCELOS, Eduardo; FERNANDES, Rafaella; AGOSTINHO, Régia (Orgs); **Direito à literatura negra**: história, ficção e poesia. Teresina: Cancioneiro, 2022.

VIEIRA, Lia. Curió. In: **Ogum's toques negros**: coletânea poética. Salvador: Ogum's Toques Negros, 2014. p. 132

WALDMAN, Berta. Brito Broca e Alexandre Eulálio: dois viajantes. **Remate de Males**, Campinas. v.11, p. 21-25, 1991.

WALKER, Ezekiel J. Racial Equity in Literary Representation. **Change.org.** Disponível em: <https://www.change.org/p/penguin-random-house-equality-in-the-literary-industry?redirect=false>.

XAVIER, Arnaldo; Cuti; ALVES, Miriam (Org.). **Criação Crioula, Nu Elefante Branco**. São Paulo: IMESP, 1986.

XAVIER, Giovana. Carta aberta à Festa Literária Internacional de Parati – Cadê as Nossas Escritoras Negras na FLIP 2016? **Conversa de Historiadoras,** Rio de Janeiro. 2016. Disponível em: https://conversadehistoriadoras.com/2016/06/27/carta-aberta-a-feira-literaria-internacional-de-parati-cade-as-nossas-escritoras-negras-na-flip-2016/

ZIN, Rafael Balseiro. A dissonante representação imagética de Maria Firmina dos Reis: da simples denúncia às formas encontradas para se desfazer os equívocos. **Estudos linguísticos e literários**, Salvador, n. 59, p. 237-261, jan./jun. 2018.

ZIN, Rafael Balseiro. **O direito à literatura afro-brasileira**. In: VASCONCELOS, Eduardo; FERNANDES, Rafaella; AGOSTINHO, Régia (Orgs); Direito à literatura negra: história, ficção e poesia. Teresina: Cancioneiro, 2022.

CENAS DA VIDA LITERÁRIA

Com a escritora Conceição Evaristo, na Livraria
Leonardo da Vinci, em 2017.

Histórias de leves enganos e parecenças
Insubmissas Lágrimas de Mulheres
Conceição Evaristo

Com escritor Cuti, na livraria Blooks em São Paulo, em novembro de 2016. Livro, Contos escolhidos (Editora Malê).

Com a escritora Cristiane Sobral, no lançamento do livro O tapete voador (Editora Malê) no Centro Cultural Branco do Brasil, no Rio de Janeiro, em 2016.

Com o escritor Muniz Sodré, no lançamento do livro A lei do Santo (Editora Malê), na livraria da Travessa, no Rio de Janeiro, em 2016.

Na Flip 2017, com as escritoras Miriam Alves, Esmeralda Ribeiro, Taís Espírito Santo e Cristiane Sobral, na Casa Malê em Paraty. Mesa: Olhos de azeviche: escritoras negras que estão renovando a literatura brasileira

Homenagem ao escritor Éle Semog, na Festa da Literatura Negra, produzida pela Editora Malê, em 2018, realizada na Biblioteca Leonel Brizola, em Duque de Caxias.

Com a escritora Giovana Xavier, lançando na Flip o livro, Você pode substituir mulheres negras como objeto de estudo por mulheres negras contando sua própria história, em 2018.

Com Martinho da Vila e Tom Farias, no lançamento do livro Conversas Cariocas, na Livraria da Travessa, no Rio de Janeiro em 2018.

Com escritor Salgado Maranhão, no lançamento do livro Amor e outras revoluções, no Centro Cultural da Justiça Federal, no Rio de Janeiro, em 2019.

Lançamento do livro Olhos de Azeviche na Biblioteca Nacional em novembro de 2018, com Fernanda Felisberto, Ana Paula Lisboa, Conceição Evaristo, Francisco Jorge (Sócio da Editora Malê), Miriam Alves, Eu, Cristiane Sobral, Lia Vieira, Taís Espírito Santo.

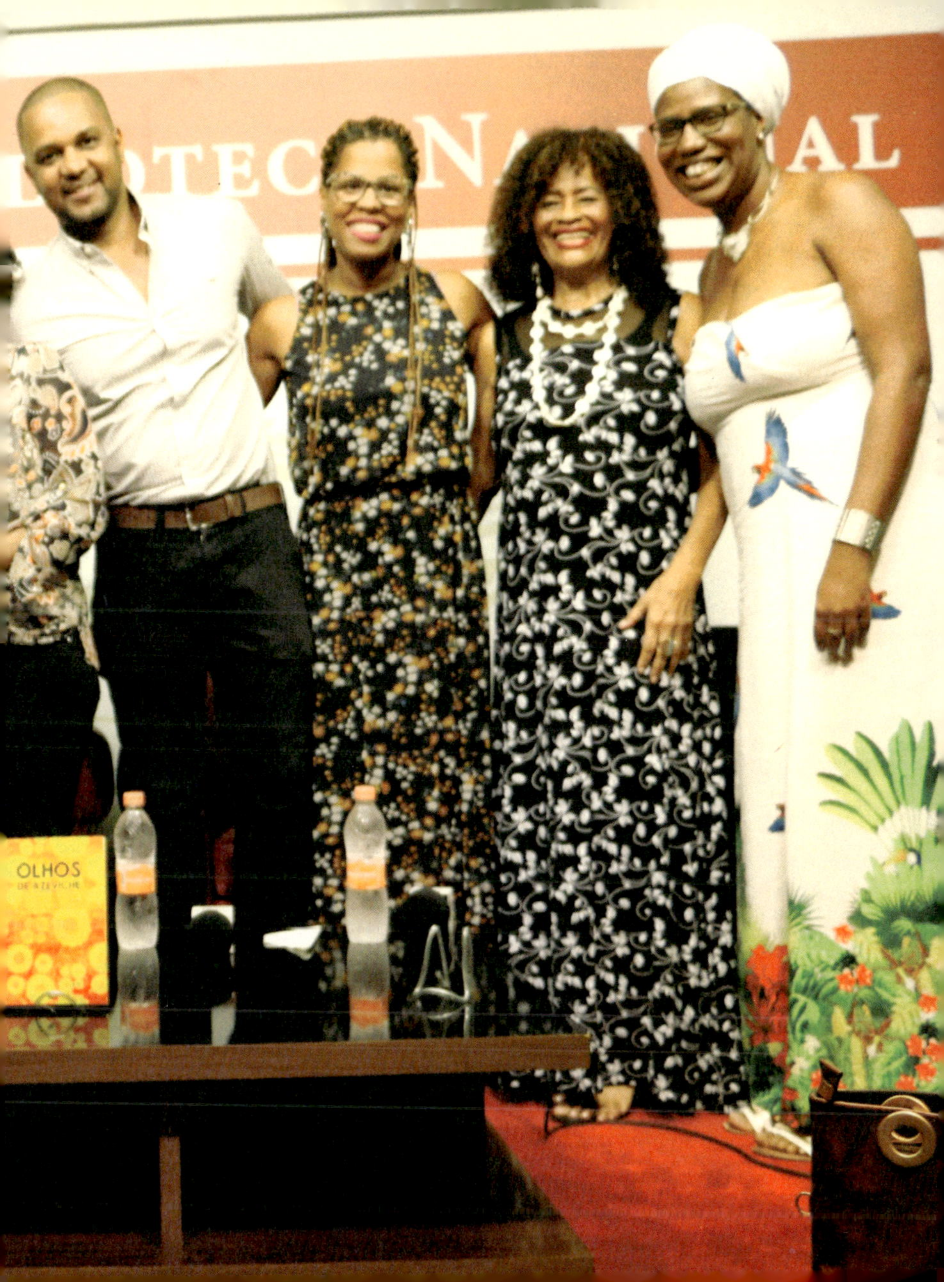
OLHOS
DE AZEVICHE

Lançamento do livro Amor e outras revoluções: Grupo Negrícia, no Centro Cultural da Justiça Federal, em 2019.

Casa Malê na Flip – Festa Literária Internacional de Paraty (2019), com o escritor Fábio Kabral, expoente do afrofuturismo no Brasil.

Lançamento do livro *O pênalti*, de Geni Guimarães. A escritora estava 19 anos sem publicar um livro.

Lançamento do livro *Água de Barrela*, de Eliana Alves Cruz,

Com a escritora Elisa Lucinda que publicou pela Editora Malê os romances *Livro do avesso, o pensamento de Edite* (2019) e *Quem me leva para passear* (2021).

Esta obra foi composta em Arno Pro Light 13, para a Editora Malê e impressa na Trio Gráfica em fevereiro de 2025.